# 罗茜效应

## The Rosie Effect

[澳]格雷姆·辛浦生——著

郑玲——译

湖南文艺出版社
HUNAN LITERATURE AND ART PUBLISHING HOUSE

博集天卷
CS-BOOKY

献给安妮

# $Contents$ 目 录

**目　录**
*Contents*

**目　录**
*Contents*

# 目　录
## Contents

The Rosie
Effect

//

# 第一章
## 初到纽约

喝橙汁不该在周五。罗茜和我放弃了标准用餐体系，给餐食选择增加了点"随机性"，但随之而来的便是更长的采购时间，更多的食材囤积和浪费。我们都同意，每周要有三天不喝酒。但没了正式的计划表，这样的目标很难达成，跟我料想的一样。罗茜终于明白了我此前的解决方案多有逻辑。

很显然，周五和周六是可以喝酒的日子。我们在周末都没课，可以晚点睡，还有可能享受鱼水之欢。

床笫之事完全不能预先安排，至少不能提前细致讨论，但对于一系列的诱发事件，我掌握得越来越熟练：蓝天烘焙坊的一块蓝莓麦芬，奥塔咖啡店的一杯加三份咖啡粉的意式浓缩咖啡，脱掉上衣，模仿格里高利·派克在《杀死一只知更鸟》中的角色阿蒂克斯·芬奇。我意识到，不需要每次都把上述四条轮番上演，否则我的意图就显得太过昭然若揭，总要保留点难以预料的部分。因此，我会先掷两次硬币，随机挑出一组元素，从当次行动中剔除。

我往冰箱里放上一瓶麋鹿酒庄出产的灰皮诺，搭配早上在切尔西市场采购的环保手采扇贝。我从地下洗衣房取了衣服回到家，赫然发现桌子上出现了两杯橙汁。橙汁和红酒完全不搭。先喝橙汁会让我们的味蕾失敏，品尝不出灰皮诺标志性的微甜口感，反倒会留下酒味偏酸的错误印象。先喝红酒再喝橙汁更是不可取。橙汁很容易变质——正因如此，早餐店都会强调自家的橙汁是"新鲜榨取"的。

罗茜仍在卧室，目前无法与她讨论这件事。在我们的公寓里，两个人出现的位置共有九种可能的排列组合，在其中的六种组合里，我们会分别出现在不同的房间。来纽约前，我们曾共同设想过最理想的公寓：一间卧室，两间书房，一间客厅兼厨房，足够排列出36种位置组合。这套公寓将位于曼哈顿，临近1号或A线地铁，直达哥伦比亚大学医学院。能观河景，带阳台或屋顶烧烤区。

然而，我们所有的收入来源不过是一份大学教师的工作，两份调制鸡尾酒的兼职，还要减去罗茜的学费。因此，居住环境上的妥协不可避免，我们最终入住的公寓和理想的公寓全无共通之处。我们特别选择了威廉斯堡，因为我们的朋友艾萨克和朱迪·埃斯勒住在那儿，也向我们推荐这个地方。其实这选择毫无逻辑可言，一位（当时）只有40岁的教授和一位30岁的医学院研究生为什么要跟一位54岁的精神科医师和他52岁的制陶匠伴侣住在同一个街区，他们二人可是在房价飞涨前就定居于此的。我们的公寓租金很高，还有一大堆问题，管理方却又不愿修缮。近来，空调有些失灵，已经无法调节室外34摄氏度的高温。在6月下旬的布鲁克林，这可是常见的温度。

房间的紧缺，加上婚姻关系，把我逼入了有史以来与另外一个同类之间的最小距离。罗茜的存在是寻妻计划带来的极其正面的结果，但结婚10个月零10日后的今天，我仍然在努力适应夫妻关系中的新角色。有时候，我在洗手间里花费的时间，远比真正需要的时间长得多。

我看了看手机上的日期——没错，就是6月21日，周五。相比我的大脑出现故障，无法分辨出正确的日期，桌上的场景算得上是更好的结果。但这也同步证实了对酒精摄入协议的破坏。

我的思绪被罗茜打断了，她从卧室里出来，身上只裹了条毛巾。这是我最喜欢的装束，如果"不穿衣服"不能算作一种装束的话。再一次地，我为她所倾倒，不仅因为她卓绝的美貌，更是因为她选择了我作为伴侣的费解决定。果不其然，这样的想法随之引起了一种更加令人不快的情绪：巨大的恐惧感，担心她某天会意识到自己错误的决定。

"吃什么？"她问道。

"什么都没有。烹饪环节尚未开始。我正在搭配组合食材的阶段。"

她笑了，似乎是在笑我曲解了她的问题。当然，如果标准用餐体系还在的话，这样的问题根本就不会存在。我随即给出了我认为罗茜正在寻求的答案。

"环保扇贝搭配胡萝卜、根芹、香葱、灯笼椒，用芝麻油调味。最佳佐餐饮品为灰皮诺。"

"需要我做点什么？"

"今晚我们都要养精蓄锐，明天进军纳瓦隆。"[①]

引用格里高利·派克的这句台词与内容毫无关系，这句话的表述和语气体现出了一种领导气概，一种处理好香煎扇贝的坚定信心。

"要是我睡不着呢，队长？"罗茜反问道。她微笑着，钻进了浴室。我并没有提起毛巾的放置问题：很早之前，我就接受了这样的现实——罗茜总会把她的毛巾随意地放在浴室或卧室，占上两个位置。

我们对于秩序的喜好完全处在天平的两极。从澳大利亚搬来纽约前，

---

① 出自格里高利·派克主演的电影《纳瓦隆大炮》。

罗茜的行李塞满了整整三个最大号的旅行箱。单是衣服，数量就多得惊人。我所有的个人物品轻松装进了两个手提行李包中。通过搬家，我可以给我的生活设施升级换代。我把音响和台式电脑给了我的弟弟特雷弗，把床上用品和厨房用具送回谢珀顿的家中，卖掉了自行车。

与我正相反，抵达纽约后的几周内，罗茜仍在不断地给她数量庞大的资产库中添置装饰性的物品。效果就在眼前，我们的公寓里杂乱不堪：盆栽植物，富余的椅子，甚至还有一个毫不实用的红酒架。

数量问题只是其一，条理性是另外一个大问题。冰箱里塞满了剩下一半的面包抹酱、各种蘸酱，还有变质的奶制品。罗茜甚至提议通过我们的朋友戴夫再买一台冰箱。每人一台冰箱！从没有任何时候比现在更能凸显出标准用餐体系的好处：餐食选择精确到一周的每一天，制定出标准化的采购清单，保持最完美的库存数量。

罗茜杂乱无章的生活中，只有一条例外，而这例外也是个变量。最初，这一变量是她在医学院的学业，目前变成了她的博士论文，有关早发型躁郁症的环境风险。她在哥伦比亚的医学博士项目可以提前结束，前提是她的论文能在暑假期间完成。现在距离截稿日期只剩两个月零五天了。

"你怎么能把一件事安排得井井有条，而把其他的所有事情都弄得乱七八糟？"在罗茜给她的打印机安装了错误的驱动程序之后，我不禁问了出来。

"因为我需要把心思完全放到论文上，没工夫注意其他的事情。没人会在意弗洛伊德是不是会看牛奶的保质期。"

"20世纪初期还没有保质期的概念。"

两个如此不同的人竟能成功地结为夫妻，真是令人难以置信。

第二章
## 橙汁事件

　　橙汁事件发生在周末，使本已多事的一周雪上加霜。公寓楼的洗衣设备是公用的，有一位住户把他的衣服塞进我们的衣服中一起洗，毁掉了我全部两件"得体的"衬衣。我理解他想要提升洗衣效率，但他的一件衣服把我们的浅色衣服染上了深深浅浅的紫色，怎么也洗不掉。

　　从我的角度看，这算不得什么问题：我是哥伦比亚大学医学院的一位客座教授，没必要设法去给人"留下良好的第一印象"。当然我也无法想象在一家餐厅，我会因为衬衫颜色问题而被拒绝服务。罗茜的外衣大部分都是黑色的，所以也不会有什么影响。主要的问题出在她的内衣上。

　　我对她内衣的新颜色完全没意见，而且也不该有人看到她不穿衣服的样子。当然医生是个例外，但医生的职业素养完全不会让他/她在审美方面提出任何异议。罗茜已经就这个问题与肇事者——邻居杰尔姆进行了讨论，希望他不要再犯。这是一个合理的诉求，但杰尔姆叫罗茜去死。

　　她会遭遇抵抗我毫不意外。罗茜已经习惯于直来直去的交流方式，这对我来说是高效的表现，确实也是必要的。但对其他人来说，她的直接通常被理解成了挑衅。杰尔姆也并没有表现出想要探求双赢解决方案的意思。

现在，罗茜希望我能"站出来"，告诉杰尔姆"我们不会听任他的摆布"。这种情形正是我告诫我的武术学生们一定要设法避免的。如果两方都以夺取统治地位为目的，且遵循"以更大力量回应"的原则，其最终结果定是一方的非死即伤。失去洗衣战场。

但跟整个这一周比起来，洗衣之战只能算一件小事。这一周分明就是一场灾难。

经常有人说我滥用了"灾难"这个词，但任何理智之人此刻都会认同我的选词，这确实是一个贴切的词来形容我最好朋友的失败婚姻，还有他两个年幼的孩子。吉恩和克劳迪娅还在澳大利亚，但他们的婚姻状况即将对我的生活产生更加深远的影响。

吉恩和我通过Skype（通信软件）聊天，通话质量很差，他也喝了不少酒。他似乎很不愿意对我祖露细节，可能是因为：

1. 人们大都不愿意公开谈论包含自己在内的性爱活动。
2. **此人的行为极其愚蠢。**

吉恩向克劳迪娅承诺要放弃与不同国籍女性上床的计划，但他失败了。履约失败的行为发生在瑞典哥德堡的一次会议期间。

"唐，同情同情我吧，"他说，"她住在墨尔本的比例能有多大啊！她可是个冰岛人。"

我提醒吉恩，作为一名澳大利亚人，我正居住在美国。一个简单的反证就可以推翻他有关人们会一直住在祖国的荒唐观点。

"好吧，但住在墨尔本，还和克劳迪娅认识，这概率能有多大啊！"

"很难计算。"我向吉恩指出，他应该在排出国籍列表之前就提出这个问题。如果他想要得到一个合理的推测，则需要为我提供人口迁移模式及克劳迪娅的社交和工作圈信息。

还有另外一个因素："在计算风险时，我需要知道你在放弃承诺之后，勾引了多少位女性。很显然，风险指数和人数呈正向分布。"

"这很重要吗？"

"如果你想要个约数的话，我猜答案不会是零。"我说。

"唐，会议——特别是海外的会议——根本就不算数。人们不就是因为这些艳遇才去参会的吗，每个人都懂的。"

"如果克劳迪娅也懂，那问题出在哪儿？"

"问题出在不该被抓到。哥德堡的事就让它留在哥德堡。"

"可能冰岛的女性并不清楚这样一条规矩。"

"她参加了克劳迪娅的读书会。"

"这规矩不适用于读书会？"

"算了吧。无论如何，一切都结束了。克劳迪娅把我赶出来了。"

"你无家可归了？"

"差不多吧。"

"难以置信。你告诉院长了吗？"我们在墨尔本的理学院院长极度在意学校的公众形象。要是让她知道心理学系的掌门人无家可归，我猜按她的惯用说法，这种事"可不光彩"。

"我正在休我的学术休假①，"吉恩说，"谁知道啊，没准哪天我就去纽约了，到时请你喝啤酒。"

这太棒了——当然不是说啤酒，酒我自己可以买——我是说与结识最

---

① 学术休假（Sabbatical），是指大学教师在服务一定年限之后，可申请享受的全薪或半薪休假。时间通常为半年或一年，可用于学习、休养或旅行。是大学教师在职发展的一项重要而有效的福利制度。

久的老友相聚纽约的可能性。

除了罗茜和家人，我一共有六个朋友。按总体接触时间长短降序排列，他们分别是：

1. 吉恩。虽说他的建议通常不怎么靠谱，但他对于人类性吸引力的问题有着异常丰富的理论储备。这可能是由于他体内的里比多①值，明显高于57岁男性的平均水平。

2. 克劳迪娅。她是吉恩的妻子，一位临床心理学家，世界上最敏感的人。在吉恩决定洗心革面之前，她对吉恩不忠的行为展现出了异乎寻常的高度容忍。他俩有个女儿尤金，还有吉恩和前妻的儿子卡尔。尤金9岁，卡尔17岁。两个孩子的未来会怎样，我不知道。

3. 戴夫·贝希勒。他是我和罗茜第一次去纽约时，在棒球场结识的一位冰箱设计师。我们现在每周固定聚会一次，"男孩之夜"，一起聊聊棒球、冰箱，还有婚姻生活。

4. 索尼娅。戴夫的妻子。她的体重有些许超标（体重指数约为27），但人十分漂亮，是一家人工授精机构的财务总监，收入优渥。这给了戴夫很大的压力，总担心索尼娅会结识更有魅力或者更有钱的人，弃他而去。戴夫和索尼娅一直希望通过人工授精技术怀上孩子，试了足有五年（但奇怪的是，他们并没有选择索尼娅供职的机构，这本应能给他们带来价格上的优惠，也方便选择质量更高的基因）。最近，他们终于成功了。孩子的预产期在圣诞节当日。

5.（并列）艾萨克·埃斯勒。一位澳大利亚精神科医师，我一度把他看作最有可能是罗茜生父的人。

6.（并列）朱迪·埃斯勒。艾萨克的美国妻子。朱迪是一位陶艺艺术

---

① 里比多（libido），即性冲动。

家，同时也为慈善事业和研究项目筹款。我们公寓里那些胡乱堆放的装饰品中，一部分就是出自她手。

　　六位朋友，如果埃斯勒夫妇还能算是我的朋友的话。自六周零五天前的蓝鳍金枪鱼事件以来，我们再也没有联系过。但即便只剩四个，也是我有生以来朋友最多的一次了。现在还有一种可能，我所有的朋友——除了一个，克劳迪娅——都能来到纽约，和我聚在一起。

　　我即刻行动，联系了哥伦比亚大学医学院的院长戴维·博伦斯坦博士，问他吉恩能否在哥大完成学术休假。吉恩，人如其名，是位遗传学家，但专长是进化心理学。他可能的去处包括心理学系、遗传学系或医学系，但我不建议他去心理学系。大部分的心理学家与吉恩的理论相左，我估计吉恩应该也不想在他的生活中平添什么争端了。这样的洞察需要有一定水平的同理心，在与罗茜共同生活之前，这种同理心正是我所缺失的。

　　我提醒院长，吉恩是一名正教授，但可能并不想在此展开什么新的项目。戴维·博伦斯坦很清楚学术休假的规程，知道吉恩的工资会由澳大利亚的大学发放。他似乎也很了解吉恩的名声。

　　"如果他能合著几篇论文，放过手下的博士生，我就能给他安排个办公室。"

　　"没问题，没问题。"吉恩是发论文的专家，不费吹灰之力就能发表文章。我们就能有大把的自由时间讨论有意思的话题了。

　　"关于博士生那条，我是认真的。如果他出了问题，我就拿你是问。"

　　这种威胁合情合理，特别是对大学的行政人员来说，这也给了我一个规范吉恩行为的机会。我和一些博士生谈了谈，得出了结论，他们全都不是吉恩感兴趣的人。在通知吉恩拿到职位的报喜电话中，我再一次做了确认。

"你找过墨西哥姑娘，对吧？"

"我跟一位墨西哥女士共度过一些时光，你是这个意思吧？"

"你跟她上床了？"

"差不多吧。"

有几位博士生来自海外，但吉恩找过的姑娘差不多已经覆盖了大多数人口密集的发达国家。

"所以你会接受这份工作？"我问。

"我要再看看其他选择。"

"太可笑了。哥伦比亚有全世界最好的医学院，他们还准备接受你。你可是因为懒惰和行为不当而声名在外的人啊。"

"听听是谁在说行为不当的事。"

"没错。他们接受了我。他们十分包容。你周一就能过来了。"

"周一？唐，我可还没地方住呢。"

我告诉他，我会想办法解决这个小小的现实问题。吉恩要来纽约了。我们又聚在同一所大学了。当然，还有罗茜。

看着桌上的两杯橙汁，我突然意识到自己一直寄希望于酒精能缓解我的焦虑，把吉恩要来的消息告诉罗茜。我宽慰自己，没必要这么忧心，罗茜一直标榜自己是喜欢惊喜的人。然而，这样简单的分析忽略了三个重要的因素。

1. 罗茜讨厌吉恩。他曾是她在墨尔本的博士导师，严格说来，现在也还是。罗茜对他的抱怨数不胜数。她不满吉恩的学术行为，更是没法接受他对克劳迪娅的不忠。我则一再强调他已经决心改正，但眼下，这种说法不攻自破。

2. 罗茜认为"二人世界"十分重要。现在，我不可避免地要花一些时间在吉恩身上，因为他坚信跟克劳迪娅的关系玩完了。但如果我们可以帮助他挽回这段关系，那么暂时性地下调我们健康婚姻关系的重要性也是合理的选择。但我肯定罗茜是不会同意的。

3. 第三点最为严峻，这可能是源于我的误判。但我决定暂时不去想它，集中注意力在最紧迫的问题上。

　　两只装着橙汁的高脚杯让我想起了第一次和罗茜"结合"的夜晚——伟大的鸡尾酒之夜——我们收集了罗茜母亲医学院同学会上所有男性来宾的DNA，并排除了所有人是罗茜生父的可能性。再一次地，我高超的鸡尾酒调制技术解决了难题。

　　罗茜和我每周有三个晚上在炼金术士酒吧兼职。炼金术士是一家鸡尾酒酒吧，在熨斗区①的西19街上。想在这里立足，酒水调制设备和原料是制胜关键（尽管财务人员并不同意我的看法）。我往橙汁里倒了伏特加、加利安奴甜酒和冰块，搅拌了一下。在等罗茜回来共饮之前，我给自己倒了一小杯伏特加，加冰块，挤了点青柠汁，快速吞下。几乎与此同时，我的压力级别恢复到了初始值。

　　罗茜终于从浴室出来了。从进到出，她外表唯一的变化就是一头红发变得湿答答的。但她的情绪似乎好了不少：几乎是一路跳着舞进了卧室。很显然，扇贝是个好选择。

　　可能目前的情绪状态让她更容易接受吉恩过来休假的消息，但似乎明天早上是个更好的选择，在我们的清晨性爱之后。当然，如果被她发现我故意隐瞒了信息，我一定会被苛责。婚姻就是这么复杂。

　　罗茜走到卧室门口，转过身，说道："给我五分钟穿衣服，我可期待着吃到世界上最棒的扇贝。"她的用词"世界上最棒的"明显是盗用于我

---

① 　熨斗区（Flatiron），纽约曼哈顿的一个街区，因地标性建筑熨斗大厦而得名。

的——证据确凿，她的情绪确实不错。

"5分钟？"低估所需的时长将对扇贝烹饪带来灾难性的影响。

"那就15分钟。吃东西不用着急。我们可以边喝边聊，马洛里队长①。"

使用格里高利·派克的角色名更是个好兆头。唯一的问题在于"聊"。"有什么新鲜事吗？"她会这么问，而我则不得不提起吉恩的学术休假。我决定假借烹饪忽略这个问题。同时，我把两杯哈维撞墙②放到冰箱里，避免因冰块融化使酒升温，超过最理想的饮用温度。低温也可以减缓橙汁变质的速度。

我继续准备晚餐。这道菜我第一次做，开工后我才发现蔬菜都要求切成1/4英寸的小丁，而原料表中并没有提到尺子。我赶忙在手机上下载了测量的应用程序，直到罗茜从卧室出来，我还没切出多少合规的菜丁。罗茜换上了一条连衣裙——对家中晚餐来说，十分罕见。那是条白色的裙子，鲜明地映衬着一头红发，她看起来太美了。我决定稍稍推迟宣布吉恩的消息，到今天晚些时候。这样罗茜就不该有什么抱怨了。我会把合气道练习安排在明天早上，这样一来，我们的性爱活动就要放到晚饭后了，或者之前也行。我是个灵活的人。

罗茜坐在一把扶手椅上——我们一共有两把，占了客厅很大一块地方。

"过来跟我说说话。"她说。

"我在切菜，就在这儿说吧。"

"橙汁哪儿去了？"

我从冰箱里取出改良的橙汁，递给罗茜一杯，在她的对面坐下。伏特加还有罗茜的友好态度让我放松，但我怀疑这些都是假象。吉恩、杰尔姆

---

① 马洛里队长（Captain Mallory）是格里高利·派克在《纳瓦隆大炮》一片中扮演的角色。

② 哈维撞墙（Harvey Wallbanger），鸡尾酒名，由伏特加、橙汁、加利安奴甜酒和冰块混合而成。

还有橙汁难题仍处在后台运行模式。

罗茜举了举酒杯，好像要祝酒。她果然开始祝酒了。

"我们有好事要庆祝了，队长。"她说。她看着我，短短几秒，她知道我不喜欢惊喜。我猜她是在论文上取得了什么里程碑式的突破吧。或者她获得了某个职位，让她从医学院毕业后就能参与到某个精神病学培训项目当中。这都是天大的好消息，而且据我估计，事后做爱的可能性一定会大于90%。

罗茜微笑着——接着，应该是故意顿了顿，抿了口酒。灾难！好像杯子里装的是毒药。她马上吐了出来，吐到了她的白裙子上，接着就冲进了洗手间，我赶忙跟上去。她脱下裙子，把水浇到上面。

罗茜站在那儿，穿着一身浅紫色的内衣，不停地用水里里外外地冲着裙子，背对着我。她说的话我想不明白，信息太过复杂了。

"我们怀孕了。"她说。

# 第三章
## 意外怀孕

  我努力分析罗茜的意思。事后回想我的反应，我认为我的大脑当时被三条明显不合逻辑的信息攻击了。

  第一，"我们怀孕"的说法明显违背基本的生物学常识。这句话暗指我的状态，出于某些原因，也随着罗茜状态的变化而发生了变化。罗茜肯定不会说"戴夫怀孕了"。然而，根据罗茜那句话的隐含意思，戴夫也怀孕了。

  第二，怀孕这件事完全在计划之外。罗茜说过，如果怀孕，她就会下定决心把烟戒掉，然而我却理解为她是指我们早晚可能会有孩子，届时这就会成为戒烟的动机。另外，我们也曾明确讨论过这件事。那是在澳大利亚维多利亚州卡尔顿区莱贡街上的吉米沃森餐厅。时间为去年的8月2日，距离婚礼还有九天，当时有一对夫妻把安放婴儿的容器放在了我们两桌之间的地板上。罗茜谈到了我们共同繁殖的可能性。

  那时我们已经决定来纽约，而且我提出怀孕应等到她结束医学院的课程和执业资格考试之后。罗茜不同意，她觉得那样就太晚了。等到取得精神科医师执业资格时，她就要37岁了。我建议至少应该等到她完成医学博士的课程之后。罗茜想要成为一名精神疾病的研究员，精神科医师的执业资格并非先决条件。所以即便是因为生孩子而耽误了复习，其影响也不会是灾难性的。我印象里她当时并没有表示异议。但无论如何，任何一项重大的人生决定都必须：

1. 给出具体选项，比如是不要孩子，还是要明确数量的孩子，还是通过慈善机构，赞助一名或多名儿童。

2. 列举出各选项的优劣势，如出行自由，有时间投入工作，会因孩子的行为而受到干扰或感到悲痛的风险。每一个因素都应被赋予一定的权重，权重需双方认可。

3. 根据上述方法对各选项进行客观比较。

4. 制定实施细则，如在实施过程中出现新的影响因素，则需对上述1、2、3条进行修订。

很显然，电子表格是完成1到3条必需的工具。如果第4条情况复杂，比如涉及一个新生人类的存在，且未来数年要保持对其供给，满足其各种需要，则需使用项目规划软件这一更为恰当的工具。我发现目前尚未存在适用于婴儿计划的电子表格或甘特图表。

第3条明显违反逻辑之处在于罗茜一直在使用口服避孕药组合，该组合宣称若能"严格"服用，可将年均避孕失败率控制在0.5%之内。这里的"严格"是指"每日服用正确的药片"。我实在无法理解，罗茜怎么能这么没条理，连如此简单的事情都能做错。

我同时意识到，并非每个人都像我一般珍视规划的可贵，总有人愿意让自己的人生被随机发生的事件左右，哪怕坠入未知的歧途。在罗茜的世界里，在那个我选择与之分享的世界里，大众心理学的话语权可能远在生物学之上——怂恿你积极拥抱未知，却想不起来服用必需的药片。三件大事接连发生，但眼下的这件足以让橙汁难题，甚至是吉恩的学术休假都显得微不足道。

这样的分析，当然是在事后才完成的。我呆立在浴室里，承受着前所未有的精神压力。我一直在竭力保持冷静，但情绪已经退到了摇摇欲坠的边缘，就在这时，最强烈的暴击又向我袭来。结果不可避免。

情绪崩溃。

这是我和罗茜结识以来第一次情绪崩溃——确切来说，是我的姐姐米歇尔因为宫外孕误诊去世以来的头一次。

或许是因为我年龄渐长，情绪日趋稳定，又或者是我的潜意识想要保护我和罗茜的关系，我花了几秒钟，维系理智。

"你还好吗，唐？"罗茜问。

答案当然是不好，但我不想告诉她。我要把所有的精力都放到实施紧急方案上。

我做了个暂停的手势，跑开了。电梯来到我们所在的楼层，但电梯门似乎花了一辈子的时间才打开，再花上下一辈子的时间在我面前关上。在这个密封的空间里，我的情绪终于得以宣泄，因为我不想打破东西，更不想伤害到谁。

毫无疑问，我疯了，我不停地捶打着电梯，放声大叫。"毫无疑问"——这词用得没错，我竟然忘了按楼层，径直下到了地下室。电梯门打开的时候，杰尔姆就站在那儿，手里抱着洗衣篮，身上穿着一件紫色的T恤衫。

我的怒气当然与杰尔姆无关，但他似乎并没有注意到这一点。他伸手抵住我的胸口，似乎是在提前做好自我防卫的准备。出于本能，我抓住他的手臂，背向擒住了他。他撞到电梯墙上，但即刻转身，向我施以重拳。

这一次，武术训练战胜了本能。我躲开了他的拳头，扳住他的双臂，卸了他的防御之力。很显然，他很明白自己的处境，已经准备好要吃我一击。我断无攻击他的道理，随即放开了他。他匆匆跑上楼，把洗衣篮丢到一边。我得离开这个狭小的空间，便跟上了他。我们二人一起跑到了街上。

起初，我根本不知道要去哪里，只是紧紧地跟着杰尔姆，他不停地回头看我。最终，他溜进一条小路躲了起来，我的思路也渐渐清晰。我要向北走，去皇后区。

我从未跑步去过戴夫和索尼娅的公寓。幸运的是，纽约的街道有一套逻辑清晰的编码系统，路线因此一目了然，这种系统简直应该在所有城市推行。我跑得很快，差不多有25分钟。在公寓楼下按响门铃时，我已经一身大汗、气喘吁吁。

我的怒气在与杰尔姆的遭遇战中消耗殆尽，我很庆幸自己没有头脑一热，与他恶拳相向。我的情绪濒临失控，但武术道义战胜了情绪。这一点令人宽慰，但我整个人仍然深陷在绝望之中无法自拔。我要怎么跟罗茜解释我的行为？我从未向她提起过情绪崩溃的事情，原因有二：

1. 距离上次崩溃已经过去很长时间，我的幸福感也与日俱增，因此这样的问题应该不会再次发生。
2. 罗茜可能会因此拒绝我。

对罗茜来说，拒绝我是一个合理的选择。她完全有理由把我看成一个危险又暴力的人。然而，她怀孕了。孩子的父亲是一个危险又暴力的人。这太可怕了。

"你好。"对讲机里传出了索尼娅的声音。

"我是唐。"

"唐？你还好吗？"索尼娅显然从我的声音里听出了什么问题——可能是因为我没有像往常一样"向您致敬"。

"我不好。整个是一场灾难。是无数场灾难。"

索尼娅按开门，让我上去。

戴夫和索尼娅的公寓比我们的要大，各处都散落着婴儿用品。突然，我意识到"我们"这个词可能很快就不再适用了。

我的心绪焦虑不安。戴夫去拿啤酒，索尼娅建议我坐下来，但来回踱步才让我觉得舒服。

"怎么了？"索尼娅问道。接着，她又问了我一个问题。这问题该问，但我给不出答案。"罗茜还好吗？"罗茜还好，至少身体还好。我平静了一些。理性逐渐回归，着手处理感性留下的烂摊子。

"不是罗茜的问题。是我的问题。"

"发生什么事了？"索尼娅继续问道。

"我整个人崩溃了。我控制不住我的情绪了。"

"没管住？"

"管住什么？"

"在澳大利亚不这么说？我是说，你没管住自己的脾气？"

"没有。我的精神有点问题，但我没告诉过罗茜。"

我也没告诉过任何人。我从未承认过自己患有精神疾病。至多是在二十几岁时得过抑郁症，但这完全是因为我在社交上被孤立。我承认，自己与大多数人在大脑配置上似乎有些不同，确切地说，是南辕北辙。但若是没有我们这样的人，盘尼西林（青霉素）和电脑可能根本不会存在于世。早在20年前，医生们就妄图诊断我患有精神疾病，我一直认为他们的判断有误。除去记录在案的抑郁表现，他们根本拿不出什么确凿的诊断依据。然而，情绪崩溃是我的软肋。情绪崩溃本身就是对不合理的现实做出的一种更为不合理的反应。

戴夫回来了，递给我一瓶酒。他也给自己倒了一杯，一口吞掉了大半杯。戴夫因为体重严重超标，被禁止喝啤酒，只有在我们的狂欢夜上能喝一点。我的情况在渐渐好转。尽管我还在流汗，但冷气和啤酒让我冷静了不少。索尼娅和戴夫真是优秀的朋友。

戴夫一直在听我们的对话，包括我对精神疾病的坦承。"你也没跟我说过，"他插进来，"是哪一种……"

索尼娅打断了他："不好意思，唐。我和戴夫想单独谈谈。"索尼娅和戴夫去了厨房。我知道，依据常理，他们的确需要想些托词来掩盖他们的行为，即在我听不到的情况下讨论有关我的问题。幸运的是，我不是一个容易感觉被冒犯的人。戴夫和索尼娅也很清楚这一点。

戴夫独自回来了。他的酒杯里装满了啤酒。

"这种事多久发生一次？我是说情绪崩溃。"

"跟罗茜是第一次。"

"你打她了吗？"

"没有。"我希望答案是"当然没有"，但当所有的理性思维都被失控的情绪淹没殆尽时，我无法给出任何绝对的答案。但我已为此做好了应急方案，方案今天也起了效果，所以我才能基于此给出答案。

"那你推她了吗——或者有什么类似的行为吗？"

"没有，跟暴力一点关系都没有。完全没有任何肢体接触。"

"唐，我知道我应该说些'兄弟，别瞎扯淡'这样的话，但我没办法说出口。你是我的朋友——跟我说实话就行了。"

"你也是我的朋友，你应该明白我根本不知道怎么骗人。"

戴夫笑了："没错。但如果你想要我相信你，就应该看着我的眼睛。"

我盯着戴夫的眼睛。蓝色的，竟然还是浅浅的蓝色。我之前并没有注意到这一点，这无疑是因为我从来没有看过他的眼睛。"没有任何的暴力行为。但我有可能吓到了一位邻居。"

"×，要是你发神经时没人看到就好了。"

戴夫和索尼娅对于我可能攻击罗茜的推测让我痛苦，但欣慰的是，我意识到事情完全可能进一步失控，而一旦如此，他们会首先想尽办法保护罗茜。

索尼娅站在戴夫办公室的门口，一边招手一边打电话。她给了戴夫一个竖大拇指的手势，接着就兴奋起来，像个孩子似的跳来跳去，不断地在空中挥手。这一切简直不可理喻。

"我的天哪，"她高叫道，"罗茜怀孕了。"

索尼娅声音之高，好像屋子里有20个人一样。戴夫和我碰杯，啤酒洒了不少，甚至还用他的手臂环上了我的肩膀。他一定是感到了我的僵硬，便放开了我。索尼娅还在重复着她夸张的动作，戴夫拍了拍我的后背。简直就像是高峰时段的地铁。他们把我的痛苦当成了庆典。

"罗茜还在线上。"索尼娅说着，把手机递给我。

"唐，你还好吗？"她说。她很担心我。

"当然。那只是暂时的。"

"唐，对不起。我不应该就这么突然地告诉你。你要回家吗？我真的很想和你说说话。但是，唐，我不希望这是暂时的。"

罗茜一定认为我是在说她——她的孕情——但她的答案提供了重要的信息。在戴夫开车送我回家的路上，我想了很久：在罗茜看来，怀孕一定是个喜讯，而不是个错误。那两杯橙汁提供了进一步的证据。她不想要伤害这颗受孕成功的卵子。这些信息需要很大的精力处理，但我的大脑已经运转正常，至少是恢复到了我惯常的运转模式。情绪崩溃可能就是在信息过载后一次心理重启的过程。

尽管我识别社交信号的水平有所上升，但我还是差点错过了戴夫发出的一次信号。

"唐，我本来想请你帮个忙，但考虑到罗茜还有其他的一些情况……"

太棒了——这是我的第一反应。但接着我就意识到，戴夫的后半句，无论是从语气还是表达方式上，都在发出暗示，希望我能反驳他，好让他摆脱负罪的心理，在我麻烦缠身的时候继续给我增加负担。

"没问题。"

戴夫微笑起来，我能感受到他高涨的喜悦之情。10岁的时候，我终于学会了接球，我为此付出的练习量远远超过一个小学生应有的水平。那时，每一次顺利完成这个别人看起来十分平常的动作，我都能感受到一种巨大的满足感。如今，这种满足感重现，在因为我日渐娴熟的社交技能带来良好结果的时候。

"也不是什么大事，"戴夫说，"我最近刚帮一个英国人建了一个啤酒窖，在切尔西。"

"啤酒窖？"

"跟普通酒窖差不多，不过是放啤酒用。"

"听起来像个传统的工程，应该跟冰箱没什么关系吧。"

"看了你就知道了。可真是造价不菲。"

"你觉得他会讨价还价？"

"这不是什么常规的活，那人也有些古怪。我觉得英国人还有澳大利亚人——你们应该更好沟通吧。我就是需要些道义上的鼓励，别让他随随便便就赢了我。"

戴夫随即陷入沉默，我也趁机想了想。我拿到了一个缓刑的机会。罗茜应该会认为，我之所以提出"暂停"的要求是因为我需要时间来思考她宣布的消息会带来怎样的连锁反应。她应该尚未意识到我的情绪崩溃，因为怀孕的消息让她高兴得不得了。

这对于我也不会产生直接的影响。明天我会慢跑到切尔西市场，参加武术中心的合气道课程，听完上周的《科学美国》播客。我们会一起去自然历史博物馆看一个有关青蛙的特展，晚餐我会做寿司、南瓜煎饺、味噌汤，还有鱼肉天妇罗，原料用白鲑鱼肉，种类可随意选择，只要是龙虾餐厅大厨推荐的就行。我还会利用罗茜坚持要在周末留出的"空余时间"——她眼下基本都花在论文上了——参加戴夫与客户的会谈。我还会去家居用品店买一些特殊的瓶塞和真空泵，把罗茜常喝的酒保存好，再帮她把饮料都换成果汁。

除了饮品，生活基本不会有什么改变。当然，吉恩也是个例外。我还得想办法解决他的问题。基于眼下的情况，推迟公布吉恩到来的消息似乎才是上上策。

从戴夫家回来已经是晚上9点27分了。罗茜抱住我，哭了起来。我已经学会不要在这种时候解读她的行为，或者试图弄明白她在表达怎样的感情，尽管要基于这些信息才能帮助我给出合理的回应。我该做的正与之相反。我采取了克劳迪娅建议的策略，模仿格里高利·派克在《锦绣大地》中的角色。强壮而沉默。这对我来说很容易。

罗茜很快恢复了正常。

"我挂了电话就把扇贝什么的放到了烤箱里，"她说，"现在应该好了。"这种说法简直就是无知，但我想即便再放上一个小时，食材也不会更差到哪里去。

我再次拥抱了罗茜。我感受到了普遍意义上的快乐，就是那种人类在致命威胁被解除后的典型反应。

一小时零七分钟后，我们开始享用扇贝，穿着睡衣。计划中的任务悉数完成。只差宣布吉恩的消息了。

# 第四章

## 啤酒公寓

　　幸好我们把性爱活动提前到了周五晚上。第二天一早，在我结束了市场慢跑之后，罗茜开始感觉有些想吐。我知道这是怀孕头三个月的普遍症状，而且多亏了我的父亲，我方能使用正确的词语。"如果你说自己恶心①，唐，你就是在说自己让人作呕。"我的父亲特别在意词语的正确使用。

　　进化理论对于怀孕初期的晨吐症状有一些非常不错的解释。在胎儿生长初期，母体的免疫水平有所降低，呕吐可以避免母体消化掉有害物质。在这一阶段，母亲的胃部会对不适宜的食物产生高度的抗拒反应。因此，我建议罗茜不要服用任何药物来干扰这一自然进程。

　　"我听到了。"罗茜说。此刻，她正在洗手间，双手扶在盥洗盆上，

---

① 想吐（nauseated）和恶心（nauseous）拼写相近，但在意思上有差别。

"我会把沙利度胺<sup>①</sup>放回柜子里的。"

"你在用沙利度胺？"

"开玩笑的，唐，我在开玩笑。"

我告诉罗茜，很多药物都能穿透胎盘壁，导致婴儿畸形。我举了一些例子，还有它们可能导致的畸形症状。我相信罗茜不会服用其中任何一种药物，但这些有趣的信息都是我几年前读到的，我想与她分享。谁料，她竟关上了门。那一刻，我意识到罗茜肯定服用了一种药物。我赶忙打开门。

"还有酒精。你怀孕多久了？"

"差不多三周了，我估计。我马上就好了，关上门行吗？"

她的语气告诉我，给出否定的答案可不是个好主意。这简直就是一个典型的例子来说明计划失败会造成怎样的后果。这些后果甚至创造出了一个特殊的恶名，即便是在不那么重视计划的地方也能通用。这就是意外怀孕。如果不是意外怀孕，罗茜就可以提前开始戒酒，也可以安排好医学评估排除所有风险，我们还可以借此开展项目研究，证明精子的DNA质量可以通过每日性爱活动提升。

"你最近还抽烟，或者吸大麻吗？"罗茜在不到一年前戒了烟，偶尔还有复吸的行为，特别是在喝了酒的时候。

"嘿，别再吓我了。都没有。你知道该担心点什么吗？是类固醇。"

"你在使用类固醇？"

"没有，我没用类固醇。但你让我感觉压力很大。压力能产生皮质醇，这是一种类固醇激素。皮质醇也能穿透胎盘壁；婴儿皮质醇水平过高，会诱发抑郁症。"

---

① 沙利度胺（thalidomide），镇静剂的一种，曾被用作防止孕妇呕吐的药物，但因易导致新生儿畸形而遭禁用。

"你研究过这个课题？"

"也不过是五年而已。不然你觉得我博士念的什么？"罗茜从洗手间出来，舌头伸在外面，这形象可和科学权威毫不搭边，"所以，在接下来的九个月，你的任务就是不让我感到有压力。跟我说：罗茜一定不能有压力。继续。"

我重复着这一指令："罗茜一定不能有压力。"

"实际上，我现在就觉得有一些压力。我能感到皮质醇在上升。我需要有人帮我按一按，舒缓一下。"

还有另外一个同样关键的问题。我一边搓着按摩油，一边用着尽量不引起任何压力反应的语调问道："你确定你怀孕了吗？去看过医生了吗？"

"你还记得我是个医学生对吧？我测了两次。昨天早上，还有告诉你之前。两次都是假阳性的概率基本应该不存在吧，教授？"

"没错。但你也一直在吃避孕药啊。"

"我肯定是忘了。要么就是你天赋异禀。"

"你是忘了一次还是忘了好几次？"

"忘了的事情还怎么记得？"

我看了看药盒。这是罗茜住进来之后，一并带来的若干女性用品之一。药盒上有小小的圆形标志注明一周七天。这样的系统看起来挺有效率，但如果能标注上具体日期则会更好。我的头脑中浮现出一幅带有闹铃的数字分药器的图像。但即便是现行的系统，它的设计也明显旨在帮助那些智力水平远远低于罗茜的女性，避免在用药上出现错误。她应该一眼就能看出少吃了几次。罗茜转而提起了另一个话题。

"我觉得有孩子你会很高兴的。"

我会感到高兴，但是是那种"搭乘的飞机在两个引擎全部失灵后，机长宣布成功重启了一个引擎"的高兴——能够活下来让人高兴，但出现这样的事故本身就令人震惊，必须对事故的原因展开深入调查。

显然，我花了太久的时间反应。罗茜又把她的判断重复了一遍。

"你昨晚说你很高兴的。"

自从和罗茜举行了教堂婚礼，以纪念罗茜无神论母亲的爱尔兰血统，还有和她的父亲——菲尔，施行了"把女儿交给新郎"的传统礼仪，违背了罗茜一贯的女权主义原则，且因为什么（敏感的）规定，而带着身穿一袭她坚决不会再穿第二次的绝美白裙、戴着面纱的罗茜，仓皇逃离散落在我们身上的彩色纸片之后——我认识到，婚姻生活中，理智一定要给和谐让路，并甘居其后。如果再给我一次机会，我一定会认可抛撒五彩纸屑这项活动。

"当然，当然，"我说，我一边努力保持着理性，避免对话冲突，一边在记忆中搜索，往罗茜赤裸的身体上擦按摩油，"我只是想弄明白这一切是怎么发生的。从科学家的角度来看。"

"应该是在周六早上，你出去买了早饭，又模仿了《罗马假日》里的格里高利·派克之后。"罗茜回忆道，"你应该经常穿我的衣服。"

"那次我穿的是自己的衬衣吧？"

"你倒还记得清楚。你说得对，我让你脱掉的。"

6月1日，我的人生被改变，再一次被改变。

"我以为不会就这么怀上的，"她说，"我以为要好几个月，甚至几年，就像索尼娅那样。"

回想起来，那是最好的时机告诉罗茜，吉恩要来了。当时她坦承自己是故意没有用避孕药，因此也给了我机会坦承一些事情。可惜我后知后觉，当时一心只想着按摩的事情。

"你觉得压力小些了吗？"我问道。

她笑了："我们的孩子已经脱离了危险，不过是暂时的。"

"来点咖啡吗？我把你的蓝莓麦芬放到冰箱里了。"

"接着做你手头上的事。"

接着做我手头上的事的后果，就是挤掉了早餐和合气道练习之间的时间段，因此我也失去了与罗茜讨论吉恩难题的机会。我回来之后，罗茜建议我们取消博物馆的行程，好让她继续写论文。我则利用空出来的时间开始进行啤酒研究。

戴夫开车载着我来到一座位于高线公园和哈德逊河之间的新建的公寓楼，我也惊异于所谓"酒窖"其实是39层一套公寓中的小卧室，位于顶层公寓的正下方。公寓里没有人住。戴夫在卧室里装满了制冷面板，搭建了一个复杂的制冷系统。

"应该在天花板也装上制冷面板。"戴夫说。我同意。这样做会更节能，任何安装面板的费用都能通过后续节省的电费赚回来。自和戴夫结识以来，我对冰箱有了更多的了解。

"你为什么没这么做呢？"

"是公寓管理方的问题。我想他们早晚会同意的，毕竟这个客人不在乎花钱。"

"那看来这个客人要么是特别有钱，要么就是特别爱喝啤酒。"

戴夫向上指了指。

"两者皆有。他买了两套带四个卧室的公寓：这一套他专门用来放啤酒。"

他把手指摆到唇边，这是表示安静和保密的通用手势。一位瘦小的男人出现在门口，他的脸上布满皱纹，一头银色长发绑成了马尾。他的体重指数约为20，年龄差不多65岁。如果要猜他的职业，我会猜是水管工。但他如果真的曾经是个水管工，后来买了彩票一夜暴富，那他肯定会是个严苛的客户。

他操着一口浓重的英国腔。"你好啊，戴夫。带你的兄弟来了？"水管工伸出手，"乔治。"

我依照常规，并对乔治进行了评估，施以中等力度，握了握手，"唐。"

社交礼仪完成了。乔治开始巡视房间。

"温度设定在多少？"

戴夫给出了答案，但我推测这并不是一个正确的答案，"对啤酒来说，我们一般会设定在45度，华氏度。"

乔治似乎并不满意："算了吧，你想要把酒都冻上？如果我要喝拉格，我就用楼上的冰箱了。跟我说说，你到底对真正的啤酒有什么了解。艾尔啤酒①。"

戴夫能力很强，但他更依赖于实践和经验。两相对比，我更擅长阅读，因此我要花那么长的时间才能掌握合气道、空手道还有鸡尾酒制作中的表演部分。但戴夫在英式啤酒方面的经验可能为零。

我代表他回答了这个问题："对英式苦啤来说，理想温度为10到13摄氏度。波特啤酒、斯陶特啤酒和其他黑啤酒的最佳贮存温度为13到15摄氏度。换算成华氏度，则苦啤为50到55.4度，而黑啤为55.4到59度。"

乔治微笑着："澳大利亚人？"

"没错。"

"我原谅你了。继续说。"

我继续讲述着正确贮藏艾尔啤酒的方法。乔治看来对我很满意。

"真是个聪明的家伙。"乔治说，他转向戴夫，"我喜欢人有自知之明，知道自己哪里不行，也懂得如何向人求助。所以唐会来看顾我的啤酒，对吧？"

"呃，并不是，"戴夫说，"唐更像是……是个顾问。"

---

① 根据发酵时间长短，啤酒可分为拉格啤酒（lager）和艾尔啤酒（ale）两类。艾尔啤酒发酵技术要求更高，品质更好，带有更加浓烈的口感，酒体饱满，常见于精酿啤酒。

"我明白你的意思了，"乔治说，"多少钱？"

戴夫是个极有商业道德的人。"我要回去算一算，"他说，"你对于这些装备满意吗？"戴夫是指全套制冷、绝缘和穿透屋顶的管道设备。

"你觉得呢，唐？"乔治问。

"绝缘还差一点，"我说，"会很费电。"

"犯不上找这么多麻烦。我已经跟大楼管理员结了不少梁子。他不让我钻屋顶。我先省省吧，等到我装旋转楼梯的时候。"他大笑道，"其他的没问题吧？"

"没问题。"我很信任戴夫。

乔治把我们带到楼上。与其说这是一套公寓，不如说是家典型的英式酒馆。三间卧室被打通，和客厅连为一体，客厅里摆了好几套木质桌椅。吧台配有六个水龙头，与下方的酒窖通过管道相连，墙面上高挂着一台大尺寸的电视。屋子里甚至还有一个乐队的表演台，有钢琴、鼓和扩音器。乔治为人十分友好，从冰箱里取出精酿啤酒给我们。

"垃圾。"他说道。我们站在阳台上喝酒，视线跨过哈德逊河，望向新泽西。"好东西周二才运过来。跟我们一样，坐船过来。"

乔治回到屋子，拿来一个小小的皮包。

"来吧，把坏消息告诉我。"他对戴夫说。戴夫把这一要求解读成乔治在索要发票，便把一沓纸递给他。乔治大概看了看，从包里掏出厚厚的两卷百元大钞。他把一卷给了戴夫，又从第二卷中数出了34张钞票。

"103,400。差不多了。不用麻烦你的财务能手了。"他把名片递给我，"唐，有什么问题，随时给我打电话。"


乔治说得很明白，他希望我每天早晚都去酒窖看一看，至少头几周要这样。戴夫需要这份合同。在索尼娅怀孕之前，他放弃了一份稳定的工作，开始自己创业，但目前还没赚到什么钱。索尼娅打算生产之后便辞掉工作，而养孩子本身也是笔不小的开支。

戴夫是我的朋友，我别无选择。我不得不调整日程计划，空出时间，每天往切尔西跑两趟。

在我的公寓楼外，我被大楼的管理员拦了下来。以往我都会竭力避免与其接触，担心会有被人投诉的可能。

"蒂尔曼先生，您的一位邻居多次向我们投诉。很显然，您袭击了他。"

"没有。是他先袭击了我，我只是用了一点点的合气道技巧，避免我们两人都受伤。而且，是他把我夫人的内衣都染成了紫色，还对她出言不逊。"

"所以你袭击了他。"

"没有。"

"我听起来倒正相反，你刚才已经向我承认对他使了合气道。"

我刚想争辩，可还没开口，他就又抛出了一席话。

"蒂尔曼先生，我们有一个很长的候补名单，大家都想住到这栋楼里来。"他的手势似乎是在支持他的论点，"我们把你赶出去，第二天就会有人住进来，正常的人住进来。我不是在威胁你——但我也会向公寓所有人汇报。我们绝不欢迎怪胎，蒂尔曼先生。"

# 第五章
## 迎接嫩芽儿

每周六的晚上，我都会准时和在谢珀顿的母亲通过Skype通话。我们约定的时间是美国东部夏令时间的晚上7点，即东澳大利亚标准时间的早上9点。

我家的五金店还在维持；我的弟弟特雷弗经常不在，他也要找到他的罗茜；我叔叔的情况似乎有所好转，上帝保佑。

我得让我的母亲相信我和罗茜一切都好，工作顺利，叔叔身体状况的好转完全归功于医药科学而非什么神祇，这个家伙很可能就是纵容我叔叔患上癌症的元凶。母亲表示感谢上帝只是一种惯常的表达，而不是在给出这位干涉主义上帝确实存在的科学证据——上帝宽恕我——这也是一种表达方法，唐纳德。差不多30年来，我们的对话内容基本没变过。

准备晚餐十分费时。制作寿司拼盘的原料数量庞杂，直到我和罗茜落座开始吃晚餐时，我还没有告诉她有关吉恩的消息。

但罗茜想要谈谈怀孕的事。

"我在网上查了查，你知道吗？现在孩子连一厘米都没有。"

"孩子这个词用得不太对。他现在不过是个胚囊。"

"我不会叫他胚囊的。"

"胚芽。还没有长成胎儿。"

"听着，唐。这话我只说一遍。在怀孕的40周里，我不希望听到任何技术性评论。"

"还有35周。妊娠周期一般要从怀孕前两周开始算起，我们估计是在三周前模仿《罗马假日》的那天晚上怀上的。当然，这也需要和医生再次确认的。你预约医生了吗？"

"我可是昨天才发现自己怀孕了啊。无论如何，在我这儿，他就是个孩子。快要成形的孩子，明白吗？"

"发育中的孩子。"

"没错。"

"很好。我们就叫他发育中的孩子。嫩芽儿①。"

"伙计②？简直像个70岁的糟老头子。如果他是个男孩的话。"

"撇去性别不谈，从数据上来看，嫩芽儿有很大的可能活到70岁，如果他能顺利发育成熟、出生，外部环境也没有什么重大变化，比如核毁灭，或者是陨星，导致恐龙灭绝的那种——"

"——直接被父亲预言了死亡。但怎么说这也是个男孩的名字。"

"这也是植物的一部分，也能算是花朵的前身。花朵代表女性，你的名字也是一朵花。所以嫩芽儿是最好的选择，就像一朵花的繁殖机制。玫瑰花苞，罗茜的嫩芽儿——"

"好了，好了。我在想我们的孩子，未来只能睡在客厅里。除非我们

---

① "嫩芽儿（BUD）"可以看作"发育中的孩子（Baby Under Development）"的缩写，音译为巴德。

② "伙计（BUD）"与上文的嫩芽儿拼写一致。

能找个大点的地方。"

"当然。我们应该给嫩芽儿买张折叠床。"

"什么？唐，孩子要睡在婴儿床里。"

"我是在说他再长大点，大得能睡到床上之后。我们现在就可以先买好，备下。明天咱们就去买床吧。"

"我们现在根本不需要买床，甚至连婴儿床一时半会儿也用不上。我们等到一切都安定了再说。"

我把昨晚剩下的灰皮诺全都倒进杯子，真希望瓶子里还能再剩下点。这么小小一口简直对我毫无作用。

"我们要给吉恩准备张床。他和克劳迪娅分手了。他会来哥伦比亚大学工作一段时间，在找到房子之前都要和我们住在一起。"

这可能是吉恩的整个学术休假计划中最欠考虑的地方，或许我应该在承诺为他提供食宿前先跟罗茜商量一下。但在他尚未找到自己的住处前，和我们住在一起完全合情合理。我们都会去帮助一个无家可归的人的。

我很清楚自己在预言人类反应方面有多无能。但我仍猜得出，罗茜在得知这样的信息后会说出哪一个词。而我猜对了六次。

"×。"

遗憾的是，她并没有如我判断的一般，最终接受我的提议。我一连串的论证非但没能击破她的抵抗情绪，反而适得其反。即便是我最强有力的论据——吉恩是整个地球上最有资格协助她完成论文的人——都因为强烈的情绪起伏而遭到了拒绝。

"没门。想让那个自恋狂，负心汉，心理狭隘、学术素养又差的厌女狂……让那头蠢猪睡在我们的公寓里，根本不可能！"

我认为批评吉恩学术素养差是相当不公平的，然而当我开始列举吉恩的学术成果时，罗茜则转身回了卧室，重重甩上了房门。

我找出乔治的名片，把信息输入我的地址簿。名片上还写了乐队的名字：死国王。这令我惊异，我竟然知道这支乐队。鉴于我的音乐品位主要脱胎于父亲的唱片收藏，对于活跃于20世纪60年代末的英国摇滚乐队我还是有相当了解的。

根据维基百科的信息，这支乐队1999年再次活跃起来之后，主要在大西洋航线的邮轮上表演。乐队的两位创始成员已经去世，现在有新的乐手顶替空缺。乔治是死国王的鼓手。他一共结过四次婚，离过四次婚，有七个孩子，但他似乎仍算是乐队中心理状况相对比较稳定的那个。他的介绍页面里并没有提到爱喝啤酒这一条。

我去睡觉的时候，罗茜已经睡着了。尽管我已经列好单子，说明吉恩和我们生活在一起能带来多少额外好处，但我知道在这时候叫醒她，绝对不是什么明智之举。

罗茜异乎寻常地在我之前起了床，这可能是因为她的睡眠循环开始得更早。她已经用滤压壶做好了咖啡。

"我觉得我不应该再喝意式浓缩咖啡了。"她说。

"为什么？"

"咖啡因含量太高了。"

"实际上，手冲咖啡的咖啡因含量差不多是意式浓缩咖啡的2.5倍。"

"妈的。我不过是想做点对的事情——"

"这些不过是估计出来的数值。我在奥塔咖啡店买的浓缩咖啡里面放了三份咖啡粉。不过这个咖啡味道淡得过头，可能你还是不太有经验。"

"行了，你知道下次该谁冲了。"

罗茜微笑着，这似乎是个再帮吉恩说几句话的好时机。但罗茜先开了口。

"唐，关于吉恩这件事。我知道他是你的朋友，我也知道你是个忠实的朋友，心地又好。或许要不是因为我刚刚发现自己怀孕了……但这话我只想说一次，然后我们的生活继续：我们没有地方让吉恩过来住。就是这样。”

我的脑子里一直认为"就是这样"意味着对话的终结，这其实是个不错的技巧。我刚要下床，罗茜却在短短数秒内违反了结束谈话的规定，继续说了起来。

"嘿，你这个家伙。我今天要写论文，但等我晚上来收拾你。快来抱我。"

她把我推回床上，吻了我。我的信念再一次被推翻：尽管一个人给出的信息前后矛盾，你仍然无法据此推断出她的情绪状态。

根据我对罗茜反应的评估，她说要"收拾我"不过是个比喻的说法，这句话应该从积极的方面解读。在炼金术士酒吧，我们总有点竞争的意味，想要超过彼此。总的来说，在专业性活动中人为加入一些比赛的成分可能会影响工作效率，但我们的情况正相反，工作效率在缓步提升。在鸡尾酒吧，我们总觉得时间过得很快，这恰好充分证明了我们的确乐在其中。遗憾的是，酒吧最近换了老板。一切对最佳环境进行改变的行为都会产生消极影响，这一点在新来的经理身上展露无遗。这人叫作赫克托，我们私下里都叫他"红酒男"。

红酒男大约28岁，体重指数约为22，留着黑色的山羊胡，戴着一副粗框眼镜。这种眼镜曾经让我被人当成书呆子，如今却成了时髦的东西。

他把小桌换成了长椅，增加了灯光亮度，还把重点推荐的酒水从鸡尾酒换成了西班牙红酒，以此搭配全新的菜单，里面多了西班牙海鲜饭。

红酒男最近刚刚结束了工商管理硕士的学习，我想他对酒吧的调整应该是参照了服务业的最佳实践。然而，最直接的影响却体现为顾客数量的下降，以及对两名同事的解雇，他给出的理由是经济形势不好。

"他们找我来的时机刚刚好。"他说。他总是这么说。

罗茜和我手牵手走在熨斗区,她看起来心情相当不错,除了习惯性地反对我提前换上黑白相间的制服,尽管我自己觉得很有魅力。我们在晚上7点28分抵达酒吧,比计划提前了两分钟。酒吧里只有三桌客人,吧台前面一个人也没有。

"你们对时间掌握得很好,"红酒男说,"是否守时是评估你们表现的重要因素。"

罗茜看了看空荡荡的屋子:"你看来也没什么压力啊。"

"很快就要忙起来了,"红酒男说,"我们有一个16人的预订单,晚上8点。"

"我记得我们是不接受预订的,"我说,"我猜这是条新规矩。"

"新规矩就是我们要赚钱。他们可都是VIP,是特别特别尊贵的客人,也是我的朋友。"

时间又过了22分钟,还是没人点鸡尾酒,那些喝酒的常客都不再光顾了。这时,有一行四人(大约45岁,体重指数在20到28之间)进了酒吧,坐到吧台边,尽管红酒男一直在试图把他们带到餐桌区。

"要喝点什么?"罗茜问。

这两男两女互相交换了眼色。这有点奇怪,人们做出这种常规的决定一般都不需要征询朋友或者同事的意见。如果他们一定坚持需要外部咨询的话,寻求一位专业人士的帮助才是最佳做法。

"我可以为您推荐几款鸡尾酒,"我说,"这是一家鸡尾酒酒吧。您想喝的任何一种口味、任何一种酒水,我们都可以提供。"

红酒男走到客人身边,隔着吧台,站在我偏左侧的位置。

"唐可以为您介绍我们最新的红酒单。"他说。

罗茜从吧台上方拿出一本皮革包边的册子,但没有人接过来。其中的一个男人微笑了起来。

"鸡尾酒挺不错的。我来一杯威士忌酸酒。"

"加不加蛋白？"我问道，这是我订单谈判工作的职责之一。

"加。"

"常温还是加冰？"

"加冰块。"

"非常好。"我大声告诉罗茜，"一杯波士顿酸酒加冰。"我一拍吧台，手表上的计时器开始计时。罗茜已经来到我身后的酒架前，我知道她是在找威士忌。我拿出一个摇杯放到吧台上，加上一勺冰和半个柠檬，同时也帮另外三个人点好了单。我发现红酒男在看着我，我希望他作为一名工商管理专业的毕业生，能够为我的表现折服。

由我自行设计并改进的工作流程可以充分利用我们各自的能力优势：我拥有强大的鸡尾酒配方数据库，罗茜的动作则更敏捷。所以当有一个人能够挤出所有需要的柠檬汁或是把酒都分类倒好，绝对是可以产生规模经济的。当然，实践才能得出真知，我们必须有敏捷的思维和充分的练习。我认为如果两位酒保分别单独制作鸡尾酒是不可能达到我们目前的速度、水平的。

我调的第三杯酒是大都会，我把它倒进酒杯，罗茜则在一旁轻敲手指，示意我她已经完成了莫吉托的装饰工作。她确实"收拾了我"，至少在第一轮是这样。我们两人四手，同步为客人送上酒水。客人们大笑着，为我们鼓掌叫好。这样的场面，我们早都习以为常。

红酒男也微笑着。"来，请到餐桌区就座吧。"他对客人们说。

"我们在这儿就行，"波士顿酸酒男回道，他抿了口酒，"还能在这儿看表演。真是我喝过的最棒的威士忌酸酒。"

"来吧，请到这边落座。我再给您安排些餐前小吃——算我们的。"

红酒男从架子上取下四只红酒杯："你看过《印第安纳·琼斯之魔域

奇兵》吗？"

我摇了摇头。

"好吧，唐，你和罗茜让我想起了片子里的一个片段，那个想要袭击琼斯先生的人卖弄自己的剑术。"红酒男指了指正在喝着鸡尾酒的客人，比画了几下，我猜他应该是在模仿那个剑客。

"唰，唰，唰，唰，真棒，四杯鸡尾酒，72块。"

红酒男拿起一瓶打开了的红酒。"平古斯之花①。"他倒出四杯，摆了个手势，食指和拇指呈90度分开，收起剩下的手指，"砰，砰，砰，砰。192块。"

"浑蛋。"罗茜暗骂着。红酒男把酒水给那些客人送去，他们可是在看了我们的鸡尾酒表演后才决定进去的。她听起来可不太高兴，"快看他们的表情。"

"他们看起来挺高兴，红酒男的理论似乎有点道理。"

"他们当然高兴，什么东西都没点呢。喝店家请的酒，没人会不高兴。"罗茜把高脚杯塞回架子，力气用得不小。我感受到了她的怒气。

"我建议你先回家吧。"我说。

"什么？我没事。就是生气，跟你没关系。"

"没错。有压力，生成皮质醇，影响嫩芽儿的健康。就过往经验来看，你有很大可能会和红酒男进行不愉快的交流，让你今天剩下的工作时间都充满压力。压制自己的情绪也会让人压力倍增。"

"你太了解我了。但你自己一个人可以吗？"

"当然，又没几个人。"

"我不是这个意思。"她笑了，吻了我，"我去跟红酒男说我不舒服。"

---

① 平古斯之花（Flor de Pingus），西班牙知名酒庄平古斯出产的红酒品牌。

晚上9点34分，18人的大队伍来了。他们的桌子早已提前留好，整个晚上都空在那儿。预留的时间不断顺延，直到这些人过来，有几个明显已经喝了不少酒。其中有一位女士，大约25岁，是人群的焦点。我自动计算了她的体重指数：26。根据她的音量和音调，我推测她每升血液中的酒精含量为0.1克。

"她真人更矮一点，也更圆一点。"我们的酒保同事杰米-保罗评论道，他正盯着那一群人看。

"谁？"

"你说呢？"他指了指那个聒噪的女人。

"她是谁？"

"你逗我呢，是吧？"

我没开玩笑，但杰米-保罗也没给我更多的解释。

几分钟后，这群人落座了，红酒男向我走过来："他们点名要见那个鸡尾酒呆子。我猜那人就是你吧。"

我走到桌子旁边，一个红发男子向我打了招呼，他的红头发不如罗茜那么红得耀眼。这一群人差不多全都在25到30岁之间。

"你就是那个做鸡尾酒的家伙？"

"没错，他们雇我来就是做鸡尾酒的。您要点什么？"

"你就是那个……那个……能根据不同要求调酒的人对吧？你还能把所有的订单都记到脑子里？你就是那个人没错吧？"

"其他人也可能拥有相同的技能。"

他对着其他人大喊，就好像外界的噪声突然加大了一样。

"好了，这个家伙——你叫什么名字？"

"唐·蒂尔曼。"

"你好，丹，"聒噪女人说道，"你不做鸡尾酒时都干点什么？"

"有很多活动。我是一位遗传学的教授。"

聒噪女人又大笑了起来，嗓门似乎更大了。

红头发接着说："好了，唐就是鸡尾酒之王。他能记住这世界上所有的鸡尾酒配方，你只要说出波旁酒、味美思，他就能告诉你那是马天尼。"

"曼哈顿，或者是美国人在巴黎、花花公子、奥本海姆、美国甜心，或者战争之人①。"

聒噪女人大笑着。大声地笑着："他就是雨人！你们知道那个吧。达斯廷·霍夫曼，他能记住所有的牌。丹就是鸡尾酒雨人。"

《雨人》！我看过那部片子。但我不觉得我和雨人有任何相同的地方。那个人口齿不清，不能自理，也没有工作。如果社会中的成员都是雨人，这样社会根本无法运转。但一个全是由唐·蒂尔曼这样的人组成的社会，一定会异常高效、安全，人人都能快乐地生活在其中。

有几个人笑了起来，但我决定忽略这条评论，就好像忽略她叫错了我的名字一样。聒噪女人已经喝多了，如果事后她能看到自己的录像，一定会羞愧难当。

红头发继续说："不管你要什么酒，唐都能帮你调出一杯鸡尾酒，他还能记住每个人点了什么，再把调好的酒交给正确的人。没错吧，唐？"

"只要你们别换座位。"我的记忆系统处理面部图像的能力不如处理数字的能力强。我望向红头发，"现在可以开始了吗？"

"有没有混了龙舌兰和波旁酒的？"

---

① 皆为鸡尾酒名。

"我建议您尝试一下高地玛格丽塔。酒如其名，这里面用了苏格兰威士忌，但换成波旁酒也是记录在册的合规做法。"

"好好好！"红头发高叫着，好像我在第九局尾声击出一记全垒打拿下整场比赛一样。我不过是完成了整个任务的1/18。我不再想棒球里还有没有什么有意思的类比可以用来描述这个有趣的数字，转而把注意力再次放到酒水订单上。棒球的事情等下次见了戴夫再说吧。

坐在红头发旁边的人想要杯类似玛格丽塔，但更温和一点的酒，却又不想是一杯简单的玛格丽塔加冰或是加汽水的那种——你明白吧——就是跟别的不一样，越独特越好的那种。我推荐了鸽子鸡尾酒，里面混了粉色的葡萄柚果汁，杯口沾着熏盐。

现在轮到聒噪女人了。我仔细看了看她，还是没有认出她是谁，这可和她知名的身份不太相符。我基本不太了解流行文化，但即便她是业内首屈一指的遗传学家，我可能也无法分辨出她的样貌。

"好了，雨人丹。给我调一杯能体现我性格的酒。"

这个要求得到了一致认可。但遗憾的是，我并没有资格来满足她的需求。

"对不起，我完全不了解您。"

"你是在开玩笑，对吧？"

"不是。"我想方设法，希望能通过礼貌的方式问出她的性格，"您是做什么的？"

每个人都笑了起来，除了聒噪女人之外，她似乎是在思考怎么回答。

"这题我能答。我是个演员，也是个歌手。我还能再告诉你一些。每个人都觉得自己了解我，但没人真的了解我。好了，我的酒是什么，雨人丹？神秘女歌手，怎么样？"

这款酒名我并不熟悉，或许是她自己编出来的名字，想要加深自己在朋友心中的形象。我的大脑十分擅长根据原料搜索鸡尾酒，也同样擅长识别异常模式。有了她的两份职业信息加上个人描述，不用费力就能得出一个匹配项。

虚伪的骗子。

我刚要说出我的结论，便意识到了另外一个可能的问题——这个问题可能让我违背作为纽约州烈酒管理局酒精意识培训结业证书持有者的法律准则与道德操守。我赶忙做出了补救的行为。

"我为您推荐无酒精的椰林少女。"

"你这是什么意思？说我是个处女①？"

"当然不是。"每个人都笑了起来，我继续解释，"这款酒跟椰林飘香很类似，不过是不含酒精的版本。"

"没有酒精？那算哪门子的鸡尾酒？"

我们的对话陷入了复杂境地，这完全没有必要，我早就应该直奔主题："您是不是怀孕了？"

"什么？"

"孕期女性不应该摄入酒精。您如果只是有些超重，我是可以为您提供含酒精的鸡尾酒的，但前提是您能给出证明。"

晚上9点52分，在回家的地铁上，我不断反省是否罗茜怀孕的事情影响了我的判断。此前，我从未考虑过我的客人是否怀孕了这件事。或许她就是有点超重。在这样一个视个人自主权和个人责任为至高价值的国度，我是否应该干涉一个陌生人做出喝酒的决定？

我在头脑中列了一个清单，记录下在过去52个小时中发生的、亟待解决的问题：

---

① 无酒精的和处女在英文中皆为"virgin"一词。

1. 重新修订我的日程，以适应每日两次的啤酒巡查工作。

2. 吉恩住宿难题。

3. 杰尔姆洗衣事件，现在事态有些升级。

4. 由第三条引发的被驱逐的风险。

5. 在我们的小公寓里养育孩子的问题。

6. 因为我的行为而导致我和罗茜双双丢了兼职工作之后付房租和其他费用的问题。

7. 以何种方式告知罗茜第六条，且不会引起任何压力反应及皮质醇对孩子毒害的问题。

8. 因上述各条导致再次情绪崩溃的风险，及其对我和罗茜的关系带来的致命性破坏。

解决问题不能一蹴而就，但给我的时间十分有限。还有不到24个小时，啤酒就要运到了，公寓管理员可能在明晚就会找我谈话，杰尔姆随时都可能对我进行报复。吉恩就要来了，嫩芽儿也只剩35周就要降临人世了。眼下，我急需解开戈尔迪之结①的办法：我要如何一击制胜，一次解决大部分甚至全部问题。

我到家的时候，罗茜已经睡着了。我决定喝点酒，激发我的创造性思维。我在冰箱里翻找着，想要拿到一瓶啤酒，这时一个好点子击中了我。冰箱！如果我们能有个大点的冰箱，一切问题都将迎刃而解。

我拨通了乔治的号码。

---

① 戈尔迪之结（Gordian Knot）：出自古希腊传说，常用来指难以解决的问题。而解开戈尔迪之结是指干脆利落地解决复杂问题，快刀斩乱麻。

# 第六章
# 计划惊喜

总的来说，人们喜欢惊喜：这也因此成了大家庆祝圣诞节、生日和周年纪念日的传统项目。就我的经验来看，惊喜所带来的快乐情绪中，大部分都属于创造惊喜的人。而"受害者"通常压力重重，不得不佯装自己很开心。还要在很短的时间内，对自己根本不想要的物品或是不想参加的活动给予积极的回应。

罗茜坚持遵循互送礼物的传统，她在礼物选择方面也颇有心得。罗茜在我44岁生日前十天送给我的一双鞋子，受到了同事们的广泛好评。我现在每天穿它们上班，替换坏掉的跑鞋。

罗茜声称自己喜欢惊喜，甚至在我询问她要看哪出戏，听哪场音乐会，或是预订哪家餐厅时，她都会说"给我点惊喜"。现在我要给她策划一个大惊喜，比之前提到的都要大，当然还是不及告诉她生父的身份和送上订婚戒指的时刻。

为了惊喜，暂时性的欺骗行为也是可以接受的。

　　"你要一起来吗，唐？"翌日早上，罗茜边出门边问我。尽管罗茜还在休假，但在工作日，她还是坚持要去哥大准备论文，并声称一直待在公寓里会让她患上"幽居病"。

　　她穿着一条短裙，上面点缀着蓝色的圆点，像是新买的。腰带也是蓝的，比普通的腰带宽上不少，大概是为了凸显她的身体线条，而不是为了束紧裙子。整套衣服的效果很不错，但很大程度上是因为罗茜裸露的双腿，而非服装的审美情趣。

　　新买的自行车已被束之高阁，因为我平日都会陪伴罗茜走到地铁站，这样可以增加我们的相处时间。我不断提醒自己：欺骗只是暂时的，都是为了给她惊喜，惊喜是好事情；罗茜也没有在生日前告诉我，会在那个周末带我踏上史密森尼博物馆之旅。我躲进浴室，这样罗茜就不能分析我的肢体语言了。

　　"我有点来不及了，赶下一班地铁过去。"我说。

　　"你怎么了？"

　　"有点晚了。没什么问题，我今天没课要上。"这些从理论上来说都是实情，但第一点多少算是个谎言，因为我打算把一整天都空出来。

　　"你还好吗，唐？怀孕这事你还是没想明白，对吧？"

　　"只有那么几分钟。"

　　罗茜也走进浴室，对着镜子整了整仪容："我可以等你。"

　　"这没必要。其实，我打算骑车过去，还能省点时间。"

　　"嘿，我想跟你说说话。我们整个周末都没怎么说话。"

　　这倒是实情，整个周末过得乱七八糟，我们的交流时间大大减少。我开始组织语言，但欺骗模式让我很难组织出正常的对话。

　　幸运的是，罗茜做出了让步，没等我说话就继续道："好吧，但要在午饭或是其他什么时候给我打电话。"

　　罗茜亲吻了我的脸颊，转身，最后一次走出了我们的小公寓。

八分钟后，戴夫开着他的小货车过来了。我们动作得快，因为他今天还得把英式艾尔酒运到空中酒窖①。

我们花了58分钟把家具和植物都打包好。接着，我去收拾浴室。罗茜的化妆品和香氛类化学品数量之多，让我震惊。或许这话有点失礼，但我还是得说，除了那些色彩浓烈的唇膏或是香气浓重的香水（其香气在使用后会因吸收、挥发，或是我的适应性而迅速消散），其他的产品根本不会带来什么肉眼可见的不同。罗茜的美根本不需要任何修饰。

尽管数量庞大，这些化学品还是被我塞进了一个垃圾袋。戴夫和我把公寓里剩下的东西悉数装进罗茜的行李箱、瓦楞纸箱，还有聚乙烯塑料袋里。自打我们搬进来，竟然囤积了这么多东西，我简直惊呆了。罗茜在离开墨尔本前的声明似乎还在我耳边回响。

"我要把所有的破烂都留下，什么都不带。"尽管她的行为截然相反，足足装满了三个行李箱，但她的目的很明确：利用搬家的机会，好好检视自己的所有物。我决定把生活中所有的非必需品全都丢掉。我记得1996年5月5日在牙科诊所候诊室里读到的一本杂志上提出的几个建议："你有六个月没有穿过或用过的东西，就是你不需要的东西。"这条原则合乎情理，我悉数遵守。

戴夫陪我到门房办公室交钥匙，罗茜的钥匙需要随后交还回来。大楼管理员接待了我们，和往常一样，非常地不友好。

"但愿你不是来投诉的，蒂尔曼先生。我还没忘要跟大楼所有人说说你的事。"他说。

"没这个必要，我们要搬走了。"我把钥匙递给他。

"什么，没有提前知会？你必须提前30天知会我们。"

"你之前说过我是一个不受欢迎的租客，第二天就能被一个受欢迎的

① 即乔治放酒的公寓。

租客取代。这样应该对谁都好。"

"如果你不用拿回一个月房租的话。"他笑着说道。

"这没道理。如果你找来了新的租客，那你一个月就能拿到两份租金。"

"规矩不是我定的，蒂尔曼先生。有意见就找所有人谈去吧。"

我感到愤怒。今天注定是高压的一天，头一件就是被迫放弃安排好的周一日程。现在到了锻炼我同理心的时候。为什么管理员一直这么不高兴？答案显而易见。他得处理很多租客的问题，而这些问题他根本无力解决，因为他的职位低，更是因为大楼所有公司的反对。他要一直陷入与他人的冲突之中。这会极速提升他体内的皮质醇量，从而大大增加罹患冠心病的风险。这真是世界上最差劲的工作。我突然有点替他感到难过。

"对不起给您添麻烦了。能请您帮我联系大楼所有人吗？"

"你想跟所有人说话？"

"没错。"

"祝你好运吧。"难以置信。简单几下同理心的练习就让管理员站到了我这边，给我送上祝福。他拨通了电话。

"204的租客现在在我这里。他要搬走了——就是现在，今天——没错，他没提前知会——还说要拿走押金。"他大笑着，把电话递给我。

戴夫却接了过来："让我跟他说。"

戴夫的声调变了，是一种很难形容的变化，就好像是电影《教父》的主演从马龙·白兰度换成了伍迪·艾伦。

"我的朋友对空调系统的合法性有一些问题。这可能是一项安全隐患。"

他沉默了一会儿。

"是一位认证的空调巡检员，"戴夫说，"你的大楼里全是些独立的空调系统，就好像癞蛤蟆身上的肉瘤一样。当然，没接到投诉我们是不会来检查的。一旦接到投诉，我们就得把这栋破楼查个底朝天。如果我的朋友还得多掏一个月房租的话，他或许就打算找我们投诉了。我猜你更想让他现在就走了算了，带着他的押金。"

接着是一段更长时间的沉默。戴夫的脸上满是失望。或许"癞蛤蟆身上的肉瘤"这个比喻让公寓所有人都有点迷糊。通常意义上来说，正因为有肉瘤才决定了这个生物为癞蛤蟆，而非是癞蛤蟆才能长出肉瘤。他把电话递给我。

"你说完了？"电话里传出一位男士的声音。

"向您致敬。"

"妈的，是你。你要搬走？"

我认出了这个声音。他并不是大楼的所有人，而是经常处理我投诉的员工。很多我认为理应由大楼所有方负责，而管理员认为超出了他的职责范围的问题都会转到他那里。比如，温度不稳定，网速慢，何时组织常规防火演习等。

"没错。实际上，直到刚才，我都不知道你们的空调系统有那么多不合规的地方。这可是严重的问题。我建议——"

"还是算了吧。有时间过来一趟，我把支票给你。"

"那空调怎么办？"

"别再提空调的事了，我们会给你的下任房东写上一封热情洋溢的推荐信的。我们会想念你的，大教授。"

在车上，戴夫不断摇着头。

"怎么了？"

"我得吃点东西。我讨厌干那种事，跟人对峙。我做不来。"

"你不需要——"

"不，我需要。不光是替你要押金，我也得锻炼一下。人们总觉得能轻松拿下我。"

我们到了空中酒窖的时候，乔治已经在等我们了，当然也在等啤酒。

"我很受感动，"他对戴夫说，"唐告诉我他对这些啤酒很上心，甚至要跟它们睡在一起。"

"我不光是关心这些啤酒，更是因为这里能提供高品质的食宿，就这么空着有些浪费。"

"这可是纽约城最好的地段。你还能免费住在这儿。"

"没租金，没麻烦。"戴夫说。他还在练习他的糙汉嗓音。

"你知道我们会在楼上排练对吧？"乔治说，"声音挺大。但我们装了什么也隔不住的隔音设备。"

"所以这房子才租不出去。"戴夫说。

难以置信。一个另带冷藏室的三卧室公寓竟然只会因为偶尔的噪声干扰就租不出去，这种问题一副耳塞就能解决，或者乔治可以招个耳聋的租客。

乔治耸耸肩："这房子我不能租出去。我的孩子有时会过来，所以我才买下它。你知道吧，他们每次到纽约来，就会来看看他们的老爸。但我觉得这应该不会影响你们住在这儿。"

"你们一般多久排练一次？"我问。

乔治笑了起来："差不多一年一次吧。但说不定啤酒能给我点灵感。"

我们的对话中断了，因为啤酒运到了：足有六个大桶加底托。穿过客厅，运送最后一个桶时发生了点小事故，差不多有20升的酒洒了出来。等到戴夫拿来抹布和拖把，酒精早已渗入了地毯。

"对不起了，"乔治说，"但记住，别找麻烦。我有一个吹风机，如果你需要的话。"

趁着戴夫用罗茜的吹风机吹干地毯的工夫，我打开了垃圾袋。空中酒窖里有三间浴室，这显然是有点多余。不在套房里的浴室十分宽敞，完全可以当成办公室用，我把电脑和办公桌搬了进去。余下的空间放不下椅子，但马桶的高度刚刚好。我在上面铺了条毛巾，既卫生又舒服。这样我就能一整天待在里面工作，不用出去，当然除了需要补充营养的时候。

我得把思绪从永久独处的幻想中拉回来，因为手头还有一堆实际的任务要完成，而我剩下的时间不多了。

我把最大的一间卧室给了罗茜当书房，还在戴夫的帮助下把植物和剩下的椅子都搬了进来。我选择了面积最小、采光最差的房间当作我们的卧室。戴夫提出了反对意见，但我解释道，睡觉需要的空间最小，而光线过强也不利于睡眠。我们把床装好，屋子里还剩下几平方米的空地。

晚上6点27分，我们弄好了一切。罗茜很少在6点半之前离开哥伦比亚，她想避开高峰时段。为了让惊喜的效果最大化，我决定到最后一刻才告诉罗茜我们搬家了。短信发出几秒钟后，我听到她的手袋里传出一阵声响——她今天背了平时去炼金术士酒吧才背的小包，而不是去学校的大包。她把手机落在了家里。这不是头一次发生了，这也是拥有一个以上手袋完全可以预见的结果。

戴夫去给乔治还了吹风机回来，主动提出去我们之前的公寓把罗茜接过来。

"我走以后，你最好想办法把这股臭气处理干净。"他说。我已经习惯了这种味道，但眼下，啤酒味已经和罗茜吹风机启动时发动机产生的焦煳味混到了一起。乔治的吹风机明显质量要好得多，其连续工作时间至少是罗茜的三倍。我认为一条腥味浓重的鱼能帮助遮掉这股味道，同时也能解决晚餐的问题。

在熟食店，我的手机响了，屏幕上是一个不熟悉的号码。是罗茜。

"唐，出了什么事？他们不让我进去。"

"你把手机落在家里了。"

"我知道。这是杰尔姆的手机。"

"杰尔姆？你有危险吗？"

"没有，完全没有，他是在为洗衣机的事情向我道歉。他就在这儿。你跟他说了什么？"她没给我时间回答，"到底发生了什么？"

"我们搬家了。我这就把地址发给你，还得给戴夫打个电话。"

我挂断了电话，把我们的新地址发到了杰尔姆的手机上。

戴夫、罗茜、杰尔姆、吉恩和鱼。这已经迫近我多种任务处理能力的极限。

烟熏马鲛鱼已经进了烤箱，香气浓郁，应该跟臭啤酒和焦电线的味道浓度相当。这时，门铃响了，是罗茜。我把公寓楼的大门打开，大约30秒后，她敲了门。

"你不用敲门，"我说，"这是我们的房子了。"

我大动作地打开房门，向她展示宽敞的起居室。

罗茜四下看着，径直走到了窗边，越过阳台望出去。那美景！没错，罗茜喜欢看风景。我希望她不会对远望新泽西有什么异议。

"噢，我的天哪，"她赞叹着，"你一定是在骗我，这房子得多少钱？"

"一毛都不用。"

我从口袋中拿出理想公寓特质的列表，递给她。这有点像寻妻计划的问卷，虽然被罗茜百般诟病，但也把我们紧紧联系到了一起。现在这份公寓的清单上，每一条都打了钩。这就是那套完美的公寓，显然，罗茜也同意。她打开门，走到阳台上。整整六分钟，她远望着哈德逊河的对岸，许久才进来。

"你在做什么？"她问，"是鱼吗？我整整一天都想吃点烟熏的东西，怀孕了反倒想去抽烟。这真是怪了。不过烟熏鱼很不错，你是加了啤酒熏的，对吧？你简直会读心术。"她扔下忘了装上手机的书包，拥抱了我。

我当然无法读出罗茜的内心，更不会创造出她想象中的黑暗料理，但完全没有必要因此降低她的幸福感觉。她漫无目的地晃了一会儿，便开始系统性地探索起来。第一站就是她的浴室，真是个奇怪的选择。

"唐，我的化妆品！还有我所有的东西。你是怎么做到的？"

"我弄错了什么吗？"

"正相反。就好像所有东西都是原封不动搬过来的一样。位置都一模一样。"

"我拍了照片。你的归纳系统让人完全没法理解。你的衣服我也是这么处理的。"

"你是今天把东西都搬过来的？"

"当然。我本来想挑出一些来扔掉，但我实在记不住你过去六个月穿过的所有衣服。基本上，我不太注意你穿了什么。所以我只能把全部东西都留了下来。"

"你就打算在这儿办公？"她问道。几秒钟前，她打开了我浴室兼办公室的房门。

"没错。"

"好吧，我肯定不会入侵你私人的小空间。毕竟我没法知道你当时在干吗。"

她来到了啤酒室，我向她解释了和乔治的协议。

"这有点像帮他看房子。我不用帮他照顾狗，却要帮他看顾啤酒。不过跟狗不一样，啤酒不用喂。"

"但它至少跟狗一样，能往地毯上撒尿。"

我已经忘了这股气味。人类对于环境的适应性应该是很强的。我怀疑，如果这股啤酒味挥之不去，罗茜的长期幸福感会大打折扣。但出于同样的适应性原因，即便我们再换一套房子，她的幸福感也不会因此增强。在最根本的肉体需求得到满足之后，人类的幸福感基本与财富多寡无关。拥有一份有意义的工作显得更重要。终日在西伯利亚垒砖块的伊凡·杰尼索维奇①的幸福感可能要高于在曼哈顿坐拥豪华的顶层公寓和无限量啤酒供应的退役摇滚明星。工作让人保持理智。这或许也是乔治选择继续在邮轮表演的原因。

罗茜继续问道："你确定不用缴房租？"

"确定。"

"你觉得我辞了鸡尾酒吧的工作怎么样？那地方跟原来不一样了。红酒男炒了我可能只是迟早的事。"

难以置信。似乎在罗茜眼中，被红酒男炒掉是件好事，至少不会有什么影响。我一整日成功的策划中唯一的一条坏消息，似乎变成了无关紧要的事情。

"我们都辞掉吧，"我说，"没了你，那工作就没什么乐趣了。"

罗茜再次拥抱了我，我感到了巨大的解脱。我实施了一项重大的、高风险的项目，同步解决了若干问题，还大获全胜。戈尔迪之结已被我解开。

罗茜唯一的负面反应在于我把卧室放在了最小的房间，跟戴夫说的一样。但她接着又说："你把最大的房间给我当了书房。当然，我们还需要另外一间卧室。"

这太棒了，她没有过多讨论，就同意了我对吉恩难题的解决办法。我赶忙告诉吉恩这条好消息，顺便把我们的新地址发给了他。

鱼做好了，并佐以罗伯特·蒙大维珍藏的霞多丽酒（我）和芹菜汁（罗茜）。我都不需要买真空红酒塞了，因为喝不完的酒都可以放到啤酒室里冷藏起来。在接下来的八个月，我得喝上两人份的酒。

罗茜举起果汁，碰了碰我的酒杯。她的短短几个词就点出了我的真正问题所在，隐藏在其他问题背后，最可怕的那个。

"好了，蒂尔曼教授，当爸爸的感觉怎么样？"

---

① 出自俄罗斯作家索尔仁尼琴的《伊凡·杰尼索维奇的一天》。

# 第七章
# 蓝鳍金枪鱼事件

我对于成为父亲的思考，结论变化顺序如下：

1. 青春期结束前，我认为成为一名父亲会是我生命中的固定环节，因为这是一种最为普遍的范式，所以，我并没有仔细考虑过细节。

2. 大学期间，我意识到自己与女性无法兼容，便逐渐放弃了成为父亲的想法，因为根本无法找到伴侣。

3. 我结识了罗茜，成为父亲这件事再次回归日程。一开始，我很担心自己的古怪会让孩子感到尴尬，但罗茜一直鼓励我，并明确表示希望和我有个孩子。但考虑到具体的造人时间尚未确定，这件事便被我抛到了脑后。

4. 然而，一次关键性的事件改变了一切。我本想着要和罗茜谈谈这事，但在当时并不是优先事项，因为所有其他日程都尚未敲定，我自己的反应也不尽如人意。现在，因为缺乏计划，孩子的降生已是板上钉钉的事，而我却隐瞒了一些重要的信息。

这一关键性事件即"蓝鳍金枪鱼事件"。罗茜提起父亲的话题，把我的思绪又拉回了七周前的那一天。

那一次，艾萨克和朱迪·埃斯勒夫妇邀请我们共进周日午餐，但罗茜得去学习小组，她在接受邀约时忘记了。因此，我便决定独自前往——这是个合理的选择。艾萨克在选择餐馆时曾询问过我的意见，我的第一反应便是选择一家我曾经去过多次的餐厅，但罗茜劝我试试别的。

"你现在在餐厅的表现比以前自如多了。你又是个美食家，还是找家有意思的馆子，给他们点惊喜吧。"

经过大量调研，我选择了一家位于翠贝卡的日式融合菜餐厅。那是家新开的餐馆，我把我的意见告诉艾萨克。

来到餐厅之后，我发现艾萨克预订了一张五人桌，这有点恼人。三人间的对话可形成三组人类互动，是两人对话的三倍。如果双方彼此熟悉，其对话复杂性是在可控范围之内的。

但如果是五个人对话，则会形成五组共十种互动，其中四种我可以参与其中，而剩余六种我要担任观察员。共有七种互动会涉及陌生人，假设艾萨克和朱迪没有恰好邀请了戴夫、索尼娅或是哥大医学院院长。考虑到纽约的城市规模，从数据上看，这种假设不成立的可能性微乎其微。追踪每个人的动态变化基本是不可能完成的任务，发生失礼状况的可能性便会激增。现在的局面就是：面对不熟悉的人，在一家我从未去过的餐厅，没有罗茜的监控，提出预警。回顾以往，一场灾难在所难免。

另外受邀的一男一女在艾萨克和朱迪之前先到了。我正在喝清酒，他们走过来，自我介绍名叫西摩，是艾萨克的同事（因此他也应该是个精神病医生），还有莉迪娅，她并没有介绍自己的职业。

西摩大约50岁，莉迪娅大约42岁。我一直在努力（尽管不怎么成功）

想要摆脱因为寻妻计划养成的估算他人体重指数的习惯，毕竟只要根据身高和体重就可以算出。这一次，两人的体重指数实在让人难以忽略。我估计西摩的体重指数为30，而莉迪娅为20，主要的估算根据是他们身高的差异。西摩大约一米六五（也有可能更矮一点），跟瘦削的艾萨克差不多高。莉迪娅差不多要有一米七五，只比我矮七厘米。这两个人的身形反差鲜明，简直是反驳吉恩的最好例证。他总说人们在选择伴侣时，更倾向于与自己体形相似的人。

评价他们二人外形上的区别可能是个开启对话的好话题，这一点很有意思，我也比较了解。我还得注意不要显得太过自大，应该多提提吉恩，是他启发了我。

尽管我并没有使用任何侮辱性词语形容他们的身高和体重，但莉迪娅的反应似乎相当冷淡。

"首先，唐，我们不是夫妻。我们是在餐厅门口碰上的。"

西摩似乎在帮我圆场："艾萨克和朱迪分别邀请了我们。朱迪总是谈起莉迪娅，今天能见到她真是我的荣幸。"

"我参加了朱迪的读书会，"莉迪娅说，她好像是在跟西摩说话，而不是我，"朱迪总是跟我们讲你的故事。"

"希望是些好故事。"西摩说。

"她说你离婚之后变好了不少。"

"当双方在离婚三个月之内，不管做了什么都是可以原谅的。"

"正相反，"莉迪娅说，"这些事才是评判他们的根据。"

根据莉迪娅提供的信息，他们不过是意外被邀请共进午餐的两个人。这么看，还是跟吉恩的理论相吻合的。这也给了我一个机会，再次参与到对话之中。

"真是进化心理学的胜利。从理论上看，你们两个人不可能被对方吸引；但就我的观察，你们的行为与理论正相反；我可能需要从细节上，再次审视那些支持性数据了。"

我当然不是在正式提出科研分析的要求，只不过是在故意学科学性的语言增加点幽默感。使用这一技巧，我经验颇丰，每一次都能或多或少地收获到笑声。但这一次截然不同。非要说有什么不同的话，就是莉迪娅的脸色变得越发难看了。

至少西摩的脸上还挂着微笑。"我觉得你的假说基本是建立在无效假设之上的，"他说，"我非常喜欢高个的女人。"

这似乎算是一条私人信息。如果我与他人分享，罗茜或是其他女性在肉体上哪里吸引我，这一定是不妥当的行为。但擅长社交的人即便冒了风险，也会留有退路。

"幸好我有这种偏好，"西摩继续道，"否则我的选择面可就窄多了。"

"你在寻找伴侣吗？"我问道，"我建议您使用因特网。"尽管我通过随机事件成功找到了最完美的伴侣，但这也只能算是非常特殊的情况，根本无法证明一个更具系统性的择偶办法是无效的。这会儿，艾萨克和朱迪到了，把对话的复杂系数提升了3.33，但也同时增加了我的舒适感。如果我要再跟西摩和莉迪娅单独多待一阵子，可能就要犯下什么社交错误了。

我们互相交换了礼仪性的致敬。每个人都点了茶，清酒可能是错误的选择。但此时修正似乎也为时已晚，我索性又点了一壶。

侍者送来菜单，上面印着一连串美妙的食物，这跟我对餐厅的调研结果一致。朱迪建议我们每人点一道菜，这样可以互相分享。真是个好主意。

"有什么喜欢的吗？"她问，"艾萨克和我不吃猪肉，但如果有人想点煎饺，绝对没问题。"她显然是在客气，煎饺会让他们餐食的多样性降低，这样会比其他人的少上几分乐趣。我不会犯下这个错误的。该我点餐了，我趁着罗茜不在，点了一道在以往可能会引起争议的菜。

"请来一份蓝鳍金枪鱼刺身。"

"噢，"莉迪娅惊呼，"你竟然点了这个。唐，你可能不太了解，蓝鳍金枪鱼属于濒危物种。"

我当然知道这一事实。罗茜只吃"环保海鲜"。在2010年，绿色和平组织将南方蓝鳍金枪鱼纳入了海洋生物类的红色清单。清单上的生物都面临极大的风险，遭受不可持续的过度捕捞。

"我知道。但这条鱼已经死了，我们五个人，每人只吃一小块。这对于全球金枪鱼的整体数量不会产生什么递增效应。我们还能有机会体验一种全新的美味。"我从没吃过蓝鳍金枪鱼，听说它比普通的黄鳍金枪鱼要美味得多，金枪鱼可是我最喜欢的食物。

"我没问题，只要它确实是已经死了，"西摩说，"作为补偿，我今晚就不吃犀牛角药片了。"

我张大了嘴巴，作为对西摩反常言论的无声评价。莉迪娅接着说了起来，她的话让我有机会思考西摩是不是在开玩笑。

"在我这里，肯定是行不通的，"她说，"我不认为个人没办法改变大局。就是这种态度才让我们对气候变暖袖手旁观。"

艾萨克插了进来，他的话很有帮助，说的也是实情："印度人、中国人，还有印尼人也都想达到我们的生活水平。"

这一点，莉迪娅可能同意也可能不同意，但她继续跟我说：

"我猜你也不会在意开什么车，或是在什么地方买东西。"

她的推测并不正确，她认为我是个没有环保意识的人。我确实有一辆车，但我也骑自行车、使用公共交通工具，或是跑步。我没有很多衣服。在标准用餐体系的指导下，我基本不会产生食物的浪费。纵然在最近，我放弃了这一体系，但如何高效利用剩余的食材成了一项极富创意的挑战。尽管如此，或许我对减缓全球气候变暖的贡献仍算不得什么，在许多环保人士眼中，我对该问题给出的解决方案毫无吸引力可言。我不想因为这种徒劳的争论毁了整个午餐，但莉迪娅似乎和我意见相左，她完全陷入了失去理性的环保主义者模式。趁着酒劲，我也没什么好保留了。

"我们应该更多地投资核能，"我说，"通过科技手段解决气候问题。"

"比如呢？"莉迪娅问。

"从大气中清除碳元素。地质工程学。我看过这方面的材料，非常有意思。人类虽然不太擅长节制，但技术发展没的说。"

"你知道这种想法在我眼中有多可怕吗？"莉迪娅说道，"肆意妄为，大肆破坏，寄希望于有谁能跟在后边修修补补，还能借此大赚一笔。你是不是也打算按这种方法保护金枪鱼？"

"当然！现在的遗传工程技术很有可能让黄鳍金枪鱼尝起来和蓝鳍鱼一样。这就是个典型的例子，我们可以利用科技手段解决人类造成的问题。我会志愿申请加入试吃委员会的。"

"你想干什么随便你。但我不想让我们，我们这桌人，点金枪鱼。"

人类的面部表情竟能传递出如此复杂的信息，这真是令人赞叹。尽管还没有任何总结性的指导手册，但我认为我对艾萨克表情的解读没有任何错误：我的老天哪，唐，别点那金枪鱼了。侍者过来帮我们点菜，我选择了扇贝配肥鹅肝。

莉迪娅站了起来，随后又坐下。

"你并不是想惹恼我，对吧？"她说，"你并不是。你不过是反应太过迟钝，根本不知道自己在干吗。"

"没错。"说出事实是最简单的事情，我也很欣慰莉迪娅没有把我看成恶人。我猜对于可持续发展的关注并不意味着反对食用养殖家禽，这没什么逻辑上的因果联系。或许那些刻板的人不这么想，但就当下而言，我应该是猜对了。

"我见过跟你差不多的人，"她说，"工作的时候。"

"你是一名遗传学者？"

"我是一名社工。"

"莉迪娅，"朱迪插进来，"越来越像谈工作了。我来替大家点菜，重新点。我等不及要听听西摩的新书了，他正在写的那本。跟我们说说书的事吧，西摩。"

西摩面带微笑："是有关实验室合成肉类的，这样素食者也能吃上没有罪恶感的汉堡了。"

这个话题出乎意料地有趣，我赶忙回应，但艾萨克打断了我。

"这可不是个开玩笑的好时候，西摩。西摩的书是有关罪恶感的，才不是什么汉堡包。"

"不过我确实提到了人造汉堡。我拿它做个例子，说明这些问题有多复杂，还有我们的偏见有多根深蒂固。我们得打破陈规，我想唐刚才一直也是在表达这个意思。"

这确实是对的，但莉迪娅又开始反驳。

"我不是在抱怨这个，他有自己的看法，这没问题。进化心理学在我看来就是垃圾，但我也没揪着这点不放。我在意的是他的麻木迟钝。"

"我们需要讲真话的人，"西摩说，"我们也需要技术人员。如果我坐的飞机要坠机了，我会希望能有个像唐这样的人来控制局面的。"

要是我，一定会选择一个专业的飞行员而不是遗传学家来力挽狂澜。但我想他也只是在打个比方，向大家解释情感会对理性行为产生干扰。我把这个例子记下来，或许可以用它替换掉那个啼哭婴儿和枪的故事。

"你想要个阿斯伯格症患者来开飞机？"莉迪娅反问。

"总比那些卖弄自己都听不懂的术语的人强。"西摩回应道。

朱迪试图打断他们，但莉迪娅和西摩的争论不断升级，把我们其他人都晾在了一边，包括作为争议中心的我。16个月前，因为要代替因性爱邀约而无法到场的吉恩完成讲座，我对于阿斯伯格综合征进行了不少了解。我还因此发起了一项研究项目，有关高成就群体孤独症遗传标记的携带情况。我发现自己的某些性格特征与病症的描述相吻合，但人类通常会对某些规律性模式产生过度认同，并基于此得出错误的结论。我本人就曾多次被定义为患有精神分裂症、躁郁症、强迫症，还是个典型的双子座。尽管我不觉得患有阿斯伯格综合征是什么负面的问题，但我也不需要被另外再贴上一个标签。不过，听人吵架比自己上场有意思多了。

　　"听听你们都在说些什么，"莉迪娅说，"如果说谁是真正了解阿斯伯格症的，那肯定是精神病学家、孤独症患者等。你愿意让雨人帮你开飞机？"

　　这种类比毫无意义，同样的事件会在几周后，在聒噪女人身上重演。我当然不会让雨人开我的飞机——如果我有的话，我当然也不希望在搭乘民航班机时，赶上一个雨人飞行员。

　　莉迪娅一定认为她的话给了我很大压力。"对不起，唐，这不是针对你的。不是我在说你得了孤独症，是他。"她指着西摩，"因为他和他的朋友根本分不清孤独症和阿斯伯格症的区别。雨人和爱因斯坦——在他们眼里都是一样的。"

　　西摩并没有说我得了孤独症，他也没有给我贴上任何的标签。他认为我为人诚实，技术性强，这些都符合飞行员的品质要求，也是非常积极的评价。不知出于什么原因，莉迪娅总想败坏西摩的形象——这种三向互动的复杂性已经超出了我能解读的水平。

　　西摩转向我："朱迪说你已经结婚了。我记得没错吧？"

　　"没错。"

　　"停下来吧，已经够了。"朱迪说。四个人，六组互动。

　　艾萨克抬起手，点了点头。西摩显然把这一信号组合解读成让他继续。现在，我们五个人都要参与到对话中了，却没有任何议程安排。

"你开心吗？婚姻幸福吗？"我不知道西摩想问的是什么，但我想他基本上算是个好人，一直支持我，试图告诉大家至少有一个人喜欢我，喜欢到可以和我住在一起。

"极其幸福。"

"你和家人还有联系吗？"

"西摩！"朱迪厉声喊道。

我回答了西摩，这不是什么尖锐的问题："我的妈妈每周六给我打电话，按照东澳大利亚标准时间是周日。我自己没有孩子。"

"有工作？"

"我在哥伦比亚大学教书，是一名遗传学副教授。我认为我的工作具有相当的社会价值，也有不错的收入。我也在酒吧兼职。"

"能在这个普遍宽松但时有挑战，且看重商业利益的社会里与人和谐共处，觉得人生还是挺享受的？"

"当然"似乎是最有用的答案。

"这么说你没有孤独症。这是来自专业人士的意见。诊断的一条重要依据就是感官障碍，但你现在生活状态很不错。继续享受生活吧，离那些觉得你有病的人远一点。"

"好了，"朱迪接着说，"我们现在能不能点上菜，高高兴兴地吃顿饭？"

"去你的吧。"莉迪娅骂道，她是在说西摩，而不是朱迪，"你就该把你扎进诊断手册里的脑袋拽出来，到外面看看。看看那些真实的家庭是什么样，看看你的飞行员们都干了什么。"

她站起来，抓起手袋："你们爱点什么就点什么吧。"她转向我："对不起，这不是你的错。你童年的创伤无法消除，但别相信那些又矮又胖的心理医生，他们总告诉你这没什么。帮帮我，也帮帮这个世界吧。"

我以为她又是在说蓝鳍金枪鱼的事情，但我错了。

"千万别要孩子。"

# 第八章
## 与吉恩重逢

　　"地球呼叫唐，收得到信号吗？我在问你变身准爸爸的感觉怎么样。"

　　我并不需要罗茜的提醒。对于蓝鳍金枪鱼事件的回顾早已被想出答案的焦虑取代，我苦思冥想，却没什么进展。我猜克劳迪娅推荐的应对模式，即通过反问"你为什么这么问"来回应难以回复的私人问题，在此刻是不奏效的。罗茜这么问的原因再明显不过，她想要确保我在心理上已经做好准备，迎接一生中最富有挑战性的艰巨任务。但事实是，已经有一位在处理家庭问题方面颇有经验的社工对我做出了评判——极其专业的评判——我根本不适合成为一名父亲。

　　七周前，在跟罗茜说起这顿午餐时，我只提起了当即能让她感兴趣的内容：餐厅、食物，还有西摩有关罪恶感的新书。我并没有提起莉迪娅认为我不适合当父亲这件事。那只是她的一己之言——尽管她是这方面的专家——而且那时候，要孩子的事情似乎跟我们没什么关系。

小的时候，母亲教会了我一条重要的原则：在主动分享信息前，无论它多有趣，也一定要想清楚这条信息是否有可能会让听众感到压力。她曾多次提醒我，通常是在我分享了一些有意思的信息之后。门铃响起，我仍在仔细权衡。

"×。哪位？"罗茜问道。

我有很大把握猜出门外是谁，依据是澳大利亚航空的航班从墨尔本经洛杉矶抵达纽约肯尼迪国际机场的计划落地时间。我打开防盗锁，罗茜跳起来去开门。吉恩从电梯里走了出来，拖着两个行李箱和一大束花，花当场就送给了罗茜。即便是我也能看出，吉恩的到来改变了人际间的动力关系。几分钟前，我还在绞尽脑汁找到最恰当的答案，现在，这个难题已经转嫁给了罗茜。

幸好，吉恩是社交互动的专家。他走向我，似乎是要给我一个拥抱，忽然，他要么是察觉到了我的身体语言，要么是记起了我们过往的交流模式，转而握住了我的手。接着，他放开了我的手，拥抱了罗茜。

吉恩是我最好的朋友，但我还是觉得和他拥抱有些别扭。实际上，只有与和我发生肉体关系的人进行密切接触才会让我感到舒服，而这类人有且只有一个。罗茜不喜欢吉恩，但她也坚持和他持续拥抱了大约四秒钟。

"我真是没办法用语言来形容我有多感谢你，"吉恩说，"我知道你肯定不是我的头号粉丝。"当然，这话是对罗茜说的。我一直很喜欢吉恩，尽管这意味着我得原谅他一些不道德的行为。

"你有点发福，"我说，"我们得安排点跑步时间了。"我估计吉恩的体重指数为28，比我10个月前最后一次见他时升高了大概3点。

"你要在这里住多久？"罗茜问道，"唐有没有告诉你我怀孕了？"

"他没告诉我，"吉恩说，"不过这是个多好的消息啊。恭喜你。"他用"好消息"为借口再次拥抱了罗茜，也把有关他驻留时间的问题搪塞了过去。

　　吉恩四下看了看："我很喜欢这里，真是很不错。哥伦比亚给的薪水看来比我想象的要多。不过我是不是打扰你们吃晚饭了？"

　　"没有，没有，"罗茜说，"我们应该等你来一起吃的。你吃了吗？"

　　"我有点时差，也不知道我的身体现在在哪个时区。"

　　这个问题，我可以帮上忙。

　　"你应该喝点酒，告诉你的身体晚上到了。"趁着吉恩在客房整理行李的工夫，我到冷藏室取了一瓶黑皮诺，罗茜跟了过来。

　　罗茜盯着啤酒桶，突然面色陡变，冲了出去。冷藏室里的酒味着实比外面浓上不少。我听见浴室的门砰的一声甩上，接着就是一阵巨大的噪声，轰隆隆的，但来源不是浴室。一连串相似的隆隆声接踵而至，那是楼上的鼓声，夹杂着电吉他的巨响。罗茜从浴室回来，我已经戴好了耳塞，但我怀疑她对公寓的满意程度已经有所下降。

　　罗茜回了书房，我调了调耳塞，继续我的晚餐。52分钟后，音乐停止，我终于能和吉恩说说话了。他很确定自己的婚姻已经完蛋了，但我认为他需要做的仅仅是纠正自己的行为，永久性地纠正。

　　"我之前这么想过。"他说。

　　"这是唯一可行的方案。做个列表，两栏的那种。一边写上克劳迪娅、卡尔、尤金、稳定、食宿、生活效率、道德诚信、不再抱怨你的不端行为，还有很多其他的好处。另一边写上你和随便哪个女人时不时上上床。这真的比你和克劳迪娅上床要好很多吗？"

　　"当然没有，不过我不是在说最近有机会可以把两者相比较。咱们能不能晚些时候再聊这个？我可是飞了好久才过来，还飞了两程。"

　　"我们可以明天谈。每天谈都行，直到把这个问题解决了。"

　　"唐，一切都结束了。我接受这样的结果。你先跟我说说，成为一个准爸爸是什么感觉？"

"我还没有什么感觉，谈这个为时尚早。"

"那我会每天问你一遍，直到这个问题解决。不过，你有点紧张，对吧？"

"你怎么知道？"

"所有男人都会紧张。担心他的妻子眼中只有孩子，担心他们不再做爱了，担心他们会没完没了地只谈孩子的事。"

"我不是一般男人。有一些特殊的问题困扰着我。"

"你会用特殊的方式解决它们。"

这一点让我特别受用。解决问题一向是我所擅长的，但面对突发的两难境地，我的强项却显得不太灵光。

"我该怎么跟罗茜说？她也想知道我的感受。"

"你告诉她，当爸爸让你感到很兴奋，不要加剧她的不安全感。有波尔图酒吗？"

音乐声再度响起。我没有波尔图酒，便拿君度酒替代。我和吉恩静默对坐着，这时罗茜出来叫我回房。吉恩在椅子上睡着了，可能这比睡在地板上要舒服点，但无论如何都要远远强过在纽约无家可归。

卧室里，罗茜微笑望着我，吻了我。

"所以你可以接受吉恩过来了？"我问道。

"不，我不能接受，我也不能接受啤酒味。如果你不想让我早晚都吐个没完，就得想办法处理一下那味。你显然也得跟楼上的邻居谈谈噪声问题，你总不能给小婴儿也戴个耳塞吧。不过这房子真是让人没话说，非常非常不错。"

"不错到让你能忍受这些问题？"

"差不多吧。"她微笑道。

我望着世界上最美的女人，只穿着一件宽大的T恤，坐在我的床上——我们的床上。等着我说出那句让这精彩瞬间延续下去的话。

　　我深吸一口气，呼出去，又吸了一口。"能成为一名父亲，让我特别兴奋。"在当下的语境里，兴奋一词的使用在我看来和形容电子活动时是一致的：更多的是指活跃，而非某种特殊的情感状态。我的语气无比真挚，这一点很好，否则罗茜就能知道我在撒谎了。

　　罗茜张开手臂，环抱着我，拥抱的时间要长于和吉恩拥抱的时间。我感觉好一些了。我的头脑终于可以放松下来，享受与罗茜在一起的亲密时刻。吉恩的建议实在太棒了，住在这里完全是他应得的回报——至少我是这么认为的。下一步，我要以自己的方式解决噪声问题、啤酒问题，还有当父亲的问题。

　　早上起来，我感到一阵头痛，我认为这是回想蓝鳍金枪鱼事件产生的压力所致。我的生活变得越来越复杂。除去我教授和伴侣的身份，我还要照看啤酒和吉恩，或许还有罗茜。我怀疑即便是在如此关键的人生阶段，她还是会忽视自身的健康问题。当然我也得做些研究，做好准备，迎接父亲的新角色。

　　负荷加载可能导致两种不同的回应方式。其一，制定正式的时间表，确保高效的时间分配。考虑每一项任务的优先顺序，以及它对达成最终目标的贡献值大小。其二便是接受混沌，并任由其发展。两相比较，优劣立显。是时候开启婴儿计划了。

　　在客厅立上一块白板可能会引起罗茜的负面反应，我发现了一个绝妙的解决方案。在我全新的浴室兼办公室里有一块贴了白瓷砖的墙面，又高又窄：差不多30厘米高，10厘米宽。瓷砖墙面自带网格效果，且适用马克笔。墙面分为19列，每列贴7块瓷砖，只有一块砖上安装了厕纸架，并因此影响了另外一块——基本上可以看作一个完美的18周滚动日历。每一块瓷砖可以水平分为17个小块，代表每天醒着的时间，可能之后还需要垂直细分。考虑到罗茜对于尊重我个人空间的声明，她应该不太可能看到这个日程表。

当然，我也可以使用电子表格或者日历的应用程序，但墙面要比屏幕大得多。我把前四周里已经安排好的科研会议、武术练习和市场慢跑填到表格里，瞬间体会到了一种意想不到的幸福之感。

吉恩到达后的第二天早上，我们一起搭地铁去了哥伦比亚大学。从新公寓出发要近得多，我已经重新调整了出发时间。而罗茜还没有调整她的日程，仍然搭了早班地铁过去。

我利用这段时间和吉恩谈了谈他的家庭问题："她拒绝你是因为你对她不忠，很多次。接着你又骗她不再犯了，所以你得让她相信你会忠实于她，不会再骗她。"

"别这么大声，唐。"

我提高声调是想要突出问题的严重性，却引得周围的人都看向我们——特别是吉恩——满是失望的表情。一位在宾州车站下车的女士甩下一句："真不要脸。"她后边的一位女士又补了一句："蠢猪。"她们的言行强化了我的论点，而吉恩一直在试图换个话题。

"对于当父亲的事情有什么新想法？"

我尚未把和婴儿相关的活动填进崭新的白砖日程表里，尽管这才是我建表的初衷。或许我的头脑对于突发性事件的反应就是激活原始防御机制，假装这问题根本不曾发生。眼下，我有两件事要做：正视孩子即将诞生的事实并大声告诉别人，还有就是真的着手做些研究。

吉恩在他哥大的办公室里安顿好之后，我们和戴维·博伦斯坦博士喝了杯咖啡。罗茜也加入了我们，以我伴侣的身份，而非医学生的身份。戴维帮了我们很大的忙，帮我们办好签证，安顿好。"有什么新鲜事吗，唐？"他问道。

我本想和戴维谈谈在小鼠肝硬化遗传倾向研究上的最新进展，项目就快完成了，但我突然想起了自己先前的决定——我得正视即将成为父亲的事实。

"罗茜怀孕了。"我说。

每个人都陷入了沉默。我立马意识到自己犯了个错误，因为罗茜在桌子下面踢了我。这显然没什么作用，说出去的话怎么也收不回来了。

"好吧，"戴维说，"那就恭喜你们了。"

罗茜微微笑了笑："谢谢你，实际上大家还不知道，所以——"

"当然。我教书很多年了，我可以保证，你绝对不是第一个因为怀孕而影响学业的学生。"

"我没打算让怀孕影响我的学业。"我听出了罗茜"别惹我"的声调。用这种腔调和院长说话可不是什么明智之举。

戴维似乎没听出罗茜的弦外之音，要么就是他故意忽略了。"我不负责这件事，"他说，"等你准备好了，就去和曼迪·劳聊聊吧。你知道曼迪吧？她是辅导员。别忘了告诉她，你可以用唐的医保。"

罗茜刚要开口，戴维则举起双手，做了个"停"的手势，把话题转到了吉恩的项目上。

戴维拒绝了第二杯咖啡的邀请："对不起，我得走了，但我还得跟唐谈谈肝硬化的项目。跟我一起走回去？也欢迎你加入我们，吉恩。"

尽管对我的研究毫无兴趣，吉恩还是加入了我们。

"我猜你已经完成了需要客座教授帮忙的部分。"院长说。

"还有很多数据需要分析。"我回应道。

"我就是这个意思——这些都是收集数据的小活。我估计你需要些帮手吧。"

"如果需要申请许可的话就算了吧。"自己动手的时间可比写书面申请要个帮手省时多了。

"不，你不用申请。特别是在特殊情况下。"他笑了起来，吉恩走了过来，"我有一个博士后研究员，特别擅长数据分析，在我们这边——算是帮一个同事的忙，但也得给她找点有意义的事情做。特别是在签证审查的时候。"

"让她来帮你吧。"吉恩说。

在吉恩的出版列表里，有很多项目是由别人在他的指导下完成的。我可不想把名字署在别人写的论文上。戴维·博伦斯坦劝说我不应该把时间浪费在这样的工作上，这些事情应该留给资历尚浅的人来做，他们还能从中汲取宝贵的研究经验。

"她的名字叫作英奇，"戴维说，"是立陶宛人。"

吉恩离开我们先走了，我和院长又走了一段，但谁也没说话。我猜他是在思考——跟大多数人不同，他似乎并不觉得对话中断的间隙是必须想办法填补上的时间，这是我很喜欢的一点。我们差不多走到了他的办公室门口，院长才再次开了腔。

"唐，辅导员会建议罗茜先休息一段时间。这是个明智的选择，但我们也不想失去她。我们希望留住学生，特别是像她这么优秀的学生。现在这个时机不太好。她恐怕得把做临床的时间往后推六个月，然后生孩子，到下个学期，甚至下个学年才能回来。怕是得占上整整一年。你先想想安排谁去照顾她吧，你应该也得参与其中。"

我并没有考虑过这个实际问题，戴维的建议似乎很有道理："有些女人只休息一两个月就回来了，还得抓紧补上假期落下的课程。我认为这是不对的，特别是对你俩来说。"

"为什么特别是我俩？"

"你们在这边没有亲人。如果你们的父母或是兄弟姐妹住在这边——我只是说可能——他们能帮你不少忙，帮你照顾孩子。要我说，还是直接休息一年。否则孩子也受罪，科研也搞不好，她自己也会很累。就我自己的痛苦经历来看，你也得遭不少罪。"

"听起来是个不错的建议，我会告诉罗茜的。"

"别跟她说是我说的。"

医学院的院长，我们的担保人，一位老练的父亲。还有谁能比他更有资格来提出建议，如何在医学研究和为人父母之间保持平衡？不过我认为隐去他的姓名倒是个正确的选择，因为罗茜会出于本能拒绝接受任何权威大龄男性提出的建议。

我的预言果然没错。

"我不会从项目中退出一年的。"罗茜如是说。当时我正在向她提出戴维的建议，当然隐去了信息来源。我们和吉恩共进晚餐，吉恩是我家的新成员，坐在一把富余出来的椅子上。

"长远来看，退出一年不算什么。"吉恩说。

"尤金出生的时候你休息了吗？"罗茜问道。

"克劳迪娅休息了。"

"那就把我看成你，别看成克劳迪娅。还是我们之间鸿沟太大了？"

"所以就得唐来照看孩子了？"

罗茜笑了起来："我可不这么想。我是说，唐得工作，而且……"

我倒是对罗茜没说完的半句话很感兴趣，我想知道在她看来我不适合照顾嫩芽儿的第二个原因到底是什么，但吉恩打断了她。

"那谁来照顾孩子？"

罗茜想了一会儿。

"我会让她——或者是他——跟我在一起。"

我惊呆了。"你要带着嫩芽儿去哥大——还有医院？"等到嫩芽儿出生的时候，罗茜就该开始接触真正的病患了——那些患有感染性疾病的可怜人——在这种环境下把孩子放在脚边，一定会引起致命灾难。她的想法既不可行，又不负责任。

"我还在想，好吗？但你们也应该想想孩子妈妈们的需求了。不要随便就让我们离开，等孩子长大了再回来。"罗茜把盘子推到一边，她的意式烩饭还没有吃完，"我有工作要做。"

再一次，聊天的对象只剩下我和吉恩。我在脑子里做好计划，要再增加一些酒精储备。

吉恩抢在我之前选好了话题，让我来不及谈起他的婚姻问题。

"对于当爸爸的事情，感觉好点了吗？"

"爸爸"这个词用在我的身上，听起来还是有点怪。我想起了自己的父亲，我怀疑他在我还是个婴孩的人生初期，基本没有扮演什么角色。我的妈妈为了照顾三个孩子辞去了教师的工作，而我的父亲一直在经营家庭五金店。这样的工作分工很有实效，也是十分传统的分工模式。考虑到我从父亲身上继承的一些脾气秉性给自己惹上过不少麻烦，可能最好的办法就是把母亲的影响最大化。

"我已经考虑过了。我认为我能做的最大贡献就是给罗茜让路，不要给她惹上任何麻烦。"这和蓝鳍金枪鱼事件中莉迪娅给我的判断一致，同时也符合医学信条：无损于患者为先。

"你知道，你或许可以逃过这一切。罗茜从骨子里就是个女权主义者，理论上说她希望你才是穿裙子的那个，但她也把自己看成个女超人。独立性强是澳大利亚女人的特质，她想把一切事情都自己办了。"吉恩喝干了杯子里的蜜多丽酒，又给我俩都倒上，"别管女人们嘴上怎么说，她们在生理上就是跟孩子联系得更紧密，跟我们完全不一样。孩子在最初几个月根本就认不出你。所以别担心，向前看，等他开始学走路了你们就能互动了。"

这一点也很有帮助，我很幸运能有另一位老练的父亲兼心理学系主任给我提出建议。他还有更多要说：

"心理学家的那堆鬼话都忘了吧，他们全都是沉迷于亲子关系的恋物癖，成心让你慌了神，以为自己又做了什么错事。一旦你听到'依恋'这个词，就赶快跑远点。"

这简直是分外地让我受用。无疑，莉迪娅就属于吉恩描述的那类人。

吉恩继续道："你没有什么侄子、侄女，对吧？"

"没错。"

"也就是说你没有任何与孩子相处的实际经验。"

"我只接触过尤金和卡尔。"我和吉恩的孩子们彼此熟识，基本可以放进我的朋友列表里了，他们相对学步小童，实在超龄太多了。

罗茜从书房走出来，径直走向卧室。我将她的手部动作解读为：你喝得够多了，你们两个都是，赶快上床睡觉，别再分享什么有趣信息了。

吉恩准备起身，但又瘫坐回椅子上："睡前最后一条建议。多观察观察孩子，看看他们是怎么玩耍的。你会发现他们跟成年人一样，不过是身材矮小些，还不知道什么规矩和花招。没什么好担心的。"

# 第九章
## 操场事件

罗茜坐在床上，我走过去坐到她身边。

"唐，你脱衣服之前——能不能帮我个忙？"

"没问题，不需要手脑并用的都可以。"吉恩最后那杯酒竟然让我的酒精摄入量超了标。

"熟食店几点钟关门？就是你平时买烟熏马鲛鱼的那家。"

"我不知道。"这种问题干吗还需要我穿着衣服回答？

"我还想再来点那鱼。"

"今天晚些时候我就去买。"现在是半夜12点04分，"我们也能把它当冷盘吃。"

"我是说现在。今天晚上。再配上点莳萝泡菜，放了辣椒的那种，你看看能不能买到吧。"

"这个时候吃东西有点太晚了，你的消化系统——"

"我不管，我怀孕了，就是想吃东西。这很正常。"

何为"正常"已经被重新定义了。

我敢说，想要在午夜时分买到烟熏马鲛鱼和泡菜绝非易事，特别是在喝多了还得骑自行车的情况下，但这也是我头一次有机会完成一个和怀孕直接相关的任务。

在一片陌生的区域慢跑并不能帮我找到烟熏马鲛鱼。街道上熙熙攘攘，我不得不几经调整路线选择，避开路人。我决定继续前往布鲁克林，我记得格雷厄姆大街上有一家货源充沛、通宵营业的熟食店。从数据上看，我能在曼哈顿找到马鲛鱼的概率要低很多，而我也做好准备为更高概率做出牺牲了。

我跑过威廉斯堡大桥，脑子里一直在分析罗茜的情况。罗茜的身体里似乎缺乏了某些物质，这种强烈的欲求恰恰凸显了在怀孕期间摄入足够营养素的重要性。她没有吃完蘑菇洋蓟烩饭，却想吃马鲛鱼。我由此得出结论：她的身体需要蛋白质和鱼油。

生活日趋复杂，而我的掌控能力也在不断加强，眼下我想到了两种可能的解决办法。其一，对营养素按需供应，即当罗茜的身体识别出某种营养素缺乏而产生强烈的欲求反应时为其补充。但这样的做法极易引起混乱，且不高效，就好像我现在还在找马鲛鱼一样。当然，还有一种更有规划的办法，即制定特殊的孕期食谱，确保所有原料的及时供应，这显然是更好的选择。

穿过这座不夜之城，我终于在凌晨2点32分到了家。我一共跑了差不多20公里，买到了马鲛鱼、泡菜和巧克力（罗茜总是想吃巧克力）。罗茜已经睡着了，甚至拿着马鲛鱼在她鼻子底下晃也没有任何反应。

第二天我醒来的时候，罗茜和吉恩已经准备去学校了。我又感到了一阵头痛，这一次无疑是睡眠缺乏造成的。拥有足够的、相对安静的睡眠时间对达至身体与精神的最优健康状态至关重要。罗茜的孕事让我的身体付出了沉重的代价，提前购买孕妇适宜的食物至少可以帮我免去这些夜半远行。作为短期解决方案，我请了一天假专心投入到婴儿计划上。

我要高效利用这多出来的一天，首先就是补觉，接着要查资料，继续研究罗茜对于皮质醇和抑郁症关联性的表述。现有的证据令人信服，但都只能证明其与心脏疾病的关系。为了嫩芽儿和罗茜的健康，一定得把罗茜的焦虑级别降至最低。

完成了健身计划之后，我利用上午剩余的时间开始研究孕期营养问题。计划的时间竟然完全不够用。因为有太多建议根本就是相互矛盾的！即便是剔除了那些缺乏科学依据的文章，即那些使用了有机、全面、自然这类词语的文章，还有一大堆数据、建议和食谱在等着我。其中一些列举了孕妇必须摄入的食物，另外一些则是务必不能摄入的食物，而两者之间重合率之高令人咋舌。有一家看起来很不错的商业育儿网站提供了适合孕期不同阶段的标准用餐体系，但餐单里有肉，罗茜应该没办法接受。我得投入更多时间，或者进行元研究①。其他人一定也曾面临过同样的问题，总结过自己的研究成果。

这些介绍孕期知识的网站上还提供了大量胚胎发育的信息。罗茜曾明确表示不希望听到任何技术性评论，但这些都太有意思了，特别是家中刚好有一个案例可供研究的时候。我挑了一块位于浴缸上方的墙砖，在上面写了个"5"代表截至周六预估的妊娠周数。我还画了一个橘核大小的圆点，这代表着嫩芽儿目前的大小，又另外加了几笔组成一幅速写。画图花了足足40分钟时间，但跟网上的图解比起来，我的画技实在略显粗糙。看着对面的日程表，填满第一块墙砖给了我一种独特的满足感。

---

① 元研究（meta-study），一种定量分析手段，通过测量和统计分析技术，总结和评价已有的研究，对研究结果进行统计显著性水平检测和效果量的测定。

为了解决当下的营养补充问题，我从某个网站上随机选择了一份素食者食谱，然后慢跑到乔氏超市[①]，在那里我能买到所有制作豆腐和南瓜馅饼的食材。

整个下午我都没有安排任何事项——刚好是把吉恩的建议付诸实践的好机会。先出门锻炼再沐浴更衣似乎是个更明智的选择，特别是在降水概率高达30%的日子里。我在慢跑服外边套上了一件轻便雨衣，戴上了一顶单车帽保护头发不被雨淋。

在第10大道上有一块小操场，离我家只有几个街区的距离，那是个完美的观察点。我可以坐在长椅上，一个人观察小朋友和他们的监护人。望远镜的作用似乎有限，因为我可以清楚地观察到他们的动作，甚至还能听到他们的对话，因为大部分对话都是在叫喊中完成的。我的观察没有受到任何干扰——实际上无一例外，每每有小孩向我走来，都会立刻被大人叫回去。

我在笔记本上写了不少观察记录。

孩子们愿意在短距离范围内进行探索，但总会被监护人阻拦，回到他们的身边。我记得曾经看过一部纪录片，里面将整个过程以高速回放，其行为范式则更加明显。但我不记得纪录片里拍的到底是哪一种动物了。我的手机内存充足，便开始拍摄自己的视频短片。吉恩一定会觉得这一观察很有意思。

我的录制过程被某种群体性活动打断了：监护人和孩子们聚到一起，大约过了20秒，共同转移到了操场的另一边，这样我的视线就会被场地中间的植物小岛阻断。我跟上他们，找到一个适宜观察的地点坐下，但他们不再继续玩下去了。我决定等一等，并利用这段时间调整了手机视频的分辨率，以期能录制更长的片段。我的全部注意力都放在了手机上，完全没

---

① 乔氏超市（Trader Joe's），美国出售有机食品的连锁超市。

有意识到有两位身着制服的男性警员正向我走来。

回想起来，我可能并没有处理好这一局面，毕竟这是一种我不熟悉的社交礼节，而且是一种由我不了解的社会规范而导致的突发性事件。同时，我还在捣鼓新下载的录像应用程序，纵然它使用了更优化的压缩算法，却完全忽略了用户友好性的需要。

"你觉得自己在做什么？"一位（稍稍）年长的警员问道。我估计这两人都30来岁，身体状况良好——两者的体重指数都约为23。

"我认为我是在设置分辨率，可能在你看来我做的事情有点不同。不过你可能也帮不上我，除非你知道怎么用这个程序。"

"好吧，我猜我们应该给你腾出地方，让你和孩子们待在一起。"

"太棒了。祝你成功打击犯罪。"

"站起来。"那个年轻点的警员态度突变，这是我没想到的。或许我正在见证那所谓"红脸白脸"的互动模式。我望向那个"唱红脸"的警员，想要确认自己是否会收到相反的指示。

"你是否要求我站起来？"

"白脸"警员协助我站了起来，以暴力的手段。我对接触他人的厌恶之感深入骨髓，所以我的应激反应一触即发。我并没有按住这位袭击者，也没有把他扔出去，但确实用了一些简单的合气道招式挣脱了他的控制，让他和我保持距离。他向后踉跄了几步，"白脸"警员拔出了枪，"红脸"警员则掏出了手铐。

在警局，警员们希望拿到我的供述，承认自己在公园里观察小孩且有拒捕行为。我也终于得到了答案，尽管问题显而易见：我到底做错了什么？在纽约，成年人如果没有和一名12岁以下的儿童同行，独自进入儿童专属活动场所是违法的。操场围栏上的警示牌就是在提醒这一点。

难以置信。如果我真的如警员和立法者所想，能通过观察儿童来获得性满足，那我早就应该随便绑架个孩子，进到操场里面了。"红脸"警察和"白脸"警察都对我的这条表述很感兴趣，我终于说出点能让他们满足的话了。

接着，我被单独滞留在一个小房间里长达54分钟。我的手机被没收了。

第54分钟时，一位更年长的男士加入了我，他也穿着警服，手里拿着一份打印文件，应该是我的陈述记录。

"蒂尔曼教授？"

"向您致敬。我需要联系律师。"独处的时间很有帮助，让我好好理了理思路。我记起在地铁里看到的一条刑事律师的广告，上面有一个1-800的电话。

"不想先打给你的妻子？"

"寻求专业人士的建议才是我的当务之急。"我同时也意识到，自己被捕的消息可能会引起罗茜的压力反应，特别是当难题悬而未决，她又帮不上什么忙的时候。

"你当然可以联系律师，不过你也不一定需要他们。喝点什么吗？"

我的答案早已预先设定好："当然，谢谢。请给我一杯龙舌兰——纯的。"审讯员看着我，差不多有五秒钟，但他似乎并没有要帮我倒酒的意思。

"没问题，不来杯玛格丽塔吗？草莓代基里①也不错。"

"不用，鸡尾酒准备起来太麻烦了。龙舌兰就可以了。"我怀疑他们无法提供鲜榨果汁，所以一杯纯的龙舌兰要好过加了柠檬、糖浆或是酸甜预调酒的玛格丽塔。

"你从澳大利亚墨尔本来，对吧？"

① 代基里（daiquiri），一种以白朗姆酒、柠檬汁、糖浆、柠檬调制的鸡尾酒。

"没错。"

"是哥伦比亚的教授？"

"副教授。"

"有人能证实你的身份吗？"

"当然，你可以联系医学院院长。"

"这么看，你是个聪明的家伙，对吧？"这问题有点尴尬，我不希望让自己看起来太过狂妄。我只是点了点头。

"好吧，大教授，问你个问题，请用上你所有的聪明才智回答我。当我问你要不要玛格丽塔的时候，你是不是真的认为我会去茶水间给你挤点酸橙？"

"柠檬也行。不过我只要龙舌兰就够了，让一位执法人员为了调制鸡尾酒去做鲜榨果汁，这是在浪费你的宝贵时间，好像不太合适。"

他靠到椅背上："你不是在开玩笑，对吧？"

我感受到的压力接近极限，但我明白这中间一定存在某种误差。我尽全力澄清自己的意图。

"我被抓起来了，还面临着蹲监狱的风险。我并不了解这边的法律，也无意开玩笑。"我想了想，又补上了一句——这完全是为了降低蹲监狱的风险，避免随之而来的低品质餐食、无聊对话以及令人厌恶的性挑逗——"我多多少少有些社交无能。"

"我差不多也看出来了。你当真对库克警员说了'祝你成功打击犯罪'？"

我点点头。

他大笑起来："我有个侄子跟你差不多。"

"他也是遗传学教授？"

"不是，但如果你对二战时期的喷火战机有兴趣，找他就对了。他对飞机一清二楚，却不知道怎么不惹麻烦。你在学校一定成绩不错，现在才能当上教授。"

"我成绩优异，但在社交方面并不理想。"

"跟权威机构合不来？"

"不"是我的本能反应：我恪守各项规章制度，也不想招惹上任何麻烦。但另外一些记忆不请自来：宗教课老师、校长、墨尔本大学理学院院长，还有红酒男、布鲁克林公寓的管理员，加上两个警察。

"没错。但是因为坦诚——不够圆滑——而不是出于恶意。"

"之前被抓过吗？"

"这是头一次。"

"你去那个操场，"——他看了一眼文件——"是为了观察儿童的行为模式，做好当爸爸的准备。"

"没错，我的妻子怀孕了。我必须尽快对小孩子熟悉起来。"

"天哪。"他又看了一眼那张纸，但观察他的眼神，似乎并不是在阅读其中的内容，"行了，我不觉得你会危害到小孩子，但我也不能就让你这么走了。万一你下周去了所学校，开枪乱射一气，而我什么都没做——"

"从数据上看，这不太可能——"

"什么也别说，你会给自己惹麻烦的。"这听起来是条好的建议，"我会把你送到贝尔维医院，这个人会做个判断。如果他觉得你没问题，你就可以走了，我们也都能脱身了。"

他把手机还给我，挥了挥手铐："布伦丹是个好人，你一定要去他那儿报到，否则我们就得来硬的了。"

# 第十章
## 男孩之夜

　　晚上6点32分，我离开了警局，立刻给贝尔维医院打了电话预约时间。接线员让我没有紧急事件就第二天再打过来。我花了大约四分钟描述自己的状况，她做出判断，这毫无疑问不是什么紧急事件。

　　在地铁上，我一直在思考是否要把操场事件告诉罗茜。这事情让人尴尬，也反映出我在规则方面知之甚少，而了解规则本该是我的强项。这样令人不快的事情发生在我的身上一定也会让罗茜感到不快，甚至对警察大发雷霆——总之，就是让她的压力值激增。此前，我已经做出决定要等事情妥善解决之后再告诉罗茜，直到目前我都没有动摇。在警局，我没有让自己陷入最糟糕的窘境，贝尔维医院的评估是我眼前唯一的障碍。

　　我不断鼓励自己，和心理医生见面根本没有什么可焦虑的。20岁头几年，我见了无数心理医生和神经科医生。我的朋友圈里也都是这样的人：临床心理医生克劳迪娅、心理学系系主任吉恩、精神科医生艾萨克·埃斯勒，当然还有罗茜，心理学专业毕业生、博士候选人。和这些专业人士接触让我长了不少经验，也变得更自在。同时，心理医生也没有理由把我看作危险的人。综上所述，我没有理由因为评估而感到焦虑。既然没有理由，那任何焦虑情绪都显得站不住脚了。

我到家的时候，罗茜已经到了，在她的新书房里工作。回家路上，我坐过了站，又走错了方向，这全都是搬家闹的。我开始准备晚餐。讨论晚餐要比讨论白天的活动安全多了。

"你去哪儿了？"罗茜高声问道，"我记得我们约了一起吃午饭的。"

"豆腐。有营养，易消化，富含铁和钙。"

"什么？"她从书房出来，走到我身后，而我的眼里只有食物，"不想吻我一下吗？"

"当然想。"

很遗憾，我虽然尽了全力想让亲吻变得更有意思，但显然还不足以让罗茜忘掉她先前的问题。

"行了，你今天干什么去了？中午怎么没来吃午饭？"

"我不知道今天要一起吃午饭。我今天请了假，出去走走。感觉不太舒服。"这些都是真的。

"这也难怪，你和吉恩喝了一晚上酒。"

"还买了烟熏马鲛鱼。"

"真是的，我完全忘了这事。对不起。我吃了点香醋鸡蛋就去睡了。"

她指了指豆腐，我正在制作的食材。

"我以为你要和戴夫出去。"

"这是给你准备的。"

"嘿，你真好，但我吃块比萨就行了。"

"豆腐更健康，富含β胡萝卜素，对免疫系统至关重要。"

"可能是吧，但我更想吃比萨。"

我到底应该遵从罗茜想吃比萨的本性还是推荐了豆腐的网站？作为遗传学者，我相信本性，但作为科学家，我对这些研究成果也很信服。作为丈夫，我知道最简单的办法就是听老婆的话。我把豆腐放回冰箱里。

"噢，把吉恩也带上。"

所谓"男孩之夜"的成员是指戴夫、我，偶尔还有戴夫的前同事。但对罗茜来说，这也是她的"独处之夜"。而想要同时达至这两条标准，吉恩就得独自吃饭，这显然违背了道德行为标准。改变在所难免。

吉恩和我下了电梯，走到街上，乔治正从一辆加长车上下来，手里提个包。我拦住他。

"向您致敬，我以为你要回英格兰。"通过在线搜索，我可以查到乔治表演的邮轮，几小时前就应该起航了。

"你今天话不太多啊，是吧？不，我没回去，因为赫尔曼隐士[①]，我们还能再休息几个月。经纪公司正在看纽约有没有演出机会。啤酒怎么样了？"

"温度没问题，也很稳定。但桶有点漏，偶尔会产生些气味，但我们已经适应了。你们今晚排练吗？"

"你这问题挺有意思。我没什么想法，但我们的贝斯手吉米，可能会过来。在纽约城待了三天，他就已经无事可做了。所以我们就干脆聚一聚，再来点啤酒，玩玩音乐。"

"干吗不来跟我们看棒球呢？"我灵光一闪，这样就能解决乔治可能

---

① 赫尔曼隐士（Herman's Hermits），英国摇滚乐队，成立于1964年，20世纪60年代曾红极一时。

给罗茜带来的噪声干扰。生命里的头一遭，我自发地向一位非熟识的伙伴发起了社交邀约。

"看来你是要出去？"他说。

"没错。吃点东西，喝点酒，再看会儿棒球赛。当然我们也聊天。"

我选定了一家名为道连·葛雷的酒吧作为我们的会面据点，酒吧位于东村。在综合考量了电视屏幕、噪声水平（重要）、食物质量、啤酒、价格以及我和戴夫的路程时间之后，这里成了最优选项。我把乔治和吉恩介绍给戴夫：乔治是我"垂直方向"上的邻居，而吉恩和我住在一起。乔治似乎对吉恩这个不缴房租的额外住客也没有什么异议。

戴夫对于计划的调整体现出高度的适应性，也很欢迎乔治和吉恩加入我们。我们点了汉堡，还有所有能点的配菜。在"男孩之夜"上，戴夫可以不用节食。吉恩点了一瓶红酒，比我们平时喝的啤酒要贵得多。我知道这会让戴夫有点担忧。

"说说吧，"吉恩说，"你今天怎么了？我还得帮你带新助理。"

"听起来没给你造成什么负担，"乔治说，"一定是个年轻姑娘，对吧？"

"你说得完全正确，"吉恩似乎在模仿乔治的口音，"她叫英奇，很有魅力。"

"男孩之夜"举办的初衷是让我们互相支持，解决各自的问题。为了保持这一初心，我在想是不是应该就"操场事件"向他们寻求帮助。我想听听更多人的意见，我是否应该向罗茜隐瞒这一信息。但告诉乔治似乎不太明智，毕竟让房东知道自己被捕的事情不是什么好的选择。

"我有一个小问题，"我说，"我犯了一个社交错误，并引起了一些连锁反应。"我并没有告诉他们我犯下这样的错误完全是因为吉恩让我观察儿童的建议。

"行了，明白你的意思了，"吉恩说，"能多给我们一些信息吗？"

　　"不能。我只是想知道我是不是应该告诉罗茜。如果我应该告诉她，那具体该怎么做？"

　　"当然要告诉她，"吉恩说，"婚姻的基础就是信任和开放。没有秘密。"接着他就大笑起来，似乎是在暗示那个笑话。这倒是和他骗人、出轨的行为相吻合。

　　我转向戴夫："你怎么看？"

　　戴夫望着他的空盘子："我有什么资格说这个，我们都快破产了，而我还没告诉索尼娅。"

　　"你的冰箱生意出问题了？"乔治问道。

　　"冰箱没问题，"戴夫说，"生意有问题。"

　　"肯定是因为那些案头工作，"乔治说，"要我说你就应该找个专门的人去做，否则你一朝醒来就会发现自己被各式表单困得死死的，根本拔不出来。"

　　我觉得很难理解，为什么一觉醒来会收到这样的信息。但乔治的观点我是认同的：这些行政性的工作对我来说也是很大的麻烦。吉恩和我正相反，他简直就是个专家，十分擅长利用行政手段为自己行方便。

　　对话已经跑题了。我把话题带回那个重要的问题上：到底应不应该告诉罗茜？

　　"说真的，她一定得知道吗？"吉恩说，"这对她有影响吗？"

　　"目前还没有，"我说，"但也要看后续影响的大小。"

　　"那就等等。人们就是花了太多时间杞人忧天。"

　　戴夫点点头："我觉得不应该让她感受到太多压力。"又是那个词。

　　"我同意。"吉恩说，他转向乔治，"你觉得呢？"

　　"这酒比我想象中好喝多了，"乔治说，"基安蒂①，是吧？"他向

――――――――――

① 基安蒂红葡萄酒（Chianti），一种产自意大利基安蒂地区的世界驰名的红葡萄酒。

侍者挥了挥手，"先生，再来一瓶你们这儿最好的基安蒂。"

"我们只有一种基安蒂，就是您正在喝的这种。"

"那就拿一瓶你们最好的红酒。"

戴夫的表情里满是恐惧，我反倒轻松一点，毕竟道连·葛雷最好的红酒应该也贵不到哪儿去。

乔治等着红酒送过来。"你们结婚多久了？"他问道。

"10个月零15天。"

"就已经有不能跟她说的事了？"

"差不多吧。"

"我猜你没孩子吧。"

"这问题挺有意思。"有没有孩子取决于你怎么定义"孩子"。如果乔治是一个原教旨主义者，他可能会认为当我在那个改变命运的周六，褪去衣衫那一刻之后的一个小时到五天之内就已经算有了一个孩子，当然这要取决于冠军精子的游动速度。

我还沉浸在思考中，吉恩就替我回答了他："唐和罗茜正在准备迎接他们的第一个孩子……什么时候来着，唐？"

人类的妊娠周期确切来说是40周，也可以说是受孕后38周。如果罗茜的记忆是准确的，且在当天即受孕成功，则婴儿会在2月21日出生。

"这样的话，"乔治说道，"要不要告诉她，你应该已经知道答案了。你不想说出什么让她失望的话吧。"

"很好的原则。"吉恩评论道。

尽管母亲的压力是否会影响嫩芽儿未来的精神健康仍然缺乏科学依据，但我和我的朋友们基本已经达成了共识——等到问题妥善解决之后再告诉她。但这件事要解决得越快越好，否则我自己就要沦为皮质醇毒素的受害者了。

吉恩代表大家尝了酒，继续说道："人们会欺骗自己的伴侣纯属天性使然，你也不想违背自然规律吧。"

乔治大笑起来："我倒是想多听听这一条。"

吉恩开始阐述他一贯坚持的观点，女人们总是在追求最好的基因，即便这位男士不是她的主要伴侣；而男人们则是要在不被抓住的前提下使更多的女人受孕。他的这番演讲已经演练过无数次，幸亏如此，因为他似乎已经有点醉了。乔治开始笑个不停。

戴夫则一脸严肃："这太荒谬了，我就从来没想过要背叛索尼娅。"

"我该怎么说呢？"吉恩继续，"还是存在这么一种等级秩序，你的社会地位越高，身边的女人就越多。我们之前有一个同事，是墨尔本医学研究会的会长，他就被人抓了个现行——裤子褪到脚脖子。可没有比他更好的人了。"吉恩说的是我在墨尔本时的合作研究员——西蒙·勒菲弗尔，吉恩如今能把他看成个"好人"也是件不错的事情。毕竟在墨尔本时，他们两人之间总有点不良的竞争关系。

吉恩把最后一点酒倒进杯子："无意冒犯，但唐是一位副教授，我自己是个系主任。跟勒菲弗尔基本平级，比唐的等级要高点。我可能不像勒菲弗尔有那么多机会——他对这方面的投入可是一等一的，值得我们学习——但我的机会还是比唐要多。"

"我是个修理冰箱的，比你们俩都要低。"戴夫说。

"从社会等级上看，可能确实如此。但作为一个个体，你的价值可一点都不低。如果我的冰箱坏了要修理，我肯定不会找勒菲弗尔。但平均而言，从事你这份职业的人和女人发生关系的机会是少一些，她们总是自觉不自觉地会考虑社会地位。所以你可能在很多方面都比我优秀得多，但在咱们这个小群体里，我还是最强的那个。"

吉恩转向乔治："对不起了，先生，我有点放肆了。不过我猜您不会是剑桥大学的副校长或是全球知名的球星吧？"

"还没聪明得能当校长，"他说，"倒是想过踢足球。我去诺维奇试训过，但也还是技不如人。"侍者送来账单，乔治一把拿了过去，扔下一沓钞票，站了起来。

乔治、吉恩和我搭乘一辆出租车回了公寓。电梯门在乔治面前关上，吉恩开了口："一顿免费的晚餐，这恰好显示了一个男人会怎样对群体里最强的那个同性发起挑战。你知道他是干吗的吗？"

"摇滚明星。"我答道。

我走进卧室，罗茜身着睡衣，却还醒着。

"晚上的活动怎么样？"她问道。我突然感到一阵恐慌，但我很快意识到回答这个问题并不需要编造什么说辞。

"非常好。我们喝了红酒，吃了汉堡。"

"还聊了棒球和女人。"

"不对。我们基本上不谈论女人——除了你和索尼娅。我们今晚讨论了遗传学的话题。"

"幸好我待在家里了。我猜所谓遗传学话题就是吉恩给戴夫灌输了些'男人天性就会欺骗'的迷魂汤，没错吧？"

"没错。但我认为戴夫是不会因此改变自己的行为的。"

"我希望没人会因为吉恩的话去改变自己的行为，"她看着我，用一种奇怪的眼神，"你没有什么事情瞒着我吧？"

"当然有。有很多事情我都没有告诉你，否则你会信息过载的。"这是个有力的观点，但还是及早转换话题，集中到罗茜身上为好。在回家的出租车上我就想好了一个恰当的话题。

"你的比萨怎么样？"

"我最后还是吃了豆腐，味道还不赖。"

我和罗茜躺下之后几分钟，乔治的鼓声就响了起来。罗茜让我上楼看看，让他不要再敲了。

"你要是不去，我就自己上去。"她说。

现在，我面临着三种选择：和我的房东正面冲突，和我的妻子正面冲突，或是夹在我的房东和妻子中间，看着他们俩正面冲突起来。

从他打开门的穿着来看，乔治一定是穿着睡衣在打鼓。我总结出这样一条理论，即每个人独处的时候都和我一样古怪。当然，我也穿着睡衣。

"噪声吵到你们小两口了？还有唐璜？"

"只是吵到了我夫人。"我试图将投诉强度降低67%。我的声音竟然听起来跟我爷爷的一样，太奇怪了。

乔治微微一笑："有生以来最棒的一次聚会。让我思考了不少，也没聊足球。"

"你很幸运，因为大部分时候我们都在谈棒球。"

"那些遗传学的东西真他妈有意思。"

"严格来说，吉恩的观点不一定都是准确的。"

"我猜也是。"他豪爽地笑起来，"不知道是不是这个原因，这么多年以来，我头一回想要好好打回鼓。也许你的朋友把我骨子里想当最强男人的那股劲勾出来了。"

"你打鼓就是为了吵吵吉恩？"

"人们可是要花钱听我打鼓的，你们都是免费听。"

我找不出什么更好的反驳理由，但乔治微笑道。

"我再给他打一小段就停。"

# 第十一章
## 唐的心理评估

翌日早上，我对罗茜撒了谎，不是那种直接莽撞的谎言。

"怎么了，唐？"

"我还是觉得有点不舒服。"

"又不舒服了？"

"我可能要去看看医生。"

"我有一个更好的主意。干吗不跟我一起加入喝橙汁的阵营？你昨晚回来的时候满身酒气，都快赶上个啤酒厂了。"

"可能是啤酒桶又漏了。"

"唐，我们得谈谈了。我不知道你是不是应付得了这一切。"

"万事顺利，不要担心。我今天下午就去上班，一切都会照常进行。"

"那就好。但我还是觉得有点紧张，我的论文现在一团糟。"

"你要尽量避免产生压力情绪。距离截稿还有八周，我建议你和吉恩聊聊。论文的事情还是应该跟导师交流一下。"

"我现在的任务是把数据都整理出来，这应该不是吉恩擅长的事。每个月向他汇报一次进度就已经够糟糕了，如今我们还得住在同一屋檐下，让他知道我有多大麻烦，每天还要把我的丈夫灌晕。"

"我是数据专家。你用的哪类数据？"

"你想在我导师的眼皮子底下帮我作弊？无论如何，这都是我必须自己完成的工作。我只是不太能专心而已。我本来在想着什么事，突然思绪就飘到了别的地方，又得从头再来。"

"你确定你没有患上早发型阿尔茨海默症或是其他什么失智病症？"

"我怀孕了。手头还有一大堆事情要做。我今天碰上了辅导员，她就好像随口一说：'我听说你的消息了，随时想来谈都行。'妈的，我自己眼前的东西都想不明白，她竟然跟我说起几个月后的事。"

"可能辅导员也是个专家——"

"唐，先别说了。吉恩为什么说要搬出去住？你昨天晚上跟他说了，是不是？"

"当然，我今天会再跟他说一次的。"从理论上看，我回应的这两点都是正确的。再多加解释会增加罗茜的压力指数。


我第二次想要预约贝尔维医院的时间又成了一场灾难。布伦丹，就是那位资深警官向我推荐的专业人士，因为压力过大去休假了。他和罗茜还有我，以及大部分纽约客一样，都需要把体内的皮质醇降低到安全水平。我认为亲自前往可能会更有效果，或许会有人临时取消预约，甚至干脆不来了。

诊所基本与我们的公寓位于同一纬度，在曼哈顿东区的第一大道上。我骑着单车穿城而过，脑子里思考着我该怎么表现、怎么说，接着就抵达了心理测评中心。接待窗口竖直的栏杆上面挂着登记的牌子。

"向您致敬。我的名字是唐·蒂尔曼，被怀疑有恋童癖。我希望您能够把我放到测评的候补名单上。"

她的视线从文档上挪开，看向我，几秒钟后说道：

"我们没有候补名单，你得提前预约。"

我已经想好了应对的策略。

"我可以和您的经理谈谈吗？"

"对不起，她现在没空。"

"她什么时候有空？"

"对不起——先生，"她顿了顿，似乎是在等我补充，接着又继续说道，"您必须提前预约，这是规矩。还有，请把您的自行车停到外边。"

我重申了自己的情况，强调自己必须立刻接受评估，还加上了不少细节。这花了我不少时间，她数次想要打断我。她终于成功了："先生，还有很多人在等着呢。"

她说得对。我的身边聚起了不少听众，都被我的观点折服。我开始了总结陈词：

"从数据上看，今天早上某些时候，一位由纳税人供养的心理学家会因为一位客户不能履行他或她的承诺而把时间花在喝咖啡或是上网冲浪上。而与此同时，一位潜在的有恋童癖好的精神变态却能大摇大摆地在纽约的大街上漫步，没有机会参与评估——"

"你有恋童癖？"一位女士问道。她大约30岁，穿着一身运动服，体重指数约为40。

"被指控为恋童癖。我在儿童活动场被抓了起来。"

她转向接待员："得找个人看看这个家伙。"等候区的其他人显然也同意她的观点。

接待员扫了一眼名单，拿起了电话。大约一分钟后，她说："阿兰达医生一小时后可以帮你评估，如果你愿意等的话。"她给了我一份表格。

这就是理智的胜利。

"你和其他人对话时会感到焦虑吧？"阿兰达医生说（女性，大约45岁，体重指数22），她让我叫她拉尼。我用了41分钟来描述前一天发生的事件，她全程都在倾听。我注意到她的面部表情在一点一点地发生可喜的变化，从皱眉到微笑。

"你不是头一次遭遇这种棘手的局面吧？"在听完我的故事之后，她问道。

"没错。"

"但之前跟孩子们相处没什么问题吧？"

"只有在我上学的时候，那时候我本身也是孩子。"

她笑了起来："你也是挺到了今天。你要是跟警察接触的时候能表现得再自然一点，他们可能只会跟你讲清规则，就放你走了。但不善交际绝对不是什么违法的事情。"

"幸亏如此，否则我可能早就被送上电椅了。"我不过开了个小玩笑，拉尼却又放声大笑起来。

"我会给警局写一份说明，你就能继续你的儿童研究项目了。不过我建议你还是多走访走访亲友，无论如何这都是件好事情。祝你的妻子生产顺利。"

我肩上的重担一下子落了下来。问题顺利解决了，也没有给罗茜带来任何压力。今晚，我会告诉她这个故事，她一定会说："唐，当我决定嫁给你的时候，我就知道我们的生活会一直疯狂下去的。你真是太不可思议了。"

这时，我意识到有人正透过玻璃看着我们。这人给拉尼打了手势，拉尼走出访谈室，向她走去。我猛地认出了她。我们上次相聚是在53天前，但她高挑的身材、极低的体重指数，还有瘦削的脸庞让我绝对不会把她错认成别人。她就是莉迪娅，那个蓝鳍金枪鱼事件中的莉迪娅。

拉尼和莉迪娅交谈了几分钟便离开了，莉迪娅走进房间。

"向您致敬，莉迪娅。"

"我姓默瑟，莉迪娅·默瑟。我是一位高级社工，负责你的案子。"

"我认为所有的问题都解决了。我猜你已经认出我——"

她打断了我："蒂尔曼先生，我知道你我过去曾有过交集，但我认为你还是先忽略掉那一点为好。你因为犯罪行为而遭到逮捕，而我们做出的一份……谨慎的……评估会成为警方执行的依据。我说得够清楚了吗？"

我点点头。

"你的妻子怀孕了？"

"没错。"

千万别要孩子，她这么说过。我违反了她的指导意见，当然不是我故意为之的。我得为自己辩护，赶忙补上一句："这完全是计划外的事情。"

"你认为你自己已经准备好成为一名父亲了？"

我想起了吉恩的建议："我认为天性可以从根本上保证我做出正确的行为。"

"就好像你袭击警官那样的行为。你妻子还应对得来吗？"

"应对？孩子还没出生呢。"

"她的工作呢？"

"她是一名医科学生。"

"你认为她在这种时候不需要些额外的支持？"

"额外的支持？罗茜本身就是个非常自立的人。"独立性是罗茜的标志，如果我主动提出要帮助她，她一定会觉得自己受到了侮辱。

"你们谈过怎么照顾孩子的事吗？"

"很少谈。罗茜正在专心写博士论文。"

"你说她是个医科学生。"

"她正在同时完成博士学业。"

"像你一样。"

"不,这是极为不寻常的。"我说。

"谁来做家务?做饭呢?"

我本可以告诉她我们一块儿做家务,我煮饭,但这可能会影响罗茜自给自足的形象。我换了个巧妙的说法,"这个要看情况。昨天晚上她就自己煮了饭,我在一家运动酒吧吃的汉堡。"

"和你的兄弟——你的伙计①们在一起——毫无疑问。"

"没错。不需要翻译,我对于美式英语的用词方法很熟悉。"

她又看了一眼档案。

"她在这边有什么亲戚吗?"

"没有。她的妈妈死了,是过世了,所以不可能在这儿。她的父亲也不能过来,因为他有一个健身房——康体中心——需要经营。"

莉迪娅做了些笔记:"她的妈妈在她几岁时过世的?"

"10岁。"

"她现在多大?"

"31岁。"

"蒂尔曼教授,我不知道您是不是意识到了这一点,但我们现在面对的是一位新手妈妈,同时她还是一位在学术上成就颇高,甚至是超高的独立女性。在11岁时失去了母亲,生活中不再有行为榜样,孤立无援,而她的丈夫完全没有注意到这些情况。作为一名教授,一位知识分子,您听明白我在说什么了吧?"

"没有。"

---

① 兄弟(buddy)和伙计(mate)意义相同,分别为美式英语和英式英语的不同说法。

"您的妻子有很大的可能会患上产后抑郁症，如果她应付不来的话，可能要因此进医院，甚至更糟。你没有采取任何预防手段，即便是你的妻子出现了症状，恐怕你都会视而不见吧。"

莉迪娅的说法让我十分不悦，但我也得尊重她的专业意见。

"你并不是唯一一个不体贴的丈夫，这样的人还有很多，但我有办法帮助你。"她挥了挥档案，"有一些任务你要完成。你袭击了一位警官，我不知道这样失控的行为是不是最终会演变为家庭暴力。我希望你去参加一个互助小组，确切地说是强制参加，直到负责人批准你不需要再去了。我希望你在一个月后再来进行一次测评，带上你的妻子一起。"

"如果我没去会怎么样？"

"我是一名社工。因为你对于儿童做出了不恰当的违法行为，我才接手了你的案子。最终人们还是会听取我的意见。至于警方，我只需要写个报告，你的案子就能再转回他们那里。而至于移民署，我猜你不是美国公民吧。对于那些我们认为有危险性的父亲，移民署也会有相应的处理条款的。"

"我该怎么做才能提高我作为父亲的适配度呢？"

"从现在开始重视你的妻子——注意她是怎样处理即将成为母亲的现实的。"

莉迪娅7月27日不上班，所以我有些担忧如果我在"一个月后"带上罗茜一起来参加评估，问题是否能真正得到解决。接待员固执地认为这不是我们放弃测评的正当理由，坚持给我预定了8月1日的时间，在五周后。此前，我曾因为等待八天才拿到预约而感到无比焦虑；如今我还要在高度焦虑中熬过35天，还不得不把罗茜也搅和进来。

还有一个更为严峻的问题。莉迪娅认为罗茜的精神状态可能会出问题，而我又得在毫无预兆的前提下做好准备，随时采取行动。三年前，姐姐去世的时候，我曾担忧自己可能会因此患上临床意义上的抑郁症。尽管我百般拒绝，克劳迪娅还是拿出了家中唯一的抑郁症评估问卷：爱丁堡产后抑郁量表。

尽管我不是刚生完孩子的新手妈妈，但我还是坚持使用这份量表评估自己的情绪状态，主要是为了保证结果的一致性。现在，它变成了一件完美的工具：纵然量表的名字是"产后"量表，但随附手册也明确指出这份量表既可用于产前评估，也可用于产后。如果测评结果显示罗茜并无患病风险，我便可以在下次评估的时候把结果呈上，莉迪娅也不得不撤回她直观的诊断，毕竟有科学实证在前。

以我对罗茜的了解，她一定不愿意完成这份量表。即便她同意完成了，也可能会给出些欺骗性的答案，让我得出她很幸福的结论。我得把量表中的问题不动声色地穿插到对话中才行。爱丁堡产后抑郁量表只有10道短题，每题有四个可能性选项，把它们都记下来毫无难度。

与此同时，在缺席了一天半之后，我还是要到哥大待上一会儿。我打算跟吉恩碰个头，聊一聊他搬出去住的事情，再和我新来的研究助理见个面。

我预先安排好的工作次序完全没派上用场。英奇正在吉恩的办公室，听他介绍自己在人类性吸引力领域的研究成果。吉恩的研究方法和研究成果本身没有什么有意思的地方，但他总能加上点有趣的小故事或是搞笑的评论，逗得英奇笑个不停。她的年龄和体重指数大约都是23。吉恩认为所有不到30岁的女性都充满吸引力，而英奇正是这一理论的绝佳范例。

我把英奇带到实验室，吉恩没有跟来，向她介绍被我灌晕的小白鼠们——算是集体见面，而不是一只一只单独见面。考虑到她的国籍和美貌，我认为给她一点善意的提醒十分必要。介绍老鼠就是个好时机。

"总的来说，它们的生活就是喝醉、做爱和死亡。吉恩的生活也差不多，除了他还得肩负起教授的职责。可能他也患有某种不可治愈的性传播疾病。"

"你说什么？"

"吉恩是个十分危险的人物，应该避免与他交往。"

"在我看来他没有什么危险，反倒是个不错的人。"英奇微笑道。

"所以我才说他是个危险的人。如果他的危险性能被一眼看出来，也就没那么危险了。"

"我觉得他在纽约很孤独。他才刚刚过来，我们的情况差不多。如果我今晚和他出去喝一杯，应该不会违反什么规定，对吧？"

# 第十二章
## 反思婚姻

罗茜在吉恩之前到了家，我可以趁机测试她的抑郁程度。她在我的脸上啄了一下，便拿上包进了书房。我跟过去。

"这周过得怎么样？"我问。

"这周？今天才周四。我今天过得还可以。斯蒂芬给我发了一份多重回归分析的辅导教程，排序堆比教科书里好懂一点。"

斯蒂芬是罗茜在墨尔本念博士时的同学，对于刮胡子总有一种无所谓的态度。他曾陪伴罗茜参加了教员舞会，当时我和罗茜还没有开始交往。我觉得他很讨厌。但目前最要紧的事情是把我们的对话引向适合爱丁堡产后抑郁量表的语境范围内。

"单独一天的感受是无法体现出你的整体幸福水平的。每一天情况都各不相同，观察一周的感受才是比较有意义的指标。平时我们都会说'今天过得怎么样'，但实际上，'这周过得怎么样'才是更有意义的问题。我们应该培养出一种新传统了。"

　　罗茜笑了笑："你可以每天都问我过得怎么样，然后再取个平均值。"

　　"是个好主意。但我也得找个起始点，要不就今天吧。自上周四同一时刻起，你过得怎么样？有没有什么事情让你感觉应付不来？"

　　"既然你问到了——还真的有一点。我早上起来觉得糟糕透了。我的论文写不完；还有吉恩；还有辅导员——我觉得她是被戴维·博伦斯坦弄得太紧张了；我还得去一趟产科；还有那天晚上，我觉得你有点在向我施压，非要让我想清楚几个月以后的事情。这真让人有点喘不过气了。"

　　我忽略掉她使用的基本量词：一点。不是很多。

　　"你是说你无法像往常一样应对自如？"

　　"我很好。"

　　零分。

　　"你有没有因为某些事情而失眠？"

　　"我又把你吵醒了吗？我就知道我睡觉不安分。"

　　从不安分到不安分，完全没有任何区别。

　　现在似乎最好插入一个与量表无关的随机问题，可以让我的意图不那么明显。

　　"你有信心我可以成为一名合格的父亲吗？"

　　"当然了，唐。你呢？"

　　即兴反应让我犯了难。我决定忽略掉罗茜的问题，继续问下去。

　　"你最近经常哭泣吗？"

　　"我以为你没有注意到。就是昨天晚上，我感觉所有的事情都压向了我，而你又和戴夫出去了。但是这一切都不会影响你成为一个出色的父亲。"

　　只有一次。

　　"你感到难过、痛苦？"

"没有，我应付得来。只是有些压力。"

没有。零分。

"毫无来由地感到焦虑或担忧？"

"可能吧，有一点。可能有的时候是我处理得不好。"很奇怪，这是罗茜第一个显示出某种抑郁风险的答案，她却微笑起来。也许有时量化最简单的方法就是把此题的得分减去50%。一分。

"感到害怕或是有点恐慌？"

"我已经说过了，只有一点。我真的没事。"

一分。

"可能你只是为了某些没必要的事情在为难自己。"

"哇哦，你今晚的感觉很敏锐啊。"

我将她的回应解码，我认为她是在说我理解对了——所以这题的答案为是。满分。

她站起来，拥抱了我。

"谢谢你，你太可爱了。那时我们在讨论我要不要休息，我以为我们不会——"

她开始哭了起来！第二次，比一周的调查周期晚了几分钟。

"你想吃晚饭吗？"我问。

她突然笑了起来，情绪转换之快让人无法相信，"只要不是豆腐就行。"

"是以后都不想吃了吗？"

"比一分钟前想了一点。"我又得到了一个拥抱，但罗茜的话也在暗示我，整体来看在这一周，她对事物的期待值比之前少了一些。

最后一个问题有点微妙，但我之前已经打下了提问基础。

"你有没有想过要伤害自己？"我问。

"什么？"她大笑起来，"我才不会因为多重回归或是一帮20世纪50年代思维的行政浑蛋就抹了脖子的。唐，你真好玩。赶快给我做晚饭去。"

我认为罗茜的行为可以算是有笑容，能够看到事物有趣的一面，但考虑到一整周的情况，分值应该有所降低。

九分。得分在十分及以上可被认定为有抑郁风险。莉迪娅的担忧可能是对的，但科学才能给出肯定的答案。

我走进厨房，罗茜大声叫道："嘿，唐，谢谢你。我感觉好多了。你有时真的会给我惊喜。"


第二天晚上，吉恩于7点38分回了家。

"你迟到了。"我说。

他看了看表，"八分钟。"

"没错。"这对于晚餐的质量不会有影响，但我的日程表不得不随之修改。作为屋子里唯一一个受到影响的人，这感觉让人有点失望：罗茜和吉恩可能根本察觉不到任何的变化。让吉恩和我们住到一起极大地提高了这种变动再次出现的可能性。

罗茜还在书房里，是个跟吉恩单独谈谈的好时机。

"你刚刚去和英奇喝酒了？"

"是的，她可真迷人。"

"你想要勾引她？"

"当下，活在当下，唐。我们不过是两个自由的成年人，享受彼此的陪伴。"

理论上说，他说得没错。但我也要防止吉恩在他的列表上添上立陶宛这一新国籍。原因有二：

第一是来自戴维·博伦斯坦的指示。为了保住吉恩的学术休假机会，我不得不接受了这一要求，简直就是胁迫。院长要求吉恩不得染指博士生们，但我不确定这一要求是否涵盖了23岁的研究员。尽管从法律层面上看，教授和年轻的研究员甚至是学生发生关系并不违法，只要这位性爱对象达到了法定的年龄，且该教授不参与对此人的学术评估。

第二个原因在于，如果吉恩能够过上禁欲的生活，克劳迪娅就有可能原谅他，而他不能得到满足的性欲也会驱使他回到克劳迪娅身边。我曾经设想吉恩会因为婚姻失败而感到沮丧，而我和罗茜就要肩负起安慰他的责任。然而时至今日，我从未在吉恩身上看到任何沮丧的情绪。我因此也要面临另外一项人类困境，若不拿出点行动，则永远得不到解决。

接下来的一周，我把莉迪娅的问题交给潜意识去解决。这样的孵化期对于创造性思维很有好处。周六晚上，在结束了与母亲的常规网络通话后，我开始了另外一项交往互动。

向您致敬，克劳迪娅。

我敲了这条信息过去，并没有直接发起通话请求，因为她很有可能正与病人在一起。我的同理心设定已达最高值，这要感谢我独立的浴室兼办公室、慢跑和手中粉红色的蜜柚玛格丽塔酒。我的日程已经更新，前一天晚上也把嫩芽儿的轮廓画到了第七周的墙砖上。

你好，唐。你还好吗？克劳迪娅回过来。

我已经改变了对于社交套话的看法。如今，我意识到这些话对难以展开人类交往的人来说，其实是些好帮手。

非常好，谢谢。你怎么样？

很好。尤金总缠着我，其他都很好。

我们应该用语音——效率更高一点。

这样就很好，克劳迪娅写道。

聊天更方便，我说话要比打字快多了。

我们还是用文字吧。

墨尔本天气怎么样？

我正在悉尼，和一个朋友在一起。一个新的朋友。

你已经有够多朋友了，肯定不需要更多的了。

这是个特殊的朋友。

客套话容易让我们误入歧途，是时候说重点了。

你和吉恩应该复合。

谢谢你的关心，唐，但太迟了。

并没有。你只是离开了一小段时间。你在这段关系中投入了许多。还有尤金和卡尔。吉恩的不忠是不理智的行为；比起离婚、婚姻破裂，还有找到潜在新伴侣所付出的代价，改变不忠的行为只是小事情。

我写了很多。文字的一大优势就是别人无法打断你，我的观点很快就占满了好几个窗口。同时，克劳迪娅的一条信息也发了过来，这要归功于Skype的异步处理能力。

谢谢你，唐。我非常感谢你的关心，但我得走了。你跟罗茜怎么样？

很好。你想跟吉恩聊聊吗？我认为你应该跟他聊聊。

唐，我不想显得太过唐突，但我是个临床心理学家，而你又不擅长人际交往。可能让我独自处理这件事会更好。

一点都不唐突。但我的婚姻很成功，你的却失败了，所以我的方法显然更高效。

差不多过了20秒，克劳迪娅才回复我——很显然网络连接有点慢。

可能吧。我很欣赏你做出的努力，但我真的得走了。还有，千万别把你成功的婚姻看作理所当然的。

克劳迪娅的头像变成了橘色，我还来不及发出我标准化的告别信息。

我从未把我的婚姻看作理所当然的东西。经过一周的孵化期，我决定把莉迪娅难题告诉罗茜，并以此为契机就育儿问题听听她的看法。我试着在晚餐期间展开讨论，当然吉恩也在场。但由于我不能提及操场事件，我的意图就受到了明显的误读。罗茜认为我提起育儿问题是在暗示她应该暂缓医学博士项目。

"我要是个男人，很快要当爸爸了，可能就不需要谈这些了吧。"

"从生物学角度看，这是完全不同的两种情况，"我说，"对男性而言，生产过程的影响可以说是微乎其微，他完全可以同步工作或是看棒球赛。"

"他可最好别干出这种事。理论上说，我只需要休息几天。而你呢，打几个喷嚏就休息了一周。"

"预防疾病传播。"

"是啊，是啊，我知道，但这完全不会改变我的想法。我只需要算一算在不推迟整个学年的情况下，我可以休息多久。"

吉恩给出了一条更为有力，甚至有点干扰性的分析："无论正确与否，但一位男士如果不因此休假，大家就会认为是他的伴侣在全权照顾孩子。你是希望唐休假吗？"

"当然不是，我也不希望唐单独和孩子待在家里……"

我从未设想过照顾孩子的情景，我甚至都没有设想过嫩芽儿出生之后我们的生活会怎样。但罗茜对于我作为父亲的能力评判似乎与莉迪娅的不谋而合。

她一定是看出了我表情的变化："对不起，唐。我只是在陈述事实。我想你也同意，你不会是主要带孩子的那个人。我告诉过你——孩子会跟我在一起的。"

"这种情况可能很难被学校批准。你跟辅导员谈过了吗？"

"还没有。"

我曾经跟院长提起过罗茜要带孩子去学校的想法，他当机立断拒绝了我，认为那是不可能的事情。但他再一次告诫我，不要把这条建议的来源说出去。

罗茜对吉恩说："唐无论如何也不能休假，我们得有份收入。所以我才希望能快点结束这个项目，这样我就能找份工作，不必依赖别人生活了。"

"唐不是别人，他是你的伴侣。这才是婚姻运转的关键。"

"你倒是清楚。"罗茜赞美了吉恩在婚姻方面的学识，但接着又向他道了歉，"对不起，我不是那个意思。我只是还没有时间想清楚。"

这是个提起莉迪娅难题的好机会。

"或许你需要寻求一些专业人士的帮助。"

"斯蒂芬一直在帮助我。"罗茜说。

"在育儿方面？"

"不，不是育儿方面。唐，我现在简直要同时应对50个问题，没有一个是有关孩子的，毕竟还有八个月的时间。"

"32周。差不多是七个月。我们应该提前做好准备，对我们成为父母的适配性进行评估。通过一些外部评审机构。"

罗茜笑了："可能为时已晚。"

吉恩也笑了："我看唐从骨子里就是个方法派。新项目上马之前，他肯定会做一大堆研究，对吧，唐？"

"没错。我们可能需要一次很短的面谈。我来安排时间。"

"我完全不反对你去找个人谈谈，"罗茜说，"你能想到这一点其实是件好事，但我能照顾好自己。"

# 第十三章
# 假冒罗茜计划

我们的三人生活终于有了一份常规的日程表，罗茜回到书房学习之后，我和吉恩会处理掉鸡尾酒的各式原料。

"现在什么情况？"吉恩问道，"你签了协议，要参与测评？"

"你可以从我的言语中推断出这一点？"

"我不过是掌握些人类语言细节方面的专业知识。我以为罗茜还会继续拷问你。"

"可能她的脑子里还有太多事情要想吧。"我说。

"你想得没错，所以呢？"

我有些为难。爱丁堡产后抑郁量表已经证实罗茜并没有产后抑郁的风险，但她的答案还是在一定程度上体现出了压力反应。我是否应该把整件事都对她和盘托出，还是应该无视莉迪娅的要求，让她给警方发出一份负面报告，直面被捕及入狱的可能，给罗茜带来更大的精神压力？

吉恩似乎成了我唯一的希望。他的社交技能以及掌控能力远远在我之上。或许他能帮我想个办法既不用让罗茜担心，也不用让我进监狱。

我把操场事件告诉了吉恩，并反复强调正因为听取了他的建议才导致了事件的发生。他似乎觉得整件事很搞笑，这对于安抚我的情绪一点作用都没有：经验告诉我，搞笑的感觉通常也会令让人发笑的人感到尴尬甚至痛苦。

吉恩倒出最后一点蓝橙酒，"×，唐，真是对不起你，让你搞成这样。但我得说你就这么突然拿出一份问卷让她回答，根本没有任何效果。我也想不出什么好办法，让你既不用告诉罗茜，又不用去蹲监狱。"我知道他也不满意这样的结论：作为一名科学家，解决不了问题完全是对他能力的羞辱。他喝光了杯里的酒，"还有别的吗？"

我在冷藏室的时候，吉恩一定还在想办法解决这个问题。

"这样吧，"他说，"我觉得我们得相信这个女人——叫莉迪娅的这个。一个社工跟一条猎犬有什么区别？"

我不太理解这跟我的问题有什么联系，但他自己给出了答案。

"狗能把你的孩子还回来，社工可难说。"这是个玩笑，可能是个恶趣味的玩笑，但我表示理解。我们是两个正在喝酒的男人，在这种环境下最适合这种恶意玩笑，"天哪，唐，这是什么东西？"

"红石榴糖浆，不含酒精，是你说要保持头脑清醒的。现在别分神，快继续。"

"所以关键就是：你要跟社工见面，还得带上罗茜。你可以找个借口——"

"我就说她因为怀孕不舒服。非常合理的借口。"

"你只是在拖延时间，甚至还会激怒她，使她直接给警局打报告。千万不要招惹罗特韦尔猎犬。"

"我认为你是在说社工，跟罗特韦尔犬是两回事。"

"我是在说，这两者几乎没有什么区别。"

几乎没有。这倒是让我灵光一现。

"我可以找个演员，假装是罗茜。"

"索菲亚·罗兰。"

"她是不是老了点？"

"我开玩笑的。说正经的，可能最大的问题就是她对你了解不够。社工最关心的一点应该是——这个女人能不能应付唐·蒂尔曼？你毕竟不是——"

我接过了他的话头："——不是普通人。没错。你觉得完全了解我要多长时间？"

"我说得六个月。至少。对不起，唐，我觉得两害相较，还是告诉罗茜会好一些。"

我又花了一周时间把这一难题交由潜意识处理：到了嫩芽儿发育的第九周，墙砖上的图案显示他已长至2.5厘米长。我的绘画技法越发熟练，可以更充分地展示出他在形状上的细微变化，这都要归功于勤勉的练习。

找个演员的点子非常不错，很难弃之不用。在解决问题的过程中，我会变得十分稳定——无法看到其他的选择。但吉恩是对的：我根本没有时间让一个陌生人能充分了解我的性格，并准确回答出专业人士的刁钻问题。现在，只有一个人能帮我了。

我把操场事件告诉了她，还有做测评的事情。我反复强调，一切的重点都在于避免让罗茜感到压力，且爱丁堡产后抑郁量表也证实了莉迪娅的担忧是没有必要的。不仅如此，我还强调了不合作会带来的风险。

"我们只需要一块儿过去，以家长的身份接受评估，听取她的建议。否则我就要被抓起来，被驱逐出境，再也见不到嫩芽儿了。"这可能是有一点夸张，但吉恩提到的罗特韦尔猎犬一直在我的脑海里挥之不去。武术训练里可没有躲避猎犬攻击的课程。

"贱人。她要这么做可就太出格了。"

"她是个专业人士，检测出了某些风险要素。所以她的要求也是合理的。"

"我看你就是脾气太好了，你就是这样的人。总之，只要能帮到你，我什么都愿意去做。"

如此慷慨的答复简直出乎我的意料。是否要执行我的策略让我痛苦不堪，但我的要求十分明确。

"我需要你来假装罗茜。"

我把索尼娅的表情解读为惊异。我没有和吉恩讨论过这个计划，但我知道他一贯的观点，会计师们都是骗术高手。但愿他说得没错。

"噢，上帝啊，唐。"她笑了起来，但我能感受到她的紧张，"你一定是在逗我。我知道我说了——但你不会真的这么干的。哦，上帝啊。我可不觉得我装得了罗茜。"

"是道义上的问题，还是能力问题？"

"噢，你了解我的，完全不是个讲道义的人。"索尼娅在我的印象里并非如此，但这倒与吉恩对她职业的评价不谋而合，"罗茜跟我差得太多了。"

"的确如此。但莉迪娅从没见过罗茜，她甚至都不知道她是澳大利亚人。只知道她是个没什么朋友的医科学生。"

"没朋友？那我跟戴夫呢？"

"她能认识你完全是因为我。她绝大部分的交流对象都是学习小组里的人，只是偶尔去见见朱迪·埃斯勒。她的兴趣点完全在学术交流上。"

"那我可得好好看看书了。喝咖啡吗？"

上述对话发生在戴夫和索尼娅的公寓。那是个周日，罗茜去了学校，违反了她的"周末自由活动"条例，戴夫也在工作。索尼娅声称自己的意大利血统让她只能饮用普通的意式浓缩咖啡，还购置了一台高品质的咖啡机。喝咖啡是个非常不错的提议，但这不是第一要务。

"等我们谈妥了假扮罗茜的问题再喝。"

"我喝完再谈。"

索尼娅给我端来一杯双份咖啡粉的意式浓缩咖啡，给她自己做了一杯适合孕妇的不含咖啡因的卡布奇诺。显然，她也想好了一份讲稿。

"好吧，唐，只去一次，对吧？"

我点点头。

"不需要填任何表格，签任何字，对吧？"

"我不敢保证。"万事无绝对，但莉迪娅已正式把我定义为一个恋童癖，所以她应该不会在报告里提及罗茜或是育儿问题。但也可能如索尼娅所说，她就是个"出格"的人。

"好吧。我同意帮你这个忙，出于两个原因，最主要的是因为你对戴夫很好。我知道，要不是因为鼓手乔治的项目，他可能已经破产了。这我很清楚。"

戴夫绝对不知道索尼娅已经知道了。戴夫一直在千方百计瞒着索尼娅，不让她知道生意出了问题。但考虑到索尼娅的职业背景，这简直就是没道理的奢望。

索尼娅喝完了咖啡。"但我不希望你告诉戴夫。"她说。

"为什么？"

"他已经够烦了，你知道戴夫的，总是担忧一大堆事情。"

她没说错。这次欺骗活动的动因就是不想让罗茜感到压力。但如果因此让戴夫感到压力，并导致心脏病发或中风，都是得不偿失的。考虑到他的体重，这些问题发生的可能性很高。秘密越积越多，而我骗人的水平又那么差。我向索尼娅保证会尽力而为，但即便我尽了全力，可能也远远低于人类平均的撒谎水平。我需要吉恩的技巧，但技巧来源于本性，我可完全不需要他的本性。

"第二个原因是什么？"我问。

"让那个贱人少管闲事。"索尼娅边笑边说。

我到家的时候，罗茜正把花插到两个花瓶和一个醒酒器里。她穿着短裤和无袖的T恤，体形和平时毫无二致，还是那么完美。

"我要休息一会儿再学习，"她说，"你说得对，有些事情我处理得不好。"

"非常好，"我说，"你需要把压力值降到最低。"

"索尼娅怎么样？"罗茜问。

"索尼娅非常好。戴夫要当爸爸了，有点紧张，但男人们都会紧张的。"

罗茜笑了："嘿，我一直在想，你昨天晚上说我们应该和咨询师谈谈。我当时可能有点抵触，但这其实是个不错的主意。如果你觉得我们应该去的话。"

"不，不，我只是在担心你。我很有信心，特别兴奋。"

"那就好。其实，我感觉也不错。如果你改变主意了，别忘了告诉我。"

如果是八天前，我一定已经接受了罗茜的提议。但如今，与索尼娅合作显然成了一个更好的选择。罗茜的压力感受会降低，因为她的对抗情绪而使局面失控的可能性也会降低，她了解到我对父亲身份准备不足的危险性也会降低。

我建议和索尼娅在她上东区的办公室见面，一来我可以帮她准备面谈，二来我也可以了解一下生殖技术的最新发展。但"办公室"被翻译为"附近的咖啡馆"。

"我从不在实验室附近工作。我只在那儿和戴夫见过面，因为我觉得他们公司修理费收得太高了。"

"有那么高？"

"没有，是戴夫把那些表单搞乱了。他也承认了这一点，我还给他买了杯咖啡。给。"

"所以约会两次就上了床。"

"戴夫告诉你的？"

"不是这样吗？"

"当然不是。我们直到结婚才睡在一起。"

"戴夫骗了我？"难以置信。戴夫一直是个严守诚实准则的人。

索尼娅哈哈笑了起来："没有，是我骗了你。看不出吧？"

我摇摇头："我特别容易上当受骗。"因此欺骗莉迪娅一定会更加困难，毕竟每天和她打交道的都是些骗保的人，逃避付赡养费的人，还有自己组织内部的会计师。

"你确定没有告诉她罗茜是澳大利亚人？"

"我只是说她在这边没有家人。她——你——可以来自除了纽约以外的任何地方。"

"好了，给我讲讲这次抑郁测试吧。"

"她可能会用其他的测试方式。我也研究了几种。但最普遍的原理就是，有抑郁风险的人会给出让人不开心或是焦虑的答案。"

"心理学多神奇啊，是吧？我有时都不明白这些人因为什么就赚到了钱。"

"你认为我们的能力不足以骗到她？"

"别担心，唐。窍门就是你只在必要的事情上撒谎。你还是你，我还是我，不过是换个名字。我是个快乐的人，也是个完全正常的人。"

在贝尔维医院巨大的前厅里，我差点没认出索尼娅。此前，我每次见到她要么是穿着工作服，要么是在社交场合穿着牛仔裤。今天，她穿了一条大花裙子，还有一件白色荷叶边衬衣，远远看去，好像是跳民族舞的演员。她热情地向我打了招呼。

"你好啊[1]，唐。多么好的天气呀，是不是？"

"你这口音听起来怪怪的，就好像是个装成意大利人的笑星。"

"我就是个意大利人，只在这儿住了一年。就跟你说的一样，我在这边没有亲戚，但我特别开心！因为我的小宝贝[2]！"她原地转了一圈，离心力让她的裙摆高高扬起。她笑个不停。

索尼娅的爷爷是意大利人，但她本人并不讲意大利语。如果莉迪娅带了个译员，我们就完蛋了。我建议索尼娅尽量不要模仿意大利口音。但她没有选择模仿罗茜的澳大利亚口音绝对是个好主意，因为有我的澳大利亚口音在前，别人很容易识破这一把戏。

"不好意思，耽误你学习的时间了，"莉迪娅示意我们坐，"你一定很忙吧。"

"我一直都挺忙的。"索尼娅说，顺便看了一眼手表。这个小细节真是让人印象深刻。

"你在美国多久了？"

"自从医学院课程开始的时候。我是过来上学的。"

"在此之前呢，你做些什么？"

"我在米兰的人工授精机构工作。我也是因此对医学感兴趣的。"

"你和唐是怎么认识的？"

灾难！索尼娅看着我，我看着索尼娅。如果谁能现场编出个故事的话，一定非索尼娅莫属。

---

① 原文为 Ciao，意大利语，既可表示你好，也可表示再见。

② 原文为 bambino，意大利语，意为小孩、婴儿。

"在哥伦比亚大学。唐是我的老师，一切都发生得很快[①]。"

"预产期是什么时候？"

"12月。"对索尼娅来说，这是正确答案。

"你计划过这么快就怀孕吗？"

"如果你也在人工授精机构工作，你就会明白怀上一个孩子是有多不容易。太珍贵了，我觉得自己很幸运。"索尼娅忘了口音的事情，但她的话可信度极高。

"所以你打算因此推迟学业？"

这是个微妙的题目。索尼娅——真实的索尼娅——打算休息一年，因此戴夫才会有那么大的压力，来弥补收入上的损失。如果索尼娅按照自己的意愿回答，而不是罗茜的，我就不得不按照戴夫的逻辑演下去才能保持一致，这样一来肯定会漏洞百出。所以，最好的方法是索尼娅按照罗茜的思路回答这一问题。然而她并不清楚罗茜的思路是什么，所以最好由我来代她回答。

"罗茜打算继续她的学业，不会因此中断。"

"不休息？"

"最少一周，也可能更长。"

莉迪娅望向索尼娅："一周？生了孩子只休息一周？"

莉迪娅明显是惊呆了，也无法认同这样的行为，跟戴维·博伦斯坦一样。索尼娅也惊呆了，毕竟她不是罗茜，对于休息时间的长短也没有限制。在这一点上，我们达成了共识——除了不在现场的罗茜。我试图阐释她的观点。

"生孩子对人体的影响基本上等同于一次小小的上呼吸道感染。"

"你觉得生孩子跟感一次冒一样？"

---

① 原文为 rapido，意大利语，意为迅速的。

"除了病理层面的不同以外。"罗茜的类比在这一点上显得有些不恰当，"可能更像是请一周假去参加棒球季后赛。"索尼娅的表情有些奇怪，我使用棒球作为类比无疑是因为潜意识里想到了戴夫。

莉迪娅换了个话题："这么说来，罗茜完全脱产学习，你就是家里唯一的收入来源了？"

罗茜一定会因为回答"是"而厌恨我。到目前为止，我的答案还是真实的："不是，她晚上在酒吧工作。"

"我猜她到一定时候会放弃这份工作的。"

"当然不会。她认为能为家庭的财务收入出一份力是至关重要的。"就像索尼娅说的，大部分情况下我们说实话就可以了。

"你觉得你扮演着怎样的角色？"

"在哪方面？"

"我在想，如果罗茜要脱产学习还要做兼职，那你可能也要帮忙照顾孩子了。"

"我们讨论过这一点了。罗茜完全不需要任何帮助。"

莉迪娅转向索尼娅："你觉得这些都没问题吗？你就是这么想的吗？"

有那么一会儿，我忘记了索尼娅才是实际意义上的罗茜，而我的表述方式好像把罗茜形容成了一个并不在场的人。我希望莉迪娅没有注意到这一点。但这道题的答案只需要一个简单的"是"。这样莉迪娅就能有一个前后一致的故事，符合我的想法，符合罗茜的想法，让她得到她渴望的幸福，同时，也符合事实。

"怎么说呢——"

"在你回答我之前，"莉迪娅说，"请先跟我讲讲你的家庭。你的母亲可以自由表达观点吗？"

"她不能。我的父亲决定了她要说什么，做什么。"

"所以他们是非常传统的那种？"

"如果你所谓的传统是指我的父亲去上班，下班回家不做饭，还要求进门就能吃上饭，也不管我妈妈身患糖尿病，还得照顾五个孩子，那么没错，我们就是个传统的家庭。传统就是所有的借口。"索尼娅的意大利口音彻底不见了，她似乎很生气。

"你可能是步入了她的后尘。"

"可能是吧，难道不是吗？大家关心的只有我爸爸的工作。噢，他工作得太辛苦了，太辛苦了。我只希望戴夫能多做一点。"

"戴夫？"

"唐。"

一阵沉默。索尼娅的口误可能让莉迪娅推断出眼前的人是个冒牌货。我得想个借口，把叫错名字这件事应付过去。我的脑子在飞速旋转，一条典雅的答案瞬间出现，甚至都压过了我对撒谎的天然厌恶感。

"我的中间名是戴维，而我父亲的名字是唐纳德，所以有时他们会叫我戴夫。这样大家就不会把我们弄混了。"这一答案是受到了我的表弟巴里的启发。巴里的父亲也叫巴里，所以家里人都会把我的表弟叫作维克托，他的中间名。

"好吧，唐-戴夫。你对刚刚罗茜的话怎么看？"

"罗茜？"现在换我有点蒙了。索尼娅、罗茜、唐、戴夫、巴里、维克托——那也是我爷爷的名字，我爸爸的爸爸，现在我也要成为一个爸爸了。我要有个孩子了，孩子现在有个小名。

"是的，唐纳德-大卫，罗茜，你的妻子。"

如果能给我一点时间，我一定能把这一切捋顺。但莉迪娅就这么直直地盯着我，我只能给出最切实可行的答案。

"我需要处理一下这些新信息。"

"等你处理完了，再另外预约个时间吧。"莉迪娅挥了挥警方的档案册，让我们出去了。问题还是没有解决。

索尼娅要回去工作了，我们在地铁上总结了今天的会面情况。

"我得告诉罗茜。"我说。

"那你要怎么跟莉迪娅交代？'你好，这才是真正的罗茜？我是个骗子，是个恋童癖，还是个迟钝的懒汉？'"

"刚刚并没有提到迟钝和懒惰。"

"如果你能稍微敏感一点，就能明白我的意思了。"索尼娅到站了，我也跟了下去。很显然，对话才是更重要的事情，不仅重要，更是关键。

"对不起，我很生自己的气，"索尼娅说，"我搞砸了。我不想把它搞砸。"

"错用了戴夫的名字完全可以理解。我也得非常专心，才不会把你错叫成索尼娅。"

"不光是这件事。我和戴夫之间完全不是我希望的样子，我们努力尝试了很久，现在他不想再试了。"

我知道原因。戴夫的工作和可能的生意失败让他承受了太大的压力，因此索尼娅不得不继续工作，这违背了她长久以来的计划，因此她会感到戴夫不是一个合格伴侣，进而会导致离婚，孩子的疏远，最终让他的人生变得毫无意义。这样的例子我们见了太多。

遗憾的是，我不能把戴夫的生意现状告诉索尼娅，这可能会加速上述悲惨的进程。然而，索尼娅其他的想法，可能也会导致相同的结果。

索尼娅继续道："我看了很多资料，尝试了各种努力，但他还是觉得怀孕的事情与他无关。你知道他昨晚干了什么吗？"

"吃晚餐，睡觉？"这是最可能出现的场景。

"你也是想不出什么其他更好的事情了。我按照孕期食谱做了晚餐，用上了10种营养食物里的7种。我等她回家，你知道接下来他干了什么吗？他买了个汉堡。一个双层芝士堡，还加了培根和鳄梨酱。他应该节食的。"

"有西红柿和绿叶蔬菜吗？"

"什么？"

"我在统计孕期适用的营养食物。"

"他就坐在那儿，在我面前啃汉堡。接着就去睡觉了，完全不考虑我的感受。"

我觉得最好的回应就是不做回应。戴夫在努力挽救他的婚姻，因此要更加努力地工作，随之而来的便是更大的压力值、汉堡摄入、疲惫感，但这些又会带来健康隐患和婚姻矛盾。还有更多的信息等着我处理。

从地铁站到人工授精机构的路上，我们谁都没有说话。索尼娅莫名想要拥抱我，但及时想起了什么："跟戴夫什么都别说，我们能挺过去的。"

"这个部分能说吗？挺过去这部分？他好像一直在担忧你们的婚姻会以失败告终。"

"他是这么说的？"

"是的。"

"天哪，这一切都太难了。"

"我同意。人类的行为很容易让人困惑。我今晚会把莉迪娅的事情告诉罗茜。"

"不，别告诉她。这都是我的错，我不想让罗茜难过，她已经把全世界的担子都压在肩上了。我们下次能做好的。"

"我不知道我们该做什么。"

"莉迪娅和我的看法一致。你要想一想怎么去支持罗茜。不管她嘴上说自己有多独立，她还是需要你的帮助的。"

"那她为什么要说谎？"

"她不是在说谎，至少不是故意的，她把自己当成女超人。或者她只是觉得你不想帮助她，或是不能帮。"

"所以我也需要在怀孕期间做出贡献？"

"支持她。投入你的时间，陪伴她。我和莉迪娅都希望你能做到这一点。还有，唐？"

"有什么问题吗？"

"汉堡包里有多少营养食物？那里面有生菜和西红柿。两层都有。"

"8种，但是——"

"没有但是。"

这一次她拥抱了我。纵然我肢体僵直，但拥抱很快就结束了。

# 第十四章
# 完全用餐指南

　　莉迪娅是对的。距离罗茜公布怀孕的消息已经过了六周，我只准备了一份墙砖日程表来支持婴儿计划，除此之外几乎什么都没做，既没有想到孩子的生产问题也没有想到照料问题。我只采购了足够一餐食用的孕期食材，开展了一次育儿研究项目，接着就爆发了操场事件。

　　吉恩是错的。天性只适合祖先们生活的环境，放到今天就完全不够用了，毕竟如今儿童游乐区已经要依法参观，而吃豆腐还是比萨也可以自由选择了。但他也是对的。我应该按照自己的方式解决这个问题，动员我所有的力量。但我得现在就开始了，不能等到婴儿出生以后。

　　我列了一条长长的单子，上面都是我需要研究的孕期实际问题。我决定先通过阅读对这一领域有个大体了解，要选一本受到广泛好评的书才行；接着读一些门类细分的论文，积累更多具体信息。医学院书店的店员推荐我读默克夫与梅泽尔合著的《孕期完全指导》第四版，但也提醒我有些读者认为该书专业性太强，完美。肯定是本大部头。

粗粗浏览了《孕期完全指导》之后，我发现了该书优点和缺点并存。首先，话题的覆盖范围很广，这一点很不错，尽管大部分都不适合我和罗茜的情况：我们没有养猫，也就不会面临猫粪带来的炎症风险；我们没有使用可卡因的习惯；罗茜对于她胜任母亲角色的能力也并不担忧。此书索引部分做得很差，很显然，目标读者绝非学界人士。我一直试图找的是证据。

我读的第一章题目叫作《吃好九个月》。里面有我一直在寻找的元研究，还有关于孕期食谱的一些优秀研究成果，并以此为基础给出了实用性的推荐。至少从表面上看是这样的。

这一章的标题也提示了我，罗茜和正在发育中的小胎儿——那个面对穿过胚胎壁的毒素毫无抵抗能力的小东西——已经有九周时间没有吃好，其中还因为缺乏规划而三周没有喝好。已经被消化掉的酒精任谁也无力回天，所以我要把重点放在能改变的事情上，然后接受不能改变的事实。

书中倡导食用有机的本土食物，这一点毫无新意。出于经济和健康考虑，此前我已经做过了相关研究。任何基于"天然更好"原则提出的孕期建议都应该给出数据支持，提供在"天然"环境下出生，营养摄入单一、缺乏抗生素和无菌手术条件的新生儿情况数据。当然，还有对于何为"天然"的严格定义。

我对于有机食物细致研究得出的结论和书中的结论差异巨大，这也是在警醒我不要盲目相信所谓推荐，还是要查找背后的主要信息来源。但与此同时，《孕期完全指导》是我现有的唯一最优信息来源。我快速浏览了剩下的部分，记录下一些有趣的事实。之后便完全投入到标准用餐体系（孕期版）的开发之中，采纳了很多书中的建议。罗茜不吃肉，也不吃非环保海鲜，这让我的工作轻松不少，排除掉好几种食材。我很有自信，根据用餐体系制定的食谱一定能为罗茜提供充足的营养供应。

如同学界的诸多项目，计划容易而实践难。罗茜对于豆腐的负面反应给我敲响了警钟。我时刻提醒自己，虽然我一直在寻求更全面的营养知识，但如果罗茜不能改变已有的看法，有再多知识也白费。得让罗茜从逻辑上改变看法，不仅仅是表面上。罗茜竟然主动提起了这件事。

"你是从哪儿买的烟熏马鲛鱼？"她问。

"这不重要，"我说，"是冷熏的。"

"所以呢？"

"冷熏的鱼类制品是禁止食用的。"

"为什么？"

"它会让你感到恶心。"我知道我的答案听起来不清不楚。我还没来得及找到这一宣称的支持性证据，但眼下，我还是得把它当作最优建议遵守。

"很多东西都让我恶心。最近，我每天早上都犯恶心，我还想多吃点烟熏马鲛鱼呢。我的身体可能正在给我发出信号，告诉我体内缺乏烟熏马鲛鱼。那种冷熏的马鲛鱼。"

"我建议你吃一些罐装三文鱼，还有大豆迷你餐。好消息是，这些食物你当即就可以吃到，满足你的口腹之欲。"我打开冰箱，取出罗茜晚餐的第一部分。

"迷你餐？什么是迷你餐？"

幸好我正在研究怀孕的课题，罗茜显然一丁点功课都没做过。

"它可以帮你解决部分孕吐的问题。你可以每天吃六顿迷你餐，我已经为你备好了下一餐，9点钟的时候吃。"

"你呢？你也要9点吃？"

"当然不了，我又没有怀孕。"

"那我剩下的四顿呢？"

"已经提前打包好了。明天的早餐还有白天的三顿迷你餐，已经放在冰箱里了。"

"×。我是说，你真好，但是……我不想你那么麻烦。我在学校的咖啡馆里随便吃点就行了。他们有的东西挺不错的。"

这倒和她此前对于咖啡厅的抱怨态度大相径庭。

"你应该抵御住这种诱惑。为了你和嫩芽儿的健康，我们事事都得计划好，计划，计划再计划。"我是在引用那本书里的话。就这一点而言，《孕期完全指导》给出的建议和我思考的结论相吻合，"还有，你得控制咖啡的摄入。不同咖啡馆之间的量杯大小都不一样——所以我建议你每天早上在家喝一杯标准用量的咖啡，在学校只喝脱因咖啡。"

"你这是看了不少材料，对吧？"

"没错。我建议你读一读《孕期完全指导》，这本来就是写给孕妇看的书。"

吉恩回来了，打断了我们的对话，他现在也有家里的钥匙了。他看上去心情不错。

"大家晚上好啊，晚餐吃点什么？"他摇了摇手中的红酒。

"开胃菜是新英格兰生蚝；前菜是熟切肉；主菜是嫩煎纽约牛排，脆边，配紫花苜蓿沙拉；然后是生牛奶加蓝纹芝士；最后一道甜品斯特雷加配阿芙佳朵①。"考虑到最近在饮食上的调整，我同时制定了一份适于我和吉恩的食谱，毕竟我们既没有怀孕，又不是只能吃鱼的素食者。

罗茜似乎有点困惑，我赶忙补充道："罗茜会吃豆基的咖喱，不放香料。"

---

① 阿芙佳朵（affogato），传统意式甜点，浓缩咖啡加冰激凌球；斯特雷加（Strega），意大利产黄色利口酒。

《孕期完全指导》里提到，孕妇由于体内激素水平的变化会做出一些不理智的行为。罗茜拒绝食用她的迷你餐，反倒试吃了我和吉恩的全部晚餐食材，甚至还有一小块牛排（这完全违背了她只吃环保海鲜的素食原则）外加一小口酒。

第二天的不适反应完全是可以预料的结果。她坐在床上，头埋在手里，我还是得告诉她该出门了。

"你自己去吧，"她说，"我早上不过去了。"

"孕期感到不适十分正常，这其实还是个好现象。如果没有晨吐反应，有很大的可能是流产或者胎儿畸形的先兆。你的身体正在生成孩子的一些关键部位，像是手臂，所以要把毒素影响降到最低。"

"你说的都是什么？"

"弗拉克斯曼与舍曼，《生物学评论季刊》，2000年夏季。《降低因毒素引起的婴儿畸形的进化机制》。"

"唐，谢谢你做的一切，但这绝对不能继续下去了。我就是想吃点正常的食物，吃点我爱吃的。我现在糟糕透了，罐装三文鱼和大豆让我感觉更差了。这是我的身体，应该由我来决定要做什么。"

"不对。两个身体，其中一个含有我50%的基因。"

"那我就有一票半，你有半票。还是我赢。所以我可以吃烟熏马鲛鱼和新鲜生蚝。"

她一定是注意到了我表情的变化。

"我开玩笑的，唐。但我不想让你来告诉我应该吃什么，我可以照顾自己的。我肯定不会喝醉或是吃萨拉米香肠的。"

"你昨晚吃了熏牛肉。"

"根本没吃多少，我不过是想表明我的立场。无论如何，我是不会再吃肉了。"

"贝类呢？"我在试探。

"我猜是不能吃？"

"你猜错了，熟的贝类是可以吃的。"

"说真的，这些东西到底有多要紧？我是说，你就是这样的人——因为一点点小事情就紧张个没完。朱迪·埃斯勒说她25年前可完全没担心过什么能吃，什么不能吃。我觉得去哥伦比亚的路上被车撞死的概率都要大过被生蚝毒死。"

"我预测你的感觉是错的。"

"预测？你确定吗？"

罗茜太了解我了，《孕期完全指导》里面确实缺乏实测数据。她站了起来，把毛巾扔到地上，"给我列个不能吃的单子，别超过10种。也别用表示类别的词，像是'甜的东西'或是'咸的东西'。你负责晚饭，白天吃什么由我自己决定，但我不会吃你单子上的东西。还有，坚决不要迷你餐。"

我记得《孕期完全指导》里有一条建议格外不科学，它会导致一位医疗从业者犯下严重的错误。这条建议是关于咖啡因的："不同的医生对于推荐摄入量有不同的看法，所以请咨询您的……"难以置信——竟然要相信个人判断，而不是研究结果。但这也给了我提出另一个问题的机会。

"你的主管医生对于饮食方面有什么建议？"

"我还没空去看医生，一直在忙论文的事。我过几天就去。"

我惊呆了。我不需要《孕期完全指导》也知道，一位孕妇应该定期去看产科医生。尽管我对部分医疗从业者的能力持保留意见，但从数据上看，寻求专业人士的意见才能带来更好的结果。我的姐姐虽然因为误诊而去世，但她若根本没去看医生，一定也逃不过死亡的命运。

"你怀孕八周的超声波检查已经过期了。我会让戴维·博伦斯坦推荐个医生，帮你预约好。"

"你就别管了，我周一就去办。我会和朱迪一起吃午饭。"

"戴维更了解这些。"

"朱迪谁都认识。求你了，你就让我自己弄吧。"

"你保证周一会去预约？"

"或者周二。我可能要在周二见朱迪，她改了时间，可能我们又改了回去。我不太记得了。"

"作为一个准妈妈，你实在是太没规划了。"

"你又太执着了。幸好我才是怀着孩子的那个。"

不是说我们怀孕了吗？

第十五章
# 独处计划

"你们俩可以单独吃上一顿浪漫的晚餐了,"在我完成了周二的工作计划,来到吉恩的办公室时,他告诉我,"我有个约会。"

我本想着在一起搭地铁回家的路上,他能给我一些学术上的启发。现在,我只能下载一篇论文读一读了。更为严峻的是,英奇提前离开了办公室,要为在一家高档餐厅的晚餐做准备。我检测到了某种模式。

"你今晚要和英奇一起吃饭?"

"真有洞察力。和她在一起让人很高兴。"

"我已经在家里准备了你的晚餐。"

"我保证罗茜一定不会想念我。"

"英奇太年轻了。尤其对你来说,她的年龄不合适。"

"她已经过了21岁,可以喝酒,可以投票,也可以和单身男人在一起。你可是有点年龄偏见啊,唐。"

"你应该想想克劳迪娅,改改你滥交的毛病。"

"我没有滥交，我只和一个女人约会。"吉恩一脸微笑，"还是担心你自己的问题吧。"

吉恩是对的，罗茜欣喜于他的缺席。我们结婚的时候，我曾以为生活中相当一部分时间会因为另一个人的存在而让我感到非常不适。然而实际上，我们大部分时间都是各过各的，因为我要工作，她要学习。而我们在一起的大部分时间（除了在床上的时候，我们中至少有一个——通常是我——处在睡着的状态）里都还有吉恩在旁边。与罗茜单独接触的时长已跌落至最佳水平以下。

《孕期完全指导》里还有一条鼓励性建议，我选择拿出来和罗茜在吉恩缺席的时候讨论。

"你有性欲增强的现象吗？"我问。

"你呢？"

"性欲增强在怀孕前期并非什么特殊现象。我是想知道你是不是也因此受到影响。"

"你真有意思，我要是没有吐个没完或者感觉像屎一样……"

我很诧异，完全没有想到我们选择早上，而非晚上做爱会导致这样的问题。

晚餐过后，罗茜回到书房继续写论文。平均来说，她会在睡前安排95分钟的论文时段，但时长差异很大。80分钟后，我帮她泡了一杯果粒茶，配上新鲜蓝莓。

"感觉怎么样了？"我问。

"还可以，除了那些数据以外。"

"世界上还有那么多丑陋的东西，我真希望能让它们都离你远远的。"我说。格里高利·派克扮演的阿蒂克斯·芬奇，调至支持模式。这可能是我最好用的一句台词。由于吉恩的存在，模仿格里高利·派克的机会大大降低了。

罗茜站了起来："真是好时机，我今晚已经见够了丑陋的东西。"她抱住我，亲吻着我——是那种热切模式的吻，而不是问候模式。

我们被一阵熟悉的响声打断了，声音的来源却有些不同——有人在Skype上联系吉恩。我不知道接听他人的网络电话是否符合规定，但来电者也许是克劳迪娅，也许她遇上了紧急事件。或者，发出了复合要求。

我进到吉恩的卧室，屏幕上出现的是尤金的脸。吉恩和克劳迪娅的女儿今年九岁了，自从我搬到纽约之后，还没有和她说过话。我点开了视频接听按钮。

"爸爸？"尤金的声音又大又清脆。

"向你致敬！我是唐。"

尤金高兴地笑了起来："我能看到你的脸。就算不能，只要听你说'向你致敬'我就能知道是你。"

"你爸爸出去了。"

"你在他的房子里干吗？"

"这是我的房子。我们住在一起，就像学生一样。"

"那太棒了。你和爸爸在学校也是朋友吗？"

"不是。"吉恩比我大16岁，但即便我们同龄，他也不会是我社交圈的成员。吉恩一定会是那种和姑娘约会，擅长运动，给自己拉票当校队队长的学生。

"嘿，唐。"

"嘿，尤金。"

"你觉得爸爸什么时候会回家？"

"他的学术休假有六个月。所以严格说来会是12月24日，但这个学期到12月20日就结束了。"

"还有很长时间。"

"4个月零15天。"

"嘿，把你的头挪开一点，唐。"

屏幕角落的小窗口里显示着我的脸，还有罗茜，她走了进来站到我的身后。我向一侧挪了挪，给她腾出空间。罗茜穿着一件并没有什么实际作用的睡裙，这条裙子等同于她的蓝莓麦芬，不过是黑色的，而非白色点缀着蓝色的小点。她跳了一小段舞，尤金大声叫着她的名字。

"嘿，罗茜，你好。"

"她能看见我？"罗茜问。

"对的，"尤金回答道，"你穿着一件——"

"好了好了，我相信你。"罗茜笑着打断她，离开了房间，在门口向我挥了挥手。尤金还在继续与我对话，而我却有点心神不宁。

"爸爸想回家吗？"

"当然想！他想念你们每个人。"

"也想妈妈吗？他是这么说的吗？"

"当然。不过我得去睡了，已经很晚了。"

"妈妈说他需要把事情理清楚。是这样吗？"

"他理得很有成效。我们组成了一个男士小组，就像我那本孕期指南里推荐的那样。小组里有一个冰箱工程师，你爸爸，一个摇滚明星，还有我。过两天我会发给你一份进展报告。"

"你太好玩了。你们不是真的认识个摇滚明星吧……嘿，你为什么要看孕期指南？"

"帮助罗茜让我们的孩子顺利生下来。"

"你要有孩子啦？妈妈都没告诉我。"

"可能她还不知道。"

"这是个秘密吗？"

"不是，但我觉得没必要告诉她这条信息，因为不需要她做什么。"

"妈妈！妈妈！唐和罗茜要有孩子啦！"

克劳迪娅把尤金挤到一边，这样的举动多少有些粗鲁，但很显然，我们的对话还得继续一会儿。我很想和克劳迪娅聊聊天，但不是现在，更不是有尤金在场的时候。

"唐，这真是太好了。你感觉怎么样？"

"兴奋，句号。"我说。这一答案结合了吉恩的建议与罗茜想要结束谈话时使用的技巧。

克劳迪娅完全忽略了我的信号。"真是太好了，"她重复道，"罗茜呢？"

"在床上。可能还没睡，因为还在等我。现在实在是太晚了。"

"噢，对不起。那就请替我恭喜她吧。预产期是什么时候？"

在经历了一长串有关怀孕问题的盘问后，克劳迪娅说道："吉恩出去了，对吧？他答应要跟尤金联系的。他人呢？"

"我不知道。"我关掉了摄像头。

"我看不见你了，唐。"

"可能是技术故障。"

"我知道了。还是看不见你。但不管他在干吗，都没办法解决尤金科学课的问题。"

"我是解决科学问题的专家。"

"也是个体贴的人。你确定有时间帮忙？"

"什么时候完成？"

"今天晚上，她有点焦虑会做不完。但如果你还有别的事的话……"

我宁可花点时间回答一个小学生的科学问题，也不愿告诉克劳迪娅有什么别的事在等着我，毕竟答题占用的时间会少些。

"说吧。"

尤金回到电脑前，我重新打开了摄像头。尤金却关上了。

"有什么科学问题？"我问。

"没有问题。我只是这么告诉妈妈的。我怎么会有问题。捂脸。"

"捂脸？"

"就像是哎。我可是班里科学课成绩最好的学生。数学也是。"

"你会做微积分吗？"

"还不会。"

"那看来你应该不是个天才。很好。"

"有什么好？我觉得聪明才好吧。"

"我建议你做个聪明的孩子，但别当个天才。除非你除了数字什么都不在意。专业的数学家通常都社交无能。"

"或许就因为这样大家才会在我的Facebook页面上写那么多讨厌的话。"

"所有人？"

她笑了："不是，只是有很多小孩子。"

"你可以屏蔽掉他们吗？"

"我可以拉黑他们。但我不太想那么做，我想看看他们能说出什么。他们也算是我的朋友吧。我听起来特别傻，是不是？"

"不是。想要得到信息是很正常的，想要别人喜欢你也是很正常的。他们有没有威胁要使用暴力？"

"没。就是说些蠢话。"

"这可能就是低智商的结果。高智商的人总会遭受霸凌。"我意识到自己的话听起来并非出自高智商的人之口。

"你被霸凌过吗？我猜你经历过。"

"你猜对了。一开始他们还对我动手，直到我学了武术。接着就暗地里欺负我。但幸运的是，我对这些背后的小动作也不太敏感。所以只要肢体上的暴力行为不再发生，日子就好过多了。"

我们谈了58分钟，包括一开始和尤金的对话，克劳迪娅的介入，以及分享被霸凌的经历。对于她的问题，我想不到什么解决办法，但如果她的压力值达至我年幼时的水平，我就有责任为她提供更多可能对她有帮助的知识。

对话即将结束，她说："我要去骑马了。你是我认识的最聪明的人。"就智商水平来看，她说得可能没错。但就实用心理学知识储备水平来看，她可能说错了。

"我是不会依赖于我自己的建议的。"

"你没给我任何建议。我就是喜欢和你聊天。我们可以改天继续吗？"

"当然可以。"我也很享受我们的对话，除了脑子里还得想着即将在隔壁房间发生的其他活动之外。

我断开连接。在我离开吉恩房间的当儿，屏幕上弹出了一条信息：晚安。我〈3你，唐。

我爬上床，罗茜已经睡得迷迷糊糊了。

"你们好像聊得挺不错。"她说。

"首先，这个案子就不应该提交法庭审判。"我回应道。阿蒂克斯·芬奇在为无辜的汤姆·罗宾逊辩护，他因为细微的遗传差异而背了黑锅。

罗茜笑了笑："对不起了，派克先生。我太饱了。晚安。"


尽管我把那群最近和我一起看棒球、吃汉堡的家伙描述成一个"男士小组"，但当我提议正式建立起这么一个小组的时候，乔治反倒不太感冒。

"我已经有这么个小组了，"他说，"毁了我的生活。"

"显然，你应该离开那个小组。加入一个更为适合的小组。"

"啊，但它也成就了我的生活，全托了它的福。"我意识到他是在说死国王乐队。

"你不想和我们一起看比赛吗？在每局之间还能谈点跟棒球无关的事情？"

"我没问题，只要不谈打鼓就行，我演出时已经打够了。卡萨诺瓦和那个大块头也来吗？"

我在脑子里飞速扫描了符合这两条描述的人，应该是指吉恩和戴夫。短暂的停顿后，我答道："没错。"

"等我换上喝酒的鞋子。"

# 第十六章
## 罗茜父亲来信

卡尔卡隆邀请您加入Skype通话。

我不认识任何叫作卡尔卡隆的人。交友圈小的一个好处就是让交流变得简单，很容易就能过滤掉不认识的人。我按掉了通话邀请。第二天晚上，我收到了卡尔卡隆的一条信息：是我，尤金。

我接受了邀请，几秒钟后，电脑里响了起来。

"向你致敬，尤金。"她的脸出现在屏幕里。

"哦，真恶心。"

我意识到这和我上次跟西蒙·勒菲弗尔通话时遇到的情况一样，西蒙是我在墨尔本的同事。

"这是我的办公室，有独立的马桶。我没在上厕所，这是我的座位。"

"这太奇怪了，我一定得告诉妈妈。但其实，她不让我再跟你聊天了。"

"为什么？"

"我按照你说的做了，把它当个笑话讲了出来。"

"把什么当成笑话？"

"有一个女生说我爸爸差不多有100个女朋友，我说这是因为他很酷。你爸爸一点都不酷，所以只能跟你妈妈这个巨魔怪在一起。"

"是负责守护大桥的那种？"

尤金咯咯笑了起来："不是，是说那些讨人厌的人，网上都这么说。爸爸说她是个巨魔怪。总之，大家就不再笑话我，开始笑话那个女生了。另外一个女生告诉了老师，我们就全都被留校一周，妈妈还收到了通知单。所以我们现在都开始找她的麻烦。"

"找你妈妈的麻烦？"

"不是，那个告诉老师的女生。"

"你可以考虑做个日程表，或者是花名册，排好顺序，看要先欺负谁。这样可以避免不公平。"

"我不觉得这是个好主意。"

"问题已经解决了？"

"我们还有另外一个问题。"她看起来一脸严肃，"卡尔。"

"他也被欺负了？"

"没有。但是卡尔说如果爸爸回来了，就会杀了他，因为他的那些女朋友。"尤金情绪激动，我觉得她要哭出来了，"可是我真的很想让爸爸回来。"猜得没错，尤金哭了起来。

"如果你不能控制情绪的话，这个问题是解决不了的。"我说。

"你能跟卡尔谈谈吗？他不肯跟爸爸说话。"


卡尔的继母是位临床心理医生，他的父亲是一所知名大学的心理学系教授。眼下，我——一位生来就更擅长理解逻辑和想法，而不是人际互动的自然科学家——被选定为他们的儿子提供顾问服务。

我需要帮助。幸好，我还有罗茜。

"吉恩的儿子想杀了他。"我说。

"那他可得排队领个号了。我简直没法想象——他又跟英奇出去了，对不对？"

"没错，我已经警告过她了。我应该跟卡尔说点什么？"

"什么都别说。你没办法对每个人负责。应该跟卡尔谈的是吉恩，他才是卡尔的父亲，还是你的室友。这件事我们得谈谈了，他都住了六周了。"

"我们有一大堆事情得谈了。"

"我知道，但不是现在，行吗？我已经不能思考了。"

两小时后，我敲开她的房门，走了进去。地板上都是团成一团的复印纸。纸弄成这样就没办法重复使用，还占地方，丢起来很麻烦。我做出诊断，罗茜也一定感到了沮丧。

"你需要帮助吗？"

"不用，我可以的，就是太他妈的烦了。我之前跟斯蒂芬在Skype上聊过，他讲得很有道理，但现在一切道理都不管用了。我真的不知道怎么在三周之内写完论文。"

"有什么强烈的暗示让你做出这样的结论吗？"

"你知道的，我应该在假期完成论文。但如果我没有怀上孩子，或是不用考虑吉恩的问题，我是可以完成的。还有看医生的预约，顺便说一句，我已经约好了。下周二下午两点，我就去做超声波检查。你满意了吗？"

"还是差不多晚了两周。"

"我的医生说12周再检查也是可以的。"

"12周零3天。《孕期完全指导》里特别指出要在第8周到第11周之间做这项检查。我认为出版成书的研究结果要比单个医疗从业者的判断可靠一些。"

"随便吧，我已经有一个产科医生了。今天跟她见了面，她是个好人。我们接下来就一定按照规矩来。"

"依照最佳实践执行？第二次超声波要在18周到22周之间检测。我推荐第22周，考虑到你的第一次检测被推迟了。"

"我会预约第22周的时间的，一天不晚，一小时也不拖。还有，在这里，他们管这个叫声谱检测。但现在，我只希望能在睡觉之前把这个分析做完。另外，我还想要杯红酒，就一杯。"

"酒精是被明令禁止的，你还在怀孕初期。"

"如果你不给我倒杯酒，那我就去抽根烟。"

除去身体上的限制或暴力手段，我没有任何办法制止罗茜喝酒。我倒了一杯白葡萄酒，送到她的书房，坐到一把空着的椅子上。

"你自己不来一杯？"她问。

"不了。"

罗茜抿了口酒："唐，你是往里面兑水了吗？"

"这是低度红酒。"

"现在肯定是了。"

我看着她又抿了第二口，想象着酒精穿透胚胎壁，向小家伙的脑细胞大举进攻，让我们尚未出生的孩子从下一个爱因斯坦降格成了一个物理学家，没有能力把科学发展带入一个新的高度。我的孩子将无法体会到理查德·费曼所谓"知晓无人知晓的宇宙奥秘"的感觉了。或者，考虑到罗茜家族的医学背景，他或她也许本可能治愈癌症。但有一些脑细胞被摧毁了，罪魁祸首就是因为怀孕导致激素水平紊乱并行为失常的母亲……

罗茜看着我。

"你的意思我明白了。赶快去给我榨杯橙汁，趁着我还没改变主意。然后你就可以告诉我这个天杀的分析要怎么做了。"

英奇取回联邦快递包裹的时候，吉恩正在我学校的办公室里。

"这是你的包裹，唐，放在了前台。从澳大利亚寄过来的。"她说。

吉恩和英奇还在讨论午餐计划，我则开始破译这个包裹的细节信息，都是手写的文字，字体凌乱潦草：菲尔·贾曼，退役的澳式足球运动员，现为健身房主管，罗茜的父亲。他干吗要寄包裹到哥伦比亚？

"我觉得这是寄给罗茜的。"我告诉吉恩，英奇已经离开了。

"写的罗茜的地址？"吉恩问。

"不，是我的地址。"

"那就拆开看看。"

里面是一只小盒子，盒子里有一枚钻石戒指。钻石小小的，至少比我送给罗茜的订婚钻戒小得多。

"他之前跟你说过这事吗？"吉恩问。

"当然没有。"

"那肯定会有说明字条的。"

吉恩说得没错。盒子里还有张叠成方块的纸，是一封短信：

亲爱的唐：

盒子里有一枚戒指。那是罗茜妈妈的戒指，我想她一定希望女儿能戴上。

依照传统，在你们的第一个结婚纪念日上，要送上一枚永恒之戒。我衷心希望你能收下它，这不仅是我的礼物，更是罗茜妈妈送给女儿的一份礼物。

我知道，包容罗茜并不容易，她不是那种好相处的姑娘。我也一直担心她未来的结婚对象可能无法胜任这样的角色。但你似乎做得不错，至少她是这么告诉我的。替我告诉她，我想她。还有，千万别把幸福当成理所当然的事。

菲尔（你的岳父）

PS：我已经成功破解了你的合气道招式。如果你瞎胡闹的话，我一定会亲自飞到纽约，揍得你满地找牙。

我把信交给吉恩，他读了读，又叠回原状。

"给我一分钟。"他说。我察觉到某种情绪上的变化。

"我似乎还是没有打动菲尔。"我说。

吉恩站了起来，绕着屋子踱步。我们都有这样的习惯，思考困难的问题时总喜欢走来走去。我的父亲喜欢引用梭罗——"亨利·戴维·梭罗，美国哲学家，唐，"每当我在客厅里走来走去，思考数学或是象棋问题时，他总是这么跟我说——"千万别相信坐着的时候产生的想法。"

吉恩关上门。

"唐，我想让你和我完成一个练习。请你想象一下你的孩子出生了，是个女孩，长到了10岁左右。有一天，罗茜开车出了车祸，你当时坐在副驾上，因为喝了酒不能开车。然后——之后的事情你就知道了，我也知道因为是你告诉我的——你的天性促使你选择拼命救出女儿，而不是罗茜。最后也只有你们两个逃出来了。"

吉恩的情绪波动强烈，甚至不得不停了下来，我接上他的话继续道。

"当然，我很清楚这个故事。"这就是菲尔、罗茜妈妈和罗茜的故事，不过是换了名字。

"不，你不清楚。你只是听说过它，对你来说，完全是发生在别人身上的故事，就好像是发生在新闻报道中随便哪个家庭里一样，甚至就像是发生在堪萨斯的一家人身上一样。但我希望你把自己代入其中，把你自己当成菲尔。想一想，如果你的女儿嫁给了一个能打断自己鼻梁的怪人，还跟他远走纽约，有了孩子。想一想，是你在写那封信。"

"要想的太多了，还有太多重叠的部分。两个故事里都有罗茜，但角色又不一样。"

吉恩望向我，他脸上的表情我从来没有见过。可能是因为他从未对我发过脾气。

"要想的太多了？你拿到黑带要多久？你学会给一只破鹌鹑剔骨又要

多久？我告诉你，唐，你必须立刻给我坐下来，把这一切想明白了。不管花多长时间，直到你他妈变成菲尔·贾曼为止！你必须明白拖着碎了的骨盆，绕着车子，把孩子救出来的时候是怎么样的感情，写这封信的时候又是怎么样的感情。到那会儿再看看你还能不能说出'没有打动菲尔'这样的话。"

吉恩花了很长时间才平静下来，这时我开了口。

"为什么？"

"因为你要当爸爸了。每一个爸爸都是菲尔·贾曼。"吉恩坐下来，"去给我们每人倒一杯咖啡。然后跟我谈谈纪念日的事，你一定是什么都没准备，对吧？"

# 第十七章
## 结婚纪念日约会

　　罗茜的锻炼习惯完全处于随机模式，这严重违背了《孕期完全指导》的建议。医学院的课程还有两周就要开始了，现在似乎是解决这个问题的最佳时机。我的计划是在她去学校之前，加上一小时的锻炼时间，这样她就能直接从锻炼场地出发去学校了。考虑到我们的新居所极大缩短了通勤时间，因此这项调整对于睡眠时间的影响只有区区46分钟。

　　这项计划十分简单，但任何新计划都需要提前进行试点。

　　我提前46分钟叫醒了罗茜，她的反应可以预见。

　　"现在几点了？怎么这么黑。出什么事了？"

　　"早上6点44分。黑是因为窗帘还没有打开。差不多40分钟前，太阳就升起来了，此前一定会有一段黎明前的黑暗。什么事都没发生，我们一会儿去泳池。"

　　"什么泳池？"

　　"西25街上的切尔西休闲中心有一个室内泳池。需要穿泳衣。"

"我没有泳衣。我讨厌游泳。"

"你是澳大利亚人。所有的澳大利亚人都游泳。差不多所有吧。"

"我就是那个不游的。你自己去吧,给我捎个麦芬回来,或者适合孕妇吃的类似的东西。我感觉好点了,跟平常这个时候比。"

我向罗茜指出,她其实很少在早上这个时候醒来过,另外她也需要运动,而游泳是适合怀孕女士参加的项目。

"游泳是每个人都适合参加的项目。"

"没错。"

"那你干吗不游?"她问。

"我不喜欢泳池里有那么多人。我尤其不喜欢把水弄到眼睛里,也不喜欢把头扎到水里。"

"所以嘛,"罗茜说,"你是有同理心的。如果你不强迫我去游泳,那我也不会强迫你去。实际上,这一条适用于所有事情。"


慢跑前往哥大的路上,我开始了菲尔共情训练。我要站在他的角度想问题,这也是阿蒂克斯·芬奇在《杀死一只知更鸟》里推荐的练习方法。结果糟透了,我可能根本完不成吉恩的期望。我认为这一训练至少需要数月,在我的潜意识接手前,可能还需要催眠师或酒保的介入。

是夜,我被世界上最可怕的噩梦惊醒。在梦里,我控制着一艘宇宙飞船,正在往操作台里输入指令。罗茜在一个巡逻舱里,渐渐飘离了母船,我却没办法救她回来。键盘都是触屏操作,而我的手指却不听使唤,一直在输入错误指令。我失望透了,接着又愤怒异常,为什么我什么都做不对!

我猛地坐了起来,大口喘着粗气。罗茜还在我身边。我怀疑菲尔是否也做过类似的噩梦,醒来却发现身边的世界和他梦中一模一样。


我们婚后的第一个纪念日在8月11日,是个周末。吉恩建议我去预订一家高档餐厅，买些花，再买上一份纸做的礼物，呼应我们的纸婚纪念日，之后再依据年份不同，选择不同材质的礼物。

"你是说我每年都要买一份礼物？在婚姻存续期间年年如此？"

"能不能存续可能也取决于有没有礼物。"吉恩说。

"你给克劳迪娅买过礼物吗？"

"现在就是你从我的错误中受到启发的好机会。"

"罗茜说我们没必要囤上一大堆垃圾。"

"克劳迪娅也这么说过。但听我的，千万别当真，赶快去买点纸做的东西。"

"是买耐耗品吗，还是一次性用品？"

"只要是纸的就行，能体现出你心意的东西。不过，你买好后或许要先让我把把关。不，你一定得先让我帮你把关。"

我按照吉恩的指示做了计划，但所有的努力都因为一个信封毁于一旦。周六早上，在纪念日前一天，我在浴室兼办公室里收到一个信封。当时我正关着门，在墙上画着嫩芽儿第12周的速写；吉恩和罗茜偷偷把信封从门缝塞进来，一定是怕突然推门会导致我的身体产生某种机能障碍。这就是把浴室和办公室合二为一的好处。

那是一封邀请函——信封上清楚地写着邀请函三个字。里面装着一个小小的红皮笔记本，扉页上是罗茜的笔迹：

唐：我想要给你最大的惊喜，但又想不触及你承受的底线。请翻看这些页面，直到你觉得快乐为止。翻过的页面越少越好。爱你的，罗茜。

看来手写信件已经成为贾曼一家和我沟通的主要形式了。我翻开下一页。

明天是我们的结婚纪念日。都听我的。

我已经预订了餐厅，现在又不得不取消。我已经感受到惊喜，却又因为罗茜不想让我太过惊异的努力而让效果打了折扣。

我刚要再翻一页，吉恩敲了门。

"你还好吗，唐？"

我打开门，开始解释我现在的状况。

"你是个诚实的人，让你在读完全本的情况下，假装没有读完，根本不可能。"吉恩说。

"我打算先把压力影响调至最低，然后告诉罗茜。"

"错。你要接受这次挑战。她不会伤害你，只是想给你点惊喜。这个过程让她觉得享受，如果你能放松一点，也可以享受其中。"吉恩拿过本子，"现在决定权在你了。"

我取消了餐厅预约，开始为无法预料的惊喜做好精神准备。

惊喜活动开始于周日下午3点32分。门铃响了，是艾萨克和朱迪·埃斯勒，自打蓝鳍金枪鱼事件之后，我们就再没见过。他们二人要去大都会博物馆，参观一个名为"寻找独角兽"的展览，问我要不要一起。

"快去吧，"罗茜说，"我每周都和朱迪见面，正好趁你不在我能写会儿论文。"

我们一起搭地铁去博物馆，这其实挺有意思的。一路上，我越发意识到这一次活动的目的实为考察我们的友谊还能否在蓝鳍金枪鱼事件之后顺利运转。大部分时间都是朱迪在说话。

"我简直不敢相信，莉迪娅之后就再也没来过读书俱乐部，已经错过了三次例会。真是对不起，唐。"

"不用向我道歉，"我说，"你没做错任何事，是我做得不对。我在食物选择方面太不注意别人的感受了，这让我有很强的负罪感。如果我点了蓝鳍金枪鱼，罗茜也会反对我的。"

我认为不告诉他们我正在接受莉迪娅专业测评这件事是明智的选择。无论如何，还有另外一件事显然更为重要。

"你有没有告诉罗茜，莉迪娅是怎么看我的？"我问。

"我告诉她莉迪娅说了什么，还有艾萨克是怎么驳斥她的。"

"是西摩。"艾萨克说。

"我确定是你，不过这不重要。莉迪娅也有自己的问题，我以为她能和西摩凑成不错的一对。当然西摩这人，除非别人有求于他，否则是不会痛快的，而她已经有了私人治疗师。我坚决不会告诉你们，当我跟她说她需要找人看看的时候，她都说了什么。"

朱迪并没有回答我的问题，甚至连点有用的信息都没提供。

"你有没有跟罗茜提到，莉迪娅对于我当爸爸的能力有所怀疑？"我继续问道。

"我不记得莉迪娅这么说过。她说了什么？"

我及时打住："这些画挺有意思。"

朱迪显然没有注意到我在转移话题，看来我做得越来越好了。

我于晚上6点43分回到家，在路上买了一朵品质极高的红玫瑰（以此代表我们新婚一周年）。我打开门，发现罗茜可能提前安排好埃斯勒一家，把我支出门外，她留在家里为惊喜活动做准备。我说得没错，我最害怕的事情终于发生了。罗茜在厨房里。

她在做饭，至少是在准备食材，或者更确切地说，是在试图准备食材。我们第一次约会的时候，罗茜曾坦言"宁可饿死，也不做饭"，她的所作所为也和她的理念一致。最近一次烹饪危机发生在橙汁事件爆发的晚上，扇贝被她做得一塌糊涂。那完全是因为我的情绪崩溃，还滚了床单，来不及亲自操刀。

我刚要冲到厨房，为罗茜提供烹饪建议，顺便搭把手，吉恩就从屋子里出来了，把我推到门外，关上了门。

"你是要去厨房给罗茜帮忙，对吧？"

"没错。"

"你会说，'需要什么帮助吗，亲爱的？'"

我想了一会儿。现实生活中，我会先对整体情况进行评估，再决定行动方法。这才是一个成熟的人解决意外事件的恰当方法。

还没等我回答，吉恩就继续道："在你采取任何行动之前，要想清楚哪一个才是更重要的：是一餐饭好不好吃，还是你们关系的走向如何。如果答案是后者，那你很快就能吃到这辈子最好吃的一顿饭，罗茜独立完成的一顿饭。"

我的焦点当然是放在了餐食质量上，但我能理解吉恩的逻辑。

"玫瑰花买得好。"吉恩夸奖了我。

我们进了门。

"你们还好吗？"罗茜问。

"当然。"我边说边把玫瑰花送给她。

"唐的鞋子上沾了狗屎，是我救了地毯。"吉恩解释道。

在罗茜的指导下，我换上了正式的服装，即带领子的衬衣和不适宜丛林徒步的外套。皮鞋也是必选项。

"我们以为咱们要在家里吃。"我在卧室喊道。

吉恩探进身来。

"我现在要出去。穿得正式点，就好像你要去有明确着装要求的餐厅一样。让你干什么就干什么，对每件事都表现出发自心底的快乐。之后几十年，你就能坐享其成了。"

我找出我的盛装华服。

"出来，到阳台上来。"罗茜叫我。我正在办公室，那里是最不可能破坏我们关系的地方。不过就理智说来，最糟糕的情况不过是食物中毒，两人一起经历漫长而痛苦的死亡过程。我又开始瞎想了。因为从数据上看，最有可能出现的是一餐难以下咽的饭食。这样的饭我吃过不少——我得承认，其中一部分是由于我的过错导致的，甚至连罗茜都吃过做毁了的食物。然而，我还是能感到没来由的紧张。

晚上7点50分，罗茜搬出一张小桌子——她书房里的一件冗余家具——摆上两个人的餐具。当时的温度大约是摄氏22度。光线充足。我坐下。

罗茜出现了，我惊呆了。她穿了一条美丽的白色裙子，此前她只穿过一次：在我们的婚礼上。那不是一件传统意义上的婚纱，穿在她的身上只能让我想到一个词——用术语来说，就是——优雅。就好像是一种精妙的计算机算法，只有短短几行代码，却能得出超越想象的结果。罗茜没有像12个月前那样，面戴头纱，裙子的简洁之美便更进一步。

"你说你再也不会穿这条裙子。"我说。

"我在家想穿什么就穿什么。"她说道，这显然和她对我着装方面的指示南辕北辙，"有点紧了。"

她对于松紧的判断十分正确，特别是上围。裙子的效果明艳动人，我甚至花了好一会儿才注意到她的手上拿着两只玻璃杯。实际上，直到她把杯子递给我时，我才看到。

"是的，我的杯子里也倒了香槟，"她说，"我只喝一点点，但我喝上一整杯也没关系，孩子受害的概率为零。亨德森、格雷和布罗克赫斯特，2007年。"她给我一个大大的微笑，举起手中的酒杯，"结婚纪念日快乐，唐。我们就是这么开始的，还记得吗？"

我在努力回忆。我们的关系在纽约之行过后发展迅速，但我们并没在阳台上吃过晚餐……当然吃过！她是在说阳台晚餐，我们的第一次约会，在我墨尔本家中的阳台上。重现这一场景真是个绝佳的点子，但愿她没有试着重现龙虾沙拉。这道菜的关键在于煎韭菜的火候，煎过了头就会发苦……我赶忙控制住自己。取而代之的是我高举的酒杯，还有我脑子里出现的第一句话。

"敬世界上最完美的女人。"幸好我爸爸不在现场。完美这个词是绝对不应加以修饰的，就好像独特或是怀孕一样。我对罗茜的爱是那么强烈，竟然让我的大脑出现了语法误差。

我们喝着香槟，太阳缓缓沉入哈德逊河。罗茜端出西红柿切片，配水牛芝士、橄榄油和罗勒叶。尝起来没有任何怪味道，甚至比平时更美味。我察觉到了笑意。

"只是把芝士片和西红柿摆起来，想做坏都难，"罗茜说，"别担心，我没做什么不好做的东西。我只是想和你一起坐在阳台上，看着万家灯火，聊聊天。"

"有什么特殊的话题想聊吗？"

"有一个，但先不急，随便聊聊就很好。让我先把下一道菜端过来，准备好，别吓坏了。"

罗茜端来一个盘子，里面是些切得很细的条状物，上面星星点点撒着香料。我凑上前仔细看。金枪鱼！金枪鱼刺身。生的金枪鱼。生鱼肉显然是在禁食列表里。我没有"吓坏"，因为几秒钟的思考后，我明白了罗茜的无私举动。她为我准备了我最喜欢的食物，而她自己却无法与我分享。

我刚要表示感谢，就看见她拿来了两副筷子。恐惧感在一点点向我袭来。

"告诉你别吓坏了，"她说，"你知道生鱼有什么问题吗？就像你说的，可能会让我犯恶心。不管我怀没怀孕，这种食物一直都会让我犯恶心。但是它不会像弓形虫或者李斯特菌那样直接伤害到胚胎。汞可能是潜在风险，但这么一点鱼没有关系。金枪鱼富含Omega-3脂肪酸，研究表明它可以提高孩子的智力水平。希波尔恩等，《孕期海鲜摄入与儿童神经发育》《柳叶刀》，2007年。这是蓝鳍金枪鱼，一辈子吃上几克也不会对地球造成多大的影响。"

她微笑着，用筷子夹起一块鱼肉，放到酱油里。我说得没错，我确实娶到了世界上最完美的女人。

罗茜也没说错，随便聊聊确实很好。我们聊了吉恩、克劳迪娅、卡尔、尤金和英奇，聊了戴夫和索尼娅，还有我们这个不正规的租房合约到期了要怎么办，即便乔治说会提前三个月通知我们。我们没有得出任何结论，但这也让我意识到自从我和罗茜到了纽约，我们就没有安排时间好好聊聊，都是在各自忙着工作。两个人谁都没有提起怀孕的事，因为在我看来，这件事已经成了近期一系列矛盾的导火索。罗茜可能也是这么认为。

聊天间隙，罗茜去厨房端出更多食物，每一道菜都做得很好。我们还吃了油炸蟹饼，接着罗茜从烤炉里端出了主菜。

"法式香烤银花鲈鱼，"她说，"所谓法式就是包纸烤，正好适合我们庆祝纸婚。"

"简直不可思议。你这么巧妙地解决了材质问题，还是不用占地方的礼物。"

"我知道你讨厌家里都是杂物，所以我们留下回忆就够了。"我尝了一口鱼，罗茜等在一边。

"怎么样？"她问。

"很美味。"真的很美味。

"所以，"她接着说，"这就是我今天想要讨论的话题，不是什么激动人心的大事。但我会做饭。我不是那种每天晚上都要做饭的人，你的厨艺也比我的更好，但如果有需要的话，看着菜谱我就能做得很好。如果我哪次失手了，也没什么大不了。我喜欢你为我做的一切，但我也希望你能知道，我不是个无助的人，我也不是没有这个能力。这对我来说特别重要。"

罗茜从我的酒杯里抿了口酒，继续道："我知道我也在做着同样的事。还记得那天晚上，我把你单独留在鸡尾酒吧吗？我也很担心你没了我就会应付不来。但你也做到了，不是吗？"

我一定是表情收得慢了。

"发生了什么？"她问。

现在，在七周后的今天，继续隐瞒聒噪女人的故事已没有意义，我们丢了工作的事实也该坦白了。我告诉了罗茜，我们笑作一团。终于卸下了一副沉重的担子。

"我就知道有事发生，"罗茜说，"我知道你在瞒着我什么，你完全不应该担心是否要跟我坦白。"

这是个关键时刻。我是不是应该把操场事件和莉迪娅的事告诉罗茜？她今晚很放松，态度也很包容，或许明天一早，她又要变回那个忧虑重重、压力山大的罗茜。而被起诉的威胁也尚未解除。

我决定抓住机会探究一个来源于第三方的谎言："吉恩说我鞋上沾了狗屎的时候，你信了吗？"

"当然没有。他把你拽出去，不让你到厨房来给我捣乱。要么就是把花塞给你，好让你送给我。对吧？"

"是第一种情况。我自己买的花。"如果我是罗茜，可能早就被骗到了，但她能识破吉恩的谎言，我也不感到意外。

"你觉得吉恩知道你看穿了他的谎话吗？"我问。

"我觉得知道。但不是那种陌生人之间的掩饰。"

"那他为什么还要撒一个不会有人相信的谎？这完全不会改变任何人的感受。"

"他只是想表现得友好些，"她说，"我还是很受用的。"

社交法则。高深莫测。

现在换我给她一个惊喜了。我走进屋子，吉恩已经回来了，还喝了点冰箱里剩下的香槟。

我返回阳台，从口袋里拿出罗茜母亲的戒指。我牵起罗茜的手，帮她戴上，就好像我一年前帮她戴上另一枚戒指时一样。为了保持传统，我把这枚戒指戴到她同一根手指上：理论上说，永恒之戒象征着永远不会退下婚戒。这应该也跟菲尔的目的吻合。

几秒钟后，罗茜才认出这枚戒指，哭了起来。吉恩在我们的头上撒下一整盒五彩纸屑，同时拍了无数张照片。

# 第十八章
## 孕期检查


周二晚上安排了集体晚餐。当天一早，我特意提醒了罗茜晚餐的事。她的履约能力一向值得怀疑，我很担心怀孕会进一步恶化这一情况。

"你可别忘了，"她说，"我今天预约了超声波检查。"

问题越积越多，我列出了八条重要事项。


1. 吉恩搬家问题。很显然，这也需要吉恩共同参与讨论。

2. 禁食物品清单。我已经把单子放到了罗茜桌上，但她尚未给出正式认可。

3. 罗茜暂停医学院学习问题。毫无疑问，这件事必须尽快解决，越快越好。

4. 罗茜的锻炼计划。罗茜拒绝游泳使这个问题重新被提上日程。

5. 罗茜的论文。论文写作已经严重落后于计划时间，还有可能与其他活动冲突。

6. 吉恩与克劳迪娅的婚姻问题。目前我尚未取得任何进展，还需要罗茜的帮助。

7. 卡尔和吉恩的问题。吉恩得和卡尔谈谈。

8. 针对罗茜压力问题的直接行动。瑜伽和冥想是广泛推荐的放松方式。


列好清单让我有了一种大步向前迈进的感觉。晚餐时，我把打印版给了吉恩和罗茜每人一份。晚饭准备了野味大虾，还有低汞烤鱼配沙拉，沙拉里的苜蓿芽都被我挑了出去。

罗茜的反应不如我预想的那般积极。

"×，唐。我得在两周之内写完论文，根本没时间搞这些。"

接着就是一阵约为20秒的沉默。

"这些项目里头，"吉恩开了腔，"我认为可能是我导致了第八条问题。我可能把所有的注意力都放到小卡尔身上了，忽略了你的感受。我不知道你写论文时承受了这么大的压力。"

"你以为我每天花这么长时间在书房里是在干吗？你觉得我为什么没有生活的时间？唐没告诉你我写不完吗？"她的言辞咄咄逼人，但我还是听出了些安抚意味。

"实际上，我真的不知道。看来你和唐之间还有很多事情要谈，像是休学啊，锻炼啊，还有不能吃什么东西。我出去买个汉堡，明天就开始找房子。"

罗茜终于得偿所愿，但她莫名其妙地拒绝了。

"别，千万别，对不起。留下跟我们一起吃吧。我们另外找个时间谈锻炼和吃东西的事。"

"我们现在就得讨论清楚。"我说。

"我可以等，"罗茜打断我，"吉恩，跟我们说说卡尔吧。"

"他认为我是离婚的始作俑者。"

"如果你们能重新来过的话？"罗茜问。

"我不会为了克劳迪娅而改变自己，但如果我能知道这会对卡尔造成什么影响……"

"很遗憾，发生的事情无法改变。"我说。我希望把对话带回能实际解决问题的轨道上。

"向他承认你后悔了，或许能好些。"罗茜建议。

"我觉得对卡尔来说，这样可能不够。"吉恩说。

至少我们已经开始讨论清单上的一条问题了，尽管解决它还显得遥遥无期。我建议他们两个在各自的复印件上把这一条勾掉。

除此之外，我们在其他清单事项上没有取得任何进展。罗茜从包里掏出一个很大的信封，递给吉恩，"这就是我今天下午的成果。"

吉恩打开信封，里面是一张单子，他看了一眼就直接递给了我。那是一张超声波检测照片，上面的小东西应该就是嫩芽儿。我不是这方面的专家，但这张图和《孕期完全指导》里的图片几乎一模一样，那本书里的内容我已经烂熟于心。和我五天前给嫩芽儿画的12周速写比起来，照片的清晰度稍差。我把它还给罗茜。

"你应该已经看过了吧？"吉恩问我。

"没，他还没看过。"罗茜回答。她转身看着我，"你今天下午两点时去哪儿了？"

"在办公室，帮西蒙·勒菲弗尔评估一个研究方案。有什么问题吗？"

"你忘了我要去做超声波检测？"

"当然没有。"

"那你怎么没来？"

"你希望我也参加？"这个检测很有意思，但我实在想不出我去了能做什么。此前，罗茜从未陪我去看过医生，我也没有陪她去过。实际上，她是从上一周开始才和产科医生第一次见面。在这种初次会诊上，一般都是医生向产妇讲解孕期注意事项。如果我被要求同去参加会诊，最有可能是为了确保我们二人能收到一致的信息。然而，我并未受到邀请。而超声波检测是一个独立性的过程，需要技师操作，也需要先进技术。经验告诉我，专业人士更喜欢在没有旁观者的环境下工作，因为旁观者总会提出令人分心的各种问题。

罗茜缓缓点了点头："我给你打了电话，但你关机了。我以为你出了什么事。但是我事后回想，我只是跟你说了两遍时间和地点，并没有明确告诉你'利用这些信息，自己想办法过来'。"

罗茜能够承认是自己的错误导致了误会，真是大度的做法。

"有什么缺陷吗？"我接着问道。嫩芽儿差不多13周大了，如果它的神经管有任何缺陷，超声波应该可以检测出来了。但我转念一想，按照正常的规程，如果真的检测出什么缺陷，罗茜一定会告知我的，就好像她在地铁上丢了手机，也一定会告诉我一样。《孕期完全指导》中提到，从数据上看，神经管异常的发生概率极低。但无论如何，除非检测出了什么问题，否则根本就没有我的用武之地。

"没有，没有任何缺陷。要是有的话，你打算怎么办？"

"那就要根据这一缺陷的性质而定，显然如此。"

"显然如此。"

"这是个好消息啊，"吉恩插进来，"有些人总是未雨绸缪，而有些人则愿意兵来将挡，水来土掩。唐就是这样。"

"我还有件事，"罗茜说道，"忘了告诉你，明天晚上我有一个学习小组的活动。就在这儿。"

"新学期还没开始，"我说，"你还是应该专心写论文。"

"论文算是完了。我根本没办法在10天之内写完。"

"没关系，"吉恩说，"我去安排延期。"

罗茜摇摇头："这儿可是哥伦比亚，他们有自己的规定。"

"那都是给普通人的规定。放轻松。"

罗茜看起来可不怎么轻松："我已经跟行政人员谈过了，她基本帮不上任何忙。"

吉恩微微一笑："我已经跟博伦斯坦谈过了。只要你在临床学年开始前交上来就行。"

学习小组会议严重扰乱了我的日程，而罗茜已经濒临信息过载。根据《孕期完全指导》的建议，在这个对我俩来说都颇具挑战的时刻，我必须提供足够的支持，"我会多准备一些晚餐。有多少人过来？"

"别担心，我们点比萨吃。偶尔吃一顿不要紧的。"

"我不担心。多做点好吃的对我来说就是小菜一碟。"

"或者你明天可以叫上他们一块儿出去玩玩。"

"这会严重影响我的日程安排，比多做点晚饭的影响大多了。"

"只是……你是老师，他们是第一次过来。之前也没见过你。"

"这肯定是他们第一次过来。我可以一次性见到他们所有人。"

"这些人你一个都不认识，你又不喜欢见陌生人。"

"医学生，即将出师的科学家，伪科学家。我肯定能和他们擦出激烈的火花。"

"所以我才希望你能出去。求你了。"

"你觉得我会招人烦？"

"我可能只是想有点自己的空间。"

"没问题，"吉恩说，"我会替你照顾唐。"

罗茜的脸上露出了笑容。"对不起，突然提出这种事。谢谢你的理解。"她对吉恩说。


第二天晚上，我和吉恩准备出发去酒吧，乔治打了电话过来："唐，要不要上来坐坐？我们可以叫点比萨。我有点事情想跟吉恩小精灵<sup>①</sup>聊聊。"

我打给戴夫。如果乔治请客，我们又能看棒球，在哪儿看当然就不那么重要了。

第七局双方僵持不下的时候，乔治坐到吉恩旁边，"我一直在想你说的遗传的事，还真有那么点道理。但这也解释不了，为什么我的三个儿子里，出了一个瘾君子，其他两个就不是。"

"两个词就能说清。基因不同。我虽然不能保证，但我猜他的身体里是有用药过量的基因的，这驱使他一直去做让身体觉得舒服的事。如果处在一个没有药物的环境里，也不会造成什么问题。"

乔治倚到靠背上，吉恩继续说道："我们每个人的身体里都像是有一套编好的程序——基因程序——让我们做感觉好的事情，避开感觉不好的事情。"

"死藤水<sup>②</sup>，"乔治说，"试过一次，一次管够。"

"大多数时候，我们的所作所为就足以满足自身需求。所以大多数心理学家都认同这一条由基因直接驱动的原则：人们总在重复自己。"

我提了一个极为浅显的问题："那他们一开始怎么知道要做什么？"

"模仿他们的父母。在我们祖先生活的环境里，人们显然会模仿那些所谓的成功人士，就是那些成功繁衍的人。如果你想要理解人类行为，那个神奇的关键词就是重复构型。"

"这我同意，"乔治说，"我是个鼓手。重复构型。一样的歌，一样的船，一样的行程。"

"那你怎么还继续？"我问。

---

① 原文为 Gene Genie，与英国已故摇滚巨星大卫·鲍伊（David Bowie）名曲 *The Jean Genie* 发音相同。

② 死藤水（Ayahuasca），产自南美的一种藤本植物，有强烈的致幻作用。

"好问题，"乔治答道，"我买下这套公寓的时候，想过要搬到这里，找一个每周演一次的个人演出工作。我也会弹点吉他。我想自己写写歌。每一年我都许诺自己，今年一定要实现这一切，但每一年，我还是会回到那条破船上。"

他放下啤酒杯："先生们想换点红酒喝吗？我刚买了一箱基安蒂。"

乔治取出了一瓶2000年的西施佳雅[①]。确切来说这不能算是基安蒂，但倒是出自同一产区。

"上帝啊，"吉恩惊叹，"拿这个配比萨有点暴殄天物啊。"

"世界上最棒的比萨。"我纠正他，每个人却哈哈大笑起来。这不是什么重大时刻，却显然是让人高兴的放松时刻，真遗憾罗茜不能和我一起分享。

乔治一直在找螺旋开瓶器，却没找到。解决方案很简单。

"我去拿我的。"我的开瓶器是提拉式的，是经过大量研究后精心选择的。我相信，它一定能与乔治所有的开瓶器旗鼓相当，甚至更胜一筹。

我下楼，打开门，本以为会看见满屋子的医学生。然而，客厅里一个人也没有。罗茜在卧室里，已经睡着了。灯还开着，床边有一本打开的小说。地板上扔着一个小小的比萨盒，只能装下单独一片比萨。盒盖上贴着收据：$14.5，肉食特选。

---

① 西施佳雅（Sassicaia），产自意大利的顶级红酒。

# 第十九章
## 互相隐瞒

"有什么问题吗？"第二天一早，我问罗茜。

"我也刚想问你同样的问题，"她说，"你在厕所待了一个多小时。"

要把嫩芽儿的超声波照片临摹到第13周的墙砖上绝非易事，比在网上复制一个线型图要难得多。但临摹真实的照片似乎才是理智的选择。但罗茜是对的：如果能在现场看到扫描过程，一定会更有意思。

"没问题，"我回答，"在保养墙砖。"

我也同步分析了肉类比萨事件。我推论出五种可能：

1. 罗茜的学习小组点了比萨。但那无法解释比萨盒为什么会扔在卧室。

2. 罗茜出轨了，对象是个肉食动物。这就能解释比萨盒的位置，但他们一定会把这种证据藏起来。

3. 盒子标错了，实际上装的是素食比萨。

4. 肉类比萨送错了。罗茜把肉扔掉，把剩下的饼坯吃完。这一理论似乎是合理的，但在垃圾桶里没有任何肉类的痕迹。

5. 罗茜打破了她只吃环保海鲜的素食原则。这一点似乎可能性不大，但她在不久前，确实吃了一小块我和吉恩食谱上的牛排。

难以置信，最不可能的一点却成了真相。学习小组根本没有开会，罗茜"只是需要一点自己的空间"。她选择了对我撒谎，而不是直截了当地提出来。而且，她还叫了一份肉类比萨。

我无法谴责她不诚实的行为，因为我自己的罪过更甚，一直在欺骗她，没有提起莉迪娅的事情。但我们的出发点大致相同：我不能让罗茜感到有压力，也不能让她和嫩芽儿因为过高的皮质醇而受到伤害。罗茜也不想伤害我，所以才没有告诉我不想和我一同待在公寓里。想要解决这个问题，有无数办法，我应该一一列出——如果有机会我一定会这么做。或许她宁可撒谎，也不想听我说吧。

吉恩大概是对的。欺骗或许就是成为社交动物的必然代价，在婚姻中更是如此。不知道罗茜是否向我隐瞒了更多信息。

打破素食原则这一点更有意思。

"我就是想吃肉，但我没让他们放萨拉米香肠。"

"我怀疑你缺乏蛋白质，或者缺铁。"

"我吃肉不是因为有强烈的欲望，我只是决定要去吃肉。我不想让人告诉我去做什么。你知道我为什么吃海鲜吗？"

食用环保海鲜是"罗茜饮食套装"的第一要务，从我认识她的第一天起，这一点就十分清楚。我全盘接受了她的饮食套装，尽管这与寻妻计划的理念完全相左。寻妻计划的重点在于聚合独立要素。

"我猜是出于健康考虑？"

"如果我那么在意健康，就不会抽烟了，就会去游泳了。环保不环保就更不是什么重要的事了。"

"你不吃肉是出于道义上的考量？"

"我只是想做一些有利于地球的事情，但我不会把自己的想法强加于人。我可以看着你和吉恩吞下半头牛，也不会说什么。至少，我有借口为另一个人多吃点。"

"完全合情合理。蛋白质——"

"去他的蛋白质吧。我他妈最烦别人告诉我要吃什么，什么时候去锻炼，怎么学习，怎么练瑜伽，反正我正跟着朱迪一块儿练呢。不对，不是那种热瑜伽，是适合孕妇的那种。这些事我全都能自己安排好。"

"别人"这个词用在这里可能不太合适。我想罗茜更好的说法应该是，"最烦你"，这样指代还能更清楚些。

我给出解释："我只是想协助你完成婴儿生产的过程。考虑到你的论文，以及这次怀孕的意外性，我认为你没有时间去做相关研究。"我本想加上一句，是莉迪娅和索尼娅告诉我要这么做的——她们一个是专业人士，一个是怀孕的女士。但我如果这么说了，谎言就会被戳破。欺骗行为一定会让我陷入大麻烦，基本不会有别的可能。

我还想补充一点，在我们的纪念日晚餐后（那是我们关系中的一个高潮点），我并没有在饮食、锻炼和论文方面给出罗茜任何建议。为什么她现在会如此气愤？

"我知道你想帮忙，"她说，"我真的知道。但咱们把话说清楚：这是我的身体、我的工作、我的问题。我绝对不会喝醉，不会吃萨拉米香肠，我会以自己的方法解决这一切。"

她走向书房，示意我跟上。她从书包里取出一本《孕期完全指导》。

"你一直在看这本书，对吧？"她问。

"当然。"我都没有注意到这本书丢了。

"你本来可以看我的，还能省下不少钱。这对我来说都是基础知识，我早就在看了，唐。"

"你是说你需要零协助？"

"接着做你在做的就行了。去上班，吃牛肉，跟吉恩喝个烂醉。别担心，我们干得不错。"

这样的结果应该让我高兴才对，在这样一个烦恼不断的时刻，能少操一份心绝对是件好事。我一直在努力建立对罗茜的同理心，现在我却隐约觉得她虽然嘴上这么说，但背后对我是不满意的。

她对于饮食问题的解决办法——实际上是整个孕期所有问题（在我看来，这些都可以合并为一个项目）的解决办法——就是独自解决。这至少让我在与莉迪娅的后续会议上有了更明晰的方向。

"你做得有点过头了，"吉恩说，"你知道我的医生是怎么评价你在读的那本书吗？那是本'你恨谁就给谁看'的书。所有那些困扰，你做出的所有改变，带来的任何结果，跟整个大局比起来根本不值一提。"

这是我们五天内的第二次"男孩之夜"，主要是因为离乔治选择的看球和喝酒场地近。罗茜也没有反对。

"什么大局？"乔治问。

"我说过的，"吉恩说，"基因就是命运。你们各自的DNA就是最大的贡献。"

戴夫显然不能苟同，"所有的书上都说，基因只是开始，后天培养能带来巨大的改变。"他说。

吉恩笑了："他们当然会这么说，不然谁还会去买育儿书？"

"你自己也说过，孩子会模仿父母的行为。"

"那只是基因没有影响的领域，"吉恩解释道，"给你举个例子，这恰好就是我擅长的地方。你的妻子有意大利血统吧？"

"祖父母。她是在这儿出生的。"

"很好，意大利血统，在美国长大。那么，我推测她有点戏剧化，大嗓门，有点浮夸，像个女演员似的。压力之下，她会恐慌。遇上紧急事件，甚至有点歇斯底里。"

戴夫不吭声了。

"心理医生在谈起文化定式的时候，总会说是后天构成的，"吉恩说，"文化嘛。"

"没错，"我说，"行为特征的演变速度要比地域族群的形成慢得多。"

"选择性繁殖的因素除外。出于遗传原因也好，文化原因也罢，有一些特征会逐步产生性吸引力。而具备这种特征的人，繁殖成功率更高。意大利男人喜欢戏剧化的女人。因此[①]，这种戏剧化的基因便留存了下来。你妻子的性格特征在娘胎里就已经定下来了。"

戴夫摇了摇头，"你简直错得离谱。索尼娅是个会计，完全是那种清醒又冷静的女人。"

"我觉得我做不到，这根本就是没道理的，和我之前告诉她的南辕北辙。"随着与莉迪娅见面的日期临近，索尼娅的不安情绪越发严重。让她屏弃自己的性格更是难上加难。

"很简单，你就说你之前说错了，你根本不需要任何帮助。"

"你觉得她能信？"索尼娅反问。

"这是事实啊。假如你是罗茜的话。"

"你知道我有多绝望吗？我只是想让戴夫对此保持兴趣。五年了，我们尝试了五年，可是现在，他好像一点都不想要这个孩子。"

---

① 原文为拉丁文，ergo

"可能他工作太忙了，他得赚钱养家。"

"你知道什么？没有人在临死前，会希望自己这一辈子能在办公室多待上一些时候的。"

我无法理解索尼娅的话对我们的讨论有什么帮助。戴夫并非濒死之人，他也不在办公室里工作。我要把对话带回正轨。

"上一次闯祸的是你，而我现在也更加熟悉罗茜的立场，所以这一次，我建议由我向莉迪娅提供必要信息，你只需确认信息的准确性即可。"

"我不想太过被动，否则她会觉得你是在压迫我。在她脑海里，我已经留下了乡下女孩的印象。"

考虑到索尼娅的穿着和口音，莉迪娅会得出这样的结论不足为奇。这一次，她直接从办公室过来，穿了身普通的套装，同样也不符合医学生的身份设定。

"说得好。或者你可以像罗茜那样——因为我试图控制她而大发雷霆。"

"罗茜发脾气了？"

我说出了那个词，也让我意识到这的确是真实发生的。我不需要解读肢体语言的专家也能知道"最烦别人告诉我吃什么"是一条怒气冲冲的宣言。

"没错。"

"你们还好吧？"

"当然。"这答案是准确的，如果"还好"是指一顿饭"还好"或是一场演出"还好"——就是"这戏还好，但不算出色"的那种。我认为，此刻罗茜对我的满意程度一定也是"不出色"。

"唐，我会尽力的。但如果你有机会跟戴夫谈谈，请让他知道，我跟罗茜不一样。或者你如果不再需要那本书的话，就给他看看。我希望他能早点回家，帮我做顿素食咖喱。"

　　和莉迪娅的会面并没有依照计划发展。她很快就打断了我，当时我正在详尽列举发生的事件和罗茜拒绝帮助的例子。她把矛头对准索尼娅。

　　"你为什么不想听唐的建议？"

　　"我的身体只听我的，不需要别人指指点点。"索尼娅的语调平静，但她顿了顿，表情有些狰狞。我猜她是在模仿愤怒的表情，甚至拍了桌子，"浑蛋<sup>①</sup>！"

　　莉迪娅颇有些吃惊。我希望她是惊异于索尼娅的反应，而不是她嘴里蹦出的西班牙语，"似乎你有些不太愉快的经历。"

　　"在我们村子里，父权压迫着我们。"

　　"你是从意大利农村来的？"

　　"系（是）。小村子，很小<sup>②</sup>。"索尼娅用拇指和食指比画出大约两厘米的距离，以显示村子之小。

　　"在人工授精中心的工作经历和哥伦比亚的学习经历是否改变了你对男人的看法？"

　　"我不想让唐来告诉我要吃什么，锻炼多久，什么时候去睡觉。"

　　"你是这么感觉的？"

　　"系。我就是这么感觉的。"

　　"我很理解你的感受，"莉迪娅转向我，"你能理解吗，唐？"

　　"当然。罗茜不需要我的帮助。"我并没有向莉迪娅指出，在她要求我介入之前，这也一直是我所持有的立场。

　　"但是，罗茜，上一次我们见面的时候，你似乎很希望唐能多给你一些帮助。"

　　"现在我已经体验过他的帮助了，我感觉这不是什么好主意。"

---

① 原文为 bastardos，西班牙语，意为浑蛋、杂种。

② "很小"与前文的"系"原文皆为意大利语。

"我理解你的意思。唐，所谓支持并不是让你告诉罗茜做什么。无意冒犯，但问题的原因全都在你。你该做的或许不是告诉她要怎么做个母亲，而是做好准备，成为一个称职的父亲。"

那是当然！每个孩子都有一双父母，我却把精力一直集中在如何优化其中一方的表现上。我很讶异，此前怎么没有发现这一问题。但作为一名科学家，我清楚地知道，典范转移①通常都是发生在回顾阶段。另外，我的关注点一直在于如何避免莉迪娅对我做出负面报告，而前提就是我作为准爸爸，自身并没有任何真正的问题。然而，罗茜最近给出的批评表明，莉迪娅最初的判断完全正确。我对她的敬意极速上升。

我跳了起来："太棒了！问题解决了。我要学会当爸爸的技巧！"

莉迪娅仍然保持了专业的冷静，向索尼娅问道。

"你感觉如何？你认为唐知道要做什么吗？"

索尼娅点点头："我特别高兴。我很高兴他能告诉我关于怀孕的知识，我实在是太忙了。不过他现在终于开始思考怎么当个爸爸了。"

莉迪娅拿起桌子上的警方档案，微微一笑。

"好吧，"她说，"时间到了。帮助你们提高育儿水平正是我们会面的目的所在，现在你们应该已经准备好要开始'好爸爸项目'了。我会给他们打个报告。"

这应该是她在我们首次会面时提到的那个项目，是一个仅限男性参加的小组，用来测试我的暴力倾向。最早的预约也要七周之后了。

她挥了挥档案："说起为人父母，如果你们俩能不时提醒对方今天说过的话——"

"太棒了，"我说，"真是一次高效的会面。我会预约下一个方便的

---

① 典范转移（paradigm shift），又称范式转移，最早由美国科学家托马斯·库恩提出，是指一种在基本理论上对根本假设的改变。

时段。"

"她当时已经想放你走了。"索尼娅说。

"我猜也是。但她的话实在太有帮助了。"

"你的档案还在她手上。我们——你——能不能换个咨询师?"

"很大一部分的专业人士其实并不能胜任他们的职位,而她对于我们的情况比较熟悉。"

"我们。是你跟罗茜吧,那个意大利农村妞儿。"

"这没关系。她的洞见实在是太高明了。她解决了问题。"

# 第二十章
# 婴儿车事件

回顾过去，我在活动场观察儿童的方法可以说是一条正路。如果我没有迫于法规压力，被半路打断——偏离正轨——我可能早已获得了成为父亲必备的背景知识，现在也知道要把注意力放在哪一方面了。

最近的经历告诉我，我不应该忽略孩子出生前的阶段。索尼娅本人就是个好例子，因为她的伴侣在怀孕过程中参与度不够而感到不满。反思之后，我认为至少可以在以下四个方面采取行动并提高技能，也不会影响罗茜的自主权益：

1. 学习与小婴孩相处的专业知识。《孕期完全指导》中明确指出，男性应该培养自己的婴儿管理能力，以此减轻伴侣的压力。尽管罗茜已经罢免了我婴儿看护者的职位，但《孕期完全指导》（还有索尼娅和莉迪娅）给出了完全相反的观点。

2. 设备添置，包括环境优化。婴儿应避免接触到尖锐物体、有毒物质、酒精气味，还有乐队练习。

3. 学习产科知识与孕期流程。《孕期完全指导》中强调，定期进行检查至关重要。罗茜在这方面安排得并不好，也太过依赖自己的医学知识。同时，也有发生意外的可能。

4. 采用非入侵式的手段解决营养问题。我不认为罗茜可以严格遵守饮食指南就餐。她会选择肉食特选比萨就足以证明在理性分析之外，还有很多其他因素在影响着她的选择。

最后一条是最容易实现的。罗茜已经默认同意了禁食列表。保守估计，罗茜在我家以外吃到的食物，其营养价值为零。因此，我需要确保我们的餐食富含所有必需的营养素，且比例得当。

我会调整标准用餐体系（孕期版）的部分细项，通过使用多种类别的鱼及蔬菜，使罗茜无法察觉到体系的存在。现在，罗茜已经开始吃肉，这让食材选择都变得更简单了。同时，她也进入了怀孕中期，这也让嫩芽儿由于她不规范的饮食摄入而遭受毒素入侵的可能性降低了不少。困难的部分已经结束了，尽管部分牺牲了我们的和谐关系，但还是让我稍稍松了口气。

事情开始向积极的方向发展了。

秋季学期开始了，罗茜返回学校。周六上午罗茜有辅导课程，在去学校的路上，她告诉我，一天都会留在学校。

我独自在家做的第一件事，就是在15号墙砖上按照一比一的比例画下了苹果大小的嫩芽儿。《孕期完全指导》里指出，在这个周数，嫩芽儿的耳朵会从脖子上转移到头上，眼睛生在中间。我本可以和罗茜就此展开精彩的讨论，可惜她不在家。当然，我也没有忘记她对于技术性评论的警告。

设备添置的第一步显然是婴儿车：每个小婴孩都需要一辆婴儿车，而我自认为在挑选机械设备方面，比罗茜要更胜一筹。我在购买自行车前，进行了三个月的评估，最终挑选出最适宜的基础车型，外加一些配置改良。我希望这些经历可以广泛适用于婴儿车挑选。

我度过了充实的一天，除了食物采买、午餐和必要的身体锻炼之外，我一直在通过互联网进行调查，并最终制定出理想的婴儿车所必备的若干标准，筛选出备选型号的决选名单。没有一辆车是完美的，但经过改装后，这些车子都能展现出达至完美的潜力。我很喜欢这种有所成就的感觉，但我决定暂时不与罗茜分享我的成果。我想把它变作另外一个大惊喜。

还有一件设备更为重要，至少需要为其留出更多思考与执行的时间。罗茜已经提出楼上的噪声问题，然而，我尚未告知他我与乔治已达成协议，他可以每天不限时地进行排练。

Skype通话准时于美国东部夏令时晚上7点，即东澳大利亚时间早上9点正式开始。

"那边天气怎么样，唐纳德？"妈妈问道。

"和上周基本没有差别，还是夏天。与往年8月下旬同期相比，没有什么异常。"

"你背后那是什么？你是在厕所里吗？你可以上完厕所再拨过来。"

"这是我的办公室，有很强的私密性。"罗茜已经回到家，我忙于制造第二个惊喜，不想让罗茜提前听到。

"但愿如此。这周过得怎么样？"

"还好。"

"你还好吗？"

"还好。"

"罗茜呢？"

"还好。"

如果我们能单纯通过文字对话，我肯定早就开发出简单的电脑程序，代替我进行对话了。就叫它"还好"程序吧。如果我能零星穿插一些"挺好"或是"非常好"，效果一定会更好。但在这种晚上/早晨的交流模式中，我必须体现出某些变化。

"我想和爸爸说几句。"

"你想和你爸爸说几句？"交流质量为优秀——还好——但我的母亲显然需要再次确认她是否正确理解了我这条非同寻常的要求，"没出什么事吧？"

"当然没有，我不过是有一个技术问题。"

"我去叫他。"虽说是"去"叫他，但她只是扯着嗓门喊了一句，"吉姆！是唐纳德。他有个问题。"

我爸爸倒是没有因为礼节浪费时间。

"什么问题，唐？"

"我需要一个隔音的婴儿床。"尽管戴耳塞是更简单的解决办法，但我担心将婴儿与声音隔开，可能会影响他的发展。

"有意思。但我怕会影响呼吸。"

"没错。虽说可以通过电子方式交流——"

"我们都知道的事情就不用重复了。我只是想不出有哪种隔音材料可以让气流通过。"

"我做了一些研究，在韩国有个项目——"

"你是说韩国。"

"是的。他们研发出一种材料，隔音，但不隔绝空气。"

"我猜你是在网上看见的吧。给你妈妈发条链接。你现在给我的信息就足够我研究一会儿了。我去把你妈叫回来。阿黛尔！"

妈妈的脸出现在爸爸前面，"他有什么问题？"

"唐想让我帮忙设计个婴儿床。"

"婴儿床？给婴儿的婴儿床？"给婴儿的婴儿床分明就是语义上的重

复。爸爸也向她指出了这一点。

"我不在乎，"她说，"唐纳德，这是帮朋友设计的吗？"

"不，不是，是给罗茜的孩子的。我们的孩子。它既要隔绝噪声，又不能影响孩子呼吸。"

我的妈妈一下子变得歇斯底里起来。我是该早些告诉她的——这当然跟我有关系，上帝啊，我们可是每周日都视频的。预产期什么时候？你的阿姨会高兴死的！罗茜还好吧？我希望是个女孩，我不是说男孩不好，男孩女孩都好，我只是觉得对罗茜来说，女孩好带一些。你们能提前知道性别吗？现在的技术真是太棒了。一大堆的问题和评论足足超时了八分钟，影响了我跟爸爸的讨论时长。我现在明白了，泪水并不一定等同于悲伤。尽管我的妈妈很遗憾我们都在纽约，而不是墨尔本或是谢珀顿，但她还是对这一切感到满意。

我花了差不多两周读完了《杜赫斯特妇产科教程》（第八版），还看完了网上能找到的所有视频资料。这些材料都需要实务经验作为补充。就好像看一本介绍空手道的书一样——知识点的确有用，但对备战来说，还是不够的。幸运的是，作为医学院的教员，我可以借力医院和诊所。

我预约了戴维·博伦斯坦在他的办公室见面。

"我想接生一个孩子。"

院长的表情很难解读，但"热情"肯定不在选项之内。

"唐，当初我雇你的时候，已经做好准备，你会提出一些奇怪的要求。我不想跟你说让你去接生一个孩子是多么不具可行性，更不用说这也是法律所不允许的，你能不能先告诉我，你为什么想去接生孩子？"

我开始解释，为什么要积极做好准备，应对一切突发状况。院长却笑着打断了我。

"这么说吧，让你在没有任何协助的情况下，在曼哈顿独自接生一个婴儿出来的概率，还是要低于你在它出生后，尽到养育职责的概率。当然这一概率为百分之百，你同意吗？"

"当然，我还有一个独立的子项目——"

"你肯定有，已经在我的脑子里埋下了种子。英奇最近怎么样？她在你那儿多久了？"

"11周零2天。"她是在操场事件前一天到我这里的。就是因为那一天才让我第二次见到了莉迪娅，雇用了索尼娅做演员，也让我不得不去参加一个由暴力男士组成的小组会议。就是那一天，所有的秘密开始发酵。

"她干得怎么样？"

"她很称职。完全颠覆了我对研究助理的印象。"

"或许是时候让你干点不一样的事了。"

"你还有另外的遗传研究项目？"

"也不完全是。我选择你不是因为你是个小鼠肝脏研究专家，甚至不是因为你是个遗传学家。我选择你是因为你是个科学家，而且我相信，科学是你唯一在意的事情。"

"当然。"

"这不是'当然'的选择。90%的科学家都在打着别的算盘——要么是反复证明他们相信的事情；要么总想着怎么拉经费，怎么评职称，或是把名字挂到论文上发表。这帮人也是一样。"

"哪帮人？"

"就是我想让你合作的那帮人。他们研究的是依恋激素以及和父母相处时同步模式的差异。"

"这方面我一点都不懂，我甚至都听不懂这个题目。"不过我确实知道"依恋"这个词，也记得吉恩的建议——听到这个词，就"赶快跑远点"，但我还是让戴维继续说下去。

"这没关系。其实隐含的问题是：异性家长给婴儿带来的好处是否会多于同性家长，比如两个妈妈或是两个爸爸？你觉得呢，唐？"

"我还是对此一无所知，怎么会有想法呢？"

"所以我才想让你代表医学院参与这个项目。你要确保这个项目从研究设计，到最终结果，都不会受到任何人为偏见的干扰。"他微微一笑，"你还有机会跟小婴孩一起玩。"

院长带着我径直来到距离办公室四个街区外的纽约依恋与儿童发展协会，根本没有预约。在那里，我们受到了三位女士的接待。

"布里欧尼，布丽吉特，贝琳达，这位是唐·蒂尔曼教授。"

"全是B族①。"我开了个小玩笑。没人露出一丝笑容。这也是个好的信号，证明她们不会倾向于过度认知模型，但我还是把她们分别记作B1、B2和B3。我被指派参与这个项目并保证项目的客观公正性，因此必须避免与任何一位研究员建立私人联系。

"唐是我的人，"院长继续道，"他是个虔诚的天主教徒，茶党的忠实支持者。"

"我希望你是在开玩笑，"B1说，"这个项目已经受到太多——"

"我是开玩笑的，"戴维说，"但这没关系。我说了唐是我的人，他的个人信条不会影响他的判断。"

"这两者是无法分割的。但我们现在也是多说无益，如果这就是你想要的结果，你还不如给我们一台电脑。"又是B1。她似乎是小组长。

"唐可不是那么容易就断电的家伙，你们之后就会发现的。"

"你知道这个项目的所有参与者都是女性吗？大部分经费支持来自女性自助基金会？"

"所有参与者曾经都是女性，"院长纠正道，"唐，你也看到了，你来了就改变了大局。而且我相信只有医学院批准了你们的研究设计和分析

---

① 上述三人的名字都以字母 B 开头。

方法，你们才能拿到那笔经费吧。我猜你们在候选人选择上也不会有什么性别限制吧，否则这场面可不会太好看。我希望唐可以利用各种必要的手段，确保这个项目在科研层面上站得住脚。这对我们每个人都好。"

"他有可能和孩子一起工作吗？"B1问。

"孩子的母亲不是一直都在吗？"

"那看来是没有。那他得先拿到许可才行，我估计得花上一段时间吧。"

B1打量了我大约七秒钟。

"你对两个女人一起养育孩子有什么看法？"

在这样一个科研背景下，我认为她的问题基本等同于："你对钾怎么看？"

"这方面我没有任何涉猎，不是我擅长的领域。"

她转身向院长问道："你不觉得他至少要对家庭模式持有一种肯定的态度吗？"

"我认为你的小组成员已经对家庭给予了足够的肯定。我选择唐是因为他可以给你们提供一些你们需要的东西。"

"比如呢？"这问题丢给了我。

"科学的严谨性。"我回答。

"哦，"她故作惊叹，"我们当然需要那东西，我们不过是些心理学家。"她再次审视了我，时长约为七秒，"你朋友是同性恋吗？"

我刚要回答不是——绝对不是对他人性取向有什么偏见，我不过是朋友太少，包括乔治在内，只有七个——院长打断了我，"你就留在这儿吧，互相熟悉一下。我去警局给唐开证明，我实在想不出能有什么问题。"


女同性恋母亲项目可比小鼠肝硬化遗传倾向研究有意思多了，尽管我已经重点研究这些小白鼠长达六年之久。女同性恋母亲项目的缘起来自以色列的一项研究，观察婴儿对于父亲和母亲的不同反应。研究结果显示，婴儿体内的催产素水平会因为母亲的拥抱而升高,父亲的拥抱则不会;另外与父亲,而不是母亲的互动玩耍也会得到相同的结果。这很有趣。但真正促成这个项目的动机似乎是一篇新闻报道,题目为《研究表明儿童成长需要异性父母》。有人在文章旁边用红笔写下了大大的"垃圾"二字。真是理想的起步。科学家就是需要这种质疑精神。

然而,在研读了最初的那篇论文之后,我发现没有任何证据表明这是一项"垃圾"的研究。新闻报道的内容是对研究成果的典型误读,但是其中的主要论点,即父亲和母亲会对婴儿产生不同影响,倒是符合研究成果。

原始研究项目的参与者都是异性恋父母,而B族们会考察女同性恋父母。她们的假说是,次要看护人和婴儿玩耍时会引发婴儿和父亲玩耍时相同的催产素水平变化。

这一假说看起来直截了当,我不明白为什么院长还要让我参与其中。不过,我相信这样的研究观察一定会给我提供丰富的成为父亲的背景知识,前提是我把自己等同于女同性恋伴侣中的次要看护人。而这一研究本身就能够证实,这样的等同关系是否成立。

唯一的问题就是警方许可,即院长正在办理的文件。如果莉迪娅给出一份负面报告,那我就得在现有的被起诉及驱逐出境的风险上,再添上一条学术不端。

我认为,罗茜也一定会对女同性恋母亲项目感兴趣,也会赞赏我积极了解婴儿及育儿知识的行为。过去几周,我一直在熟记相关知识,也一直在广泛阅读各类妇产科文献,现在,我已经做好准备和专家过过招了。

我计划在晚餐时间谈起这个话题。如今,罗茜花在学习和论文上的时间越来越多。吃饭和坐早班地铁时成了我们唯一共同度过的时光,当然,还有在床上。

吉恩和我已经喝掉了半瓶红酒,罗茜才加入我们,手里拿着一只玻璃杯。

"对不起两位,我得把手头的东西先做完,不然就该忘了。"她给自己倒了半杯酒，"我需要一小时过过人类生活。"

"我最近刚开始了一个新项目，"我赶忙开始介绍，"基于一篇论文——"

"唐，现在能不提遗传的事了吗？让我轻松一会儿吧。"

"不是遗传，是心理学。"

"你说什么？"

"我最近加入了一个心理学研究小组，负责科学严谨性审核。"

"因为心理学家没有严谨的科学态度？"罗茜问道。

吉恩的脸皱成一团，迅速小幅度地摇了摇头。

"没错。"我说。

"真棒，"罗茜继续道，"我简直就不该在这儿浪费时间，跟我的老公和导师喝酒，应该立刻去看看我的论文严谨不严谨。"

她拿着杯子回到书房。

"唐，你是在侵犯她的领域，这可不是第一次了。"罗茜关上房门，吉恩对我说。

"现在这是我们共同的研究领域，如果不能接受这一点，要怎么进行有意思的讨论？"

"这我可不知道。但是唐，罗茜可不喜欢一个遗传学家对心理学家指手画脚。例证一，就是我。例证二，那就是你。"

我向吉恩解释，女同性恋母亲项目可以为我提供宝贵的育儿知识。

"太棒了，"吉恩说，"现在你不光能对心理学指手画脚，还能指导她怎么当个妈。"他举起双手，做了个"停"的手势，"我这是讽刺。你千万不要告诉她怎么当妈妈。如果你通过项目学到了什么，这很好，但请给她一些惊喜，给她展示你学到的技巧。千万不要试图用知识打败她。"

吉恩建议我不要再提起女同性恋母亲项目的事了。

# 第二十一章
## 好爸爸项目

好爸爸项目安排在10月9日，周三，在上西区。作为一名需要参与恋童癖评估的嫌疑人，我认为这些潜在高危人群得到政府帮助的时间实在太长了。

我告诉罗茜当晚要去"男孩之夜"，为了将她的怀疑降至最低，我还给戴夫打了电话，邀请他一起过去。吉恩则要和英奇一起吃晚餐。

"我还有一些工作要忙，"戴夫说，"那些文件摞起来得有这么高。"

显然，不管戴夫用了怎样的手势，我都无法通过电话线看到那摞文件到底有多高，但我还是提出了一个很强势的建议。

"我建议你做些和孩子有关的事情，"我说，"索尼娅认为你对孩子的事实在没什么兴趣。她觉得你太在意工作了，所以才会对孩子漠不关心。而你现在的行为恰好印证了她的想法。"

"她这么跟你说的？什么时候？"

"我不记得了。"

"唐，你每天做的事情的确不少，但遗忘绝对不是你能做到的事情。"

"我们一块儿喝过咖啡。"

"她从没跟我说过。"

"你可能压根就没问，或者你的工作太忙了。我会在晚上6点47分，在42街A线上城方向的站台上等你，咱们一块儿过去。我估计到会场还要走上13分钟。"

"我知道了。"

会场隔壁就是一座教堂。现场除去戴夫和我，还有另外14个男人，包括一名召集人。这人大约55岁，体重指数约为28，外形很是独特，光秃的前额配上一头秀发，再加上一脸胡子。晚上的天气有些热，他穿着一件T恤衫，看起来像是为了展示他花了重金的文身图案。

他自我介绍名为杰克，曾经是某个摩托俱乐部的成员，坐过牢，对女人动过粗。他滔滔不绝说了很久，但漏掉了不少重点，我猜他还是想表现得谦虚点吧。所以当他问是否还有疑问时，我立刻举起了手。

"您是从哪里取得专业资格的？"

他放声大笑起来："社会大学，死磕学院。"

我希望能对这个科目有更多了解，但又不想过多地占用提问时间，遗憾的是，并没有人再提出什么问题了。接着便是每个人的自我介绍时间，但大家都只是说了名字。有些人口齿含糊不清，杰克得问上几遍才能把他和名单上的人对起来。到了戴夫的时候，杰克摇了摇头。

"你不在名单上，但别担心，他们总是出岔子。请再把你的名字拼一遍，慢点拼。"

戴夫提供了信息。

"贝希勒。南斯拉夫人？"

"应该是塞尔维亚-克罗地亚那边的，我猜。不过也是祖上好多代以前了。"

"项目里来过不少塞族人，这可能是基因问题吧。但我可不想让大家留下这种死板的印象。这里还有塞尔维亚人吗？"

没人举手。

"你老婆怀孕了？"

"是的。"

"谁让你来的？"

戴夫指了指我。

杰克看了看我："你是他朋友？"

"没错。"

"你把他带来是觉得这会对他有帮助？"

"没错。"

"干得好，唐。如果我们都能像唐一样帮助自己的好兄弟，就不会有那么多母亲被送到急诊室，就不会有那么多孩子惨死在男人手中，也不会有那么多男人会因为自己的过错而羞愧终生。"

戴夫一脸错愕，似乎比那个惨死的孩子还要惊恐。

"现在，"杰克继续道，"我们都知道，每个人都有各自的理由来到这里，戴夫也不例外。你们可能都对他人做了一些令自己后悔的事情。我希望你们能讲出来，你们都做了什么，现在有什么感受。谁愿意第一个讲讲？"

屋子里一片沉寂。杰克转向戴夫："戴夫，你看起来——"

我打断了他，我得把戴夫救下来，不能让别人发现他是个毫无暴力倾向的冒牌货。

"我愿意第一个讲。"

"好的，唐。告诉我们你做了什么。"

"讲哪一次？"

"看来有不少次。"

少才是正确的说法。我成年后，只发生过三次暴力事件，而发生的频次在近期确实有所激增。

"没错。过去的一个月中发生了两次。都是因为怀孕导致的。"

"这可不太好，唐。或许现在拿出来讲还差点火候，或者你退一步，想一想有没有哪一次是在你有时间思考的情况下发生的。你明白我的意思吧？"

"当然，你是在说分析近期发生的事件可能仍会被一时的情绪蒙蔽，还缺乏分析的广度。"

"是的，没错，想一想有没有更早的时候发生的事件。"

"有一次在餐厅，他们批评了我的着装。一开始只是争执，后来情势升级，有两个安保人员想要抓住我。我只是用了最小的力气，却把他们都制伏了。"

班上的一个男学员打断我："你自己干翻了两个保镖？"

"你是个澳大利亚人，对吧？"另一个学员问，"你干翻了两个澳大利亚保镖？"

"你说得没错，你也没错。但我是在自卫。"

"两个家伙对他的衣服大放厥词，接着就是梆，梆，梆，梆。"那个学员模仿了一连串打拳的动作，嘴里念叨着梆梆梆。

"没有梆梆梆的声音。我只是轻轻挥了几拳，用了简单的控制技法。"

"柔道？"

"合气道。我也精通空手道，但在这种情况下用合气道会更安全。我对我的邻居用的也是合气道，他把我的衣服弄坏了——"

"千万别弄坏了这家伙的衣服。"学员们都笑了起来。

"——还有警察——"

"你把警察也放倒了？不是在这儿吧？在纽约？他的搭档呢？"

杰克打断我："我猜唐也为此付出了代价。不管谁打赢了，你结果还是被抓起来了，对吧？"

"没错。"

"接下来呢？"

"完全就是场灾难。我可能面临着刑事起诉，驱逐出境，限制探访我自己的孩子，限制参与有儿童在场的项目，被迫参加……还得欺骗我的妻子，这种压力简直要压垮我，造成的后果也无法预料。"

"你对你的行为感到羞耻，根本不敢告诉你的妻子自己做了什么，对吧？你又闯祸了。"

我点点头。尽管我不告诉罗茜的初衷是想让她避免产生任何压力，但杰克的洞察也很有道理。

杰克对全体说："现在听上去就没那么聪明了，对吧？我们都会感到愤怒，都会一团糟。为什么？是什么让我们感到愤怒？"

再一次，没人举起手。我对杰克充满同情，这就好像新学期的第一堂课，面对着一帮新学生一样。作为一名教师，我感到自己有责任帮助杰克渡过这一难关。

"想要理解愤怒，"我说，"就必须理解从进化论的角度来看，这种攻击性是具有价值的。"我又接着讲了差不多一分钟的时间。但杰克很快就打断了我，我甚至都没有来得及讲解这种进化的结果，即人类将愤怒内化成一种情绪。

"这些就够了，大教授。"使用正式职称来称呼某人的做法是一种褒奖。我敢肯定，现在我一定已经成了班里顶尖的学生，根本没有人能挑战我的地位，"我们现在休息一下，休息之后，我希望听到更多人的分享。唐，你已经得到小红花了，请赶快闭嘴吧。"

每个人都笑了起来，我再次成了班级小丑。

大部分学生都走到外面去了，他们对于休息的要求显然迫在眉睫。包括杰克在内，有好几个人都尼古丁成瘾。我站在院子里，和戴夫一起喝速溶咖啡。

有一个学生向我们走过来。他大约23岁，体重指数约为27，一身肌肉，没有多少赘肉。他把烟蒂丢到地上，用靴子踩灭。

"不给我们露两手？"他说。

"我们很快就要进去了，"我说，"体力练习会让我们发热，很不舒服，也会影响到其他人。"

他比画了几下拳击练习中的空拳招式："来呀，让我见识见识你的本事。别光说不练。"

这不是第一次有人要挑战我的武术技法，即便没有杰克的提醒，我也知道在这样一个光线暗淡、没有防护措施的地方，跟一个不认识的人过招是非常不明智的举动。幸好，我还有一个标准化的解决方案可以套用。我后退了几步，留出一些空间，脱掉鞋子和衬衣，把流汗的影响最小化。接着我摆出空手道中的形——这是我为了空手道三段考试准备的。这一过程需要4分19秒。学员们都凑了上来，围成一个圈，纷纷鼓掌叫好。

杰克上前，走到我的旁边，对着人群说道："这招式很漂亮，但没有人是无坚不摧的。"他没有给我任何提示，便从身后勒住了我的脖子，力道很足。这一招他应该成功用过很多次了，但我怀疑这是他第一次把这一招用在一个合气道四段选手身上。

最安全的防御办法便是提前预警，出于本能反应，我别住他的手，让他不能完全勒住我。在这一过程中，我完全有机会把他扳倒在地，让他动弹不得，但我还是决定，让杰克完成这一扼颈的动作。因为我知道，他是在试图表明一种观点，而我的行为很可能削弱他的影响力。我希望杰克可以稍微困住我一会儿，展示出这一技巧的有效性，便放了我。

在他放掉我之前，人群中传来了一个奇怪的声音："真是够了。快放开他。马上。"这声音格外古怪，竟然是戴夫，他又在模仿马龙·白兰度和伍迪·艾伦的合体了。杰克放开我，看着戴夫，点了点头。

戴夫整个人都在发抖。

我们回到教室，按照杰克的指示，我"闭紧了嘴"。几乎没有人发出任何声响了。杰克有关自我控制的建议主要可总结为两条原则，他重复了不知多少次：

1. 别喝醉（也别乱用麻黄碱）。
2. 走远点。

这对于我和警方的往来毫无帮助，但显然对于我情绪崩溃的问题很有指导意义。实际上，就最近一次的情况来看，我直接"跑远"了，而非"走远"。如果当时的情况让我无法走开怎么办？如果船沉了，我被困在救生艇上或是太空站怎么办？我需要杰克的建议，但他又不让我出声。

我小声对戴夫说："请帮我问问如果当时不能走开要怎么办。"

"不。"

"这是对你自信心的延展练习。"我说。戴夫已经不再发抖了。

他举起手："如果当时无法走开要怎么办？"

"你为什么会无法走开呢？"杰克问道。

戴夫不吱声了。我刚要提供帮助，他却接着说道："也许我正在照顾孩子，可是脾气一下子就上来了。我不能就这么走开，他需要人照顾。"

"戴夫，如果你能够走开，就请赶快走开。离开孩子一段时间是最好的选择。但你首先需要赶快冷静下来，请这么做。深呼吸，尽量想象一个令你放松的场景，跟自己对话，说一些让你感到冷静的词或者句子，一遍一遍反复说。"

杰克让我们每个人都找出一个让自己冷静的词，反复练习了几次。戴夫一开始直接选了冷静这个词，冷静，冷静。这个词对我来说仿佛也有着奇妙的作用：它在不断提醒我有人想让我闭上嘴。我人格中的另一面开始用一种我听不懂的语言不断地重复着这个词，这个词听起来跟拉马努金很像，就是那个著名的印度数学家，它激发了我的联想。哈代-拉马努金数是可以通过两种不同方式表述的两个立方数之和的最小自然数。杰克从我身边走过，我还在用同样的声调反复重复着这个数字，和旁边的人一样。这一技巧似乎确实很有效果，我感到无比放松。我赶快用脑子记下这一方法，以备后用。

课程终了，杰克让我留下来："有件事情我想知道，你刚才能挣脱我的控制，对吧？"

"是的。"

"做来看看。"

他再次使出了扼颈的招式，我象征性地用了三招便破解了他的束缚。同时，我还展示了如何提前破解这一招式，让自己不被困住。还有一招改良的动作，可以保证自身安全。

"谢谢你了，能学到这些真不错，"他说，"我不应该出招的，尤其在这儿。这可不是个好的示范。不应该通过暴力解决问题。"

"什么问题？"

"算了吧，没问题。你之前打过女人或者孩子吗？"

"没有。"

"我就知道。你羞辱了一个警察，他们就把你丢到这儿来了。又他妈浪费老子的时间。你主动跟人动过手吗？"

"只有一次在学校里。我曾经有过三次需要外部对抗的经历，没有一次需要我主动出击。但有一次例外，那是跟我岳父，在健身房里，我们都穿戴好了防护装备。"

"你岳父？天哪。谁赢了？"

"那天没有裁判，也没有记分员，不过他鼻子断了。"

"看着我的眼睛，告诉我，你永远不会打女人，也不会打孩子。永远不会。"

戴夫在一旁听着："你最好别让他看着你的眼睛。"

"赶快啊。"杰克说道。

我直直地盯着杰克的眼睛，重复着那句誓言。

"上帝啊，"杰克说，"我明白你的意思了。"他笑起来，"在这个班里，我要是提前放谁走了，这家伙又犯了事，我可是要吃不了兜着走的。但我觉得放你走没问题，这对咱们俩都好。"

"我不用再回来了吗？"

"我不允许你再回来。我会告诉你的社工，你毕业了。"

他接着又对戴夫说道："我也没办法要求你再回来，但你最好想清楚，你的一些想法十分危险。"

各自回家之前，我和戴夫又去了一家酒吧。如果从"男孩之夜"回来，身上却没有一丝酒气，这是要引起怀疑的。戴夫也没有把好爸爸项目的事告诉索尼娅。

"没必要告诉索尼娅。"我说。

"她不知道最好，完全是男人的事。"

索尼娅对这个项目再清楚不过，但她不能告诉戴夫，否则她冒充罗茜的事就要露馅了。

我到家的时候，罗茜已经躺在床上，但还没有睡着。"晚上过得怎么样？"她问。

部分由于操场事件引发的问题已经得到解决，我也学到了新的知识。戴夫在面对冲突时的自信心有所提升，尽管他仍然需要吃掉两个汉堡才能抚慰由此造成的伤痛。

我想把这一切都告诉罗茜，但这一切都跟操场事件和莉迪娅脱不了干系。这些问题导致的压力值现在已显著降低，但眼下更令我担心的是，如果我把这一切和盘托出，罗茜就会知道莉迪娅在怀疑我是否有能力担任父亲的角色，这无疑会加剧罗茜的忧虑。

"非常好，"我说，"没什么需要汇报。"

"我也是。"她说。

展示武术技巧让我想起了卡尔，还有他想要对我发动的突袭。每一次我到吉恩和克劳迪娅家做客，卡尔都要试图突袭我，但无一例外，他最终都会被我控制得动弹不得，家中的装饰性物品也极少受到损坏。如今，卡尔突袭的本事恐怕要用到他父亲身上了。

"你跟卡尔谈过了吗？"第二天晚上，我问吉恩。

吉恩买了些波特酒，比起鸡尾酒预调酒，这酒有三大优势：

1. 现货。除了乔治的啤酒，我们差不多把其他的酒都喝完了。
2. 美味。有一些预调酒喝起来味道一般。
3. 度数低。我认为烈酒摄入是导致我最近早起头痛的元凶。

"卡尔不肯跟我说话。相信我，我试过了。无论如何也改变不了我对他妈妈不忠的事实。"

"总会有办法的。"

"也许时间能解决一切。但这是我的问题，不是你的。"

"此言差矣。罗茜想让你搬走，所以我才会要求你搬走。而你最好的去处就是回到克劳迪娅身边，但在卡尔的问题解决之前，你又不能回去。"

"请代我向罗茜道歉。我还在找地方搬出去。我愿意做任何事情改善和卡尔的关系，但已经发生的事情，我无能为力。"

"我们是科学家，"我提醒他，"我们不应该被困难打败。只要我们努力想，自然就能找到解决办法。"

# 第二十二章
## 育儿难题

女同性恋母亲项目的方案设计简单明了，很好审阅。有一个明显的问题，在于缺乏参照组，最好能有异性恋夫妻或者几对陌生的成年人作为比照。

"原始研究中也没有涵盖同性恋夫妻。"B2解释说。

根据B1的安排，我与研究小组所有的联系都要通过B2完成。B2最近刚刚取得博士学位。"那是一个探索性研究。"我说。

"这也是个探索性研究。我们要对各个方面进行综合考量。"

我最近拿到了警方的许可证明，大概是那位玛格丽塔警官还没有拿到莉迪娅的评估结果，所以还没有上交我的报告。现在我已经获准参与这一项目了。

B族们搭了一个小小的会客室，里面有沙发和扶手椅。项目方案十分简单：B3，护士，负责提取婴儿催产素样本；接着一个看护人会拥抱小婴儿，这时B3会再次提取催产素样本。晚些时候，看护人会回到婴儿身边，继续测试过程。这一次她将与婴儿玩耍而不是拥抱。同性恋夫妻中的另外一位看护人也将重复整个实验过程。

"早期结果怎么样？"我问B1。

"每个人都该知道，仅凭早期的原始数据完全不足以得出任何结论。你没有什么小白鼠等着解剖吗？今天下午会有一些女士过来，说真的，你要不在这儿瞎晃会对我们更有帮助。"

B3一直在旁边看着。"需要我给你买点咖啡吗？"她问。

"现在是下午3点13分，咖啡因的半衰期——"

她转身出去，隔着前门对我说："你想知道早期数据结果？一会儿在咖啡馆见。"

秘密，秘密，秘密。罗茜不知道我为什么会参加这样的项目。她不知道操场事件、莉迪娅，还有好爸爸评估。吉恩骗了克劳迪娅这么多年。如今，B3又要把B1不愿意透露的数据分享给我。曾经，我的生活中没有任何秘密。即便如此，我也没有把我（仅有）的亲密关系置于危险境地。或许这都是互相关联的。

"我负责提取样本，也负责键入所有的分析结果，"B3说，"我是护士，所以我要负责弄样本，还要负责输入结果，接着就是买咖啡。但你即便没有什么劳什子的博士学位也能看懂结果有什么变化。拥抱让催产素的水平上升，玩耍根本起不到任何作用。哪个妈妈都一样。看来只有跟父亲玩耍才能让结果上升。后来她们会故意调整玩耍的方式，感觉上跟拥抱更类似。当然了，这都是你不在的时候弄的。所以她们才要千方百计废掉之前的实验结果。"

我陪B3一起返回实验室。

"要不你明天再来吧，"她说，"布里欧尼有点暴躁。"她说的是B1。

如果这是个社交的场合，我会欣然接受这一微妙的提示，意识到自己是不受欢迎的人。但现在讨论的是科学，这种时候，对细节麻木点反而更好。

我们回来的时候，屋子里多出了13位女性。B1和B2当作没看到我，但其中的一位女士（年龄大约65岁，体重指数26）径直朝我走了过来。

"你就是那个男人的代表？"她笑了起来。

我引用戴维·博伦斯坦的话："我被院长指派参与这个项目，确保该项目不会受到任何同性恋政治因素的影响。"

她又笑了，我感受到某些友好的意味："你是怎么拿到这份工作的？睡了院长家闺女？"

B1打断了我们的对话，指了指身边的一位女士。女士的身侧停着一辆中等质量的婴儿车，里面睡着个小婴儿，"孩子醒了以后，这位女士就会和她的孩子玩耍，我们会监测孩子体内的催产素水平。她不是孩子的生母，但我们认为在玩耍过程中，孩子体内的催产素值会上升。就好像以色列的试验中，父亲和孩子玩耍时，数值会升高一样。"

我补充道："在以色列的试验中也没有引入陌生男女组成的对照组，所以没有证据表明这对男女一定得是孩子的父母或是看护人才能使催产素水平升高。"

B1死死地盯着我，就好像罗茜让别人"闭上臭嘴"时的表情。我怀疑，她现在也是这个意思。但就眼下的情况，这一条完全无法适用。科学研究必须诚信、透明。

那位友善的女士接着问道："如果是一个陌生的男人或女人跟婴儿玩耍，孩子的催产素水平会发生怎样的变化？"

"没错！"我附和道。

B1插进来："这不是我们研究的内容。我们也不能让随便什么人都加入进来，接触到这些孩子。"

婴儿车里的孩子开始哭了起来。我必须迅速行动，不能让任何人抢先抱住孩子或是跟他玩耍。我大步跑到婴儿车旁。

　　"我能和你的孩子玩一会儿吗？"我问孩子的母亲，"我是研究小组的成员，我也拿到了警方的许可，可以和孩子接触。"

　　"应该没问题吧。"她微微笑道，"我本以为是要我亲自上场，但没问题，只要别弄哭他就行。"

　　我完全无法预料，小孩子会对一个身量庞大的成年男性做出怎样的反应。我从未接触过孩子，可能除了我弟弟以外。我模糊地记得，我曾经帮妈妈抱过特雷弗，但又以最快的速度还给了她。

　　我意识到，照顾孩子最关键的一点就是别把他摔到地上或是吓到他。我想到了一个一箭双雕的办法：从妈妈手里接过孩子之前，我仰面躺倒在地，接着用双手抱起孩子，扶稳，让小家伙在我身上爬。我对人类身体的厌恶反应竟然没有因此激活。我感受到了巨大的喜悦，小东西也发出了咯咯的笑声。女士们纷纷开始拍照。这一过程大约持续了两分钟，我搜寻着B3的身影，朝她连连招手，示意她把相机放下来。

　　"请赶快测试。"我怀疑自身的催产素水平都有所提升，但项目的重点还是在婴儿身上。

　　"不行，"B1拒绝了我，"这不在方案之内。"

　　"错，"我说，"我们改良了设计方案，不会漏掉任何偶然性的结果，这才叫真正的探索性研究。否则，方案是无法通过医学院审批的。"

　　友善的女士微笑着点了点头。

　　B3打开婴儿的口腔，用棉签擦拭了内壁。孩子的母亲让我跟小婴儿又多玩了一分钟。

　　预订的婴儿车终于送到了，可惜我不在家。罗茜拆了包装，坚持要我把车子退掉。

　　"唐，你知道我不喜欢小姑娘的东西，也不喜欢那些带花边的婴儿用品，但这也有点太像……军用坦克了吧。简直就是婴儿悍马。"

"世界上最安全的婴儿车。"字字属实，毫不夸张。婴儿车的底座是现有型号中最安全的一款，我还对其进行了多项性能提升。我有自信，哪怕是婴儿车翻了，或是被低速行驶的车辆撞到，嫩芽儿也会毫发无损，特别是在他或她戴好我额外选购的头盔的情况下。车子仅有的劣势在于尺寸过大，接触到孩子过难，当然，还有造价过高。

"难道外观比安全性更重要？"我问道。

罗茜直接忽略了我的问题："唐，我很感激你做的一切，我真的很感激。但这真的不适合你，不是吗？照顾孩子不是你的强项。婴儿车，这种配了橡胶保险杠的金属大家伙才是你的强项。"

"我不知道。孩子也好，婴儿车也好，我都没什么经验。"

我希望通过女同性恋母亲项目增加育儿经验的前景一片渺茫。我提出的方案修改建议，即为每个孩子增加"翻越唐"体验的建议还需要得到母亲们的同意。尽管我已经取得了初步成功，但她们无一例外都拒绝了我。我给B2和B3留了电话，以防有人改变主意。

"别指望着有人会打给你。"B2说。

但我收到了B3的一条短信：你的干预让催产素数值爆表，是所有游戏活动中的最高值。你甚至都不是孩子的看护人！

这一结果暗示，我的性别可能对结果产生了影响。但单一的例证尚不足以推动进一步的调查。

B1给戴维·博伦斯坦写了邮件，并没有抄送给我。

"大概看看就行。"院长手指着电脑屏幕对我说。

我不太习惯"大概看看"的方法，因为这意味着我需要忽略掉某些单词。万一我忽略掉了一个"不是"呢！邮件的内容不长，但我还是注意到了诸如"不专业""破坏"还有"麻木不仁"这样的词语。

"总结起来，她希望你能退出这个项目。并且她们不会采纳任何单次的结果，因为这不符合方案设计。这不能算是偶然性结果，而是故意干预的产物，等等等等。"

"她说结果怎么样了吗？"

"她说她们没有监测。我估计符合她们预期的可能性很低。如果测试结果显示对催产素数值没什么影响，那她肯定会跳着脚要求把结果算进来了。"

"糟蹋科学。"

"没错。我把你安排到项目组里真是个明智的选择，对吧？"

"可能是吧，毕竟还是有人更在意社交行为，而不是实验结果。"

院长笑了起来。

"我不得不说，蒂尔曼教授，你真是个杰出的科学家。但罗茜要怎么受得了你啊。"


罗茜并不太能受得了我。

包括人类在内，所有动物身上都有很神奇的一点，那就是我们会花上一生1/3的时间来睡觉，却仍没有找到提高睡眠效率的有效办法。二十几岁时，我曾经做过一系列测试，希望测出我能承受的最短睡眠时间。最终，我决定把睡眠时间固定为每晚7小时18分钟，必须关掉卧室内所有的灯，且坚决不再使用安非他明[①]。

随着年龄增长，我们的睡眠质量有所下降：从进化论的角度看，这是因为在先民社会，年轻的猎人和战士需要不被打扰的睡眠，因此族群中年长的成员就要肩负起守夜的职责，哪怕有半点风吹草动，也要及时醒来。

就睡眠质量来看，罗茜已经可以担任守夜的职责了。她半夜醒来的频次很高，要去厕所，还要给自己泡上一杯热巧克力，这无疑会使起夜的情况更加恶化，形成恶性循环。怀孕之前，罗茜偶尔会因为劳累或是喝醉酒

---

① 安非他明（amphetamines），对中枢神经系统具有显著兴奋作用的合成药物。

而早早上床。大多数时候，她都会学习到半夜1点，精神亢奋地爬上床，甚至还想再和我聊会儿天。半夜1点！有时，她还会邀我共享鱼水之欢，我则不得不调整自己的日程，延长第二天晚上的睡眠时间。

我已经习惯了半夜醒来，并成功地在醒来后几分钟内再度睡去。然而随之而来的聚合影响不容忽视，使我被迫把上床时间提前13分钟。

怀孕让这一切变得更糟了。就像《孕期完全指导》中提到的，随着胎儿的增长，罗茜的膀胱容量将随之受到影响。罗茜也开始打呼，声音不大，却足以扰乱我的睡眠。我只能再次调整睡眠时间。

我们曾就这一问题在凌晨3点14分展开过一次讨论。

"你不应该喝热巧克力了，它会让你更频繁地起夜。你一起来还要再喝一杯热巧克力……"

"热巧克力可以助眠。"

"太可笑了。巧克力里含有咖啡因，咖啡因是一种兴奋剂，半衰期长达四小时。原则上不建议在下午3点之后摄入咖啡或是巧克力。我从没——"

"你从没。我知道你没吃过，但我吃。这是我的身体，还记得吧？"

"咖啡因是在禁食列表上的。"

"我也可以喝两杯咖啡。现在我戒了咖啡，所以得用这个补上。"

"你计算过巧克力里的咖啡因含量吗？"

"没有，我也不打算去算。让我来解决你的问题吧！还有我的。"

罗茜从床上抓起羽绒被，离开了卧室。

现在，我的身体发起了抗议，拒绝入睡。我利用这段时间思考着罗茜的离开。只是今晚还是永久离开？但从理智上看，这其实是个不错的解决方案，至少在目前看来很不错。等到罗茜的孕期结束，她又能回到正常的睡眠模式了。不过，我们得另外买张床——我一下子意识到罗茜没地方可睡：公寓里根本没有多余的床。除非她和吉恩睡到一起。

我一下子从床上弹了起来，蹑手蹑脚地走到吉恩的房门外。罗茜的书房门还开着，我看见她蜷缩在扶手椅上，身上盖着羽绒被，一动不动地躺在那儿。我回到卧室，从房里把床垫拽出来，运到罗茜的书房里。她的书房比我们的卧室要大，但我还是吵醒了她。

"唐？你在干吗？"

"临时搭个床。"

"哦，我以为——"

她没有说完自己的想法，便跌跌撞撞地从椅子上挪到了床垫上，躺了下来。我帮她盖好被子，回了卧室。我终于躺在填充床板上睡着了。这样的解决方案令人满意，我的空手道老师也一定会赞赏我的自律。实际上，我们的床是一种妥协的产物，它照顾到了罗茜对软床的个人需要，却牺牲了部分经由科学实践反复证实过的最优硬度。现在的安排让我们两个人都能得到满意。

显然，罗茜也认同我的做法。因为自此以后，她每晚都去书房睡觉，而我也终于能睡满从前的时长了。

# 第二十三章
## 接生计划

　　我又做了那个宇宙飞船的噩梦，跟上一次的情形一模一样，那种致命的恐惧感也是一模一样。只是这一次，我惊醒后，身边不再有罗茜。

　　吉恩对我们在睡眠方面的调整很是担忧，他是在两天后才发现这一点的。按照他的分析，罗茜和我分房而眠就等同于对我的拒绝。

　　"实际点吧，唐。人们干吗要睡在一起？"

　　"性事。"这基本上是回答吉恩所有关于动机问题的标准答案，"但我们现在不需要这个，因为她正怀着孩子。"

　　"太肤浅了，老朋友。人类之所以会让生育过程保持私密，完全是希望借此延续亲密感。保持亲密感的原因有很多，人类虽然并非生来就遵循一夫一妻制，但伴侣关系是我们最看重的事情。罗茜正在给你传递一个重要的信息。"

　　"我哪里做错了吗？"

　　"这么跟你说吧，唐，你不是第一个提出这种问题的男人。大部分时候，他们回到家会发现电视机不见了。"

"我们没有电视机。"

"我发现了，这是谁的意思？"

"电视根本不是必需品。通过其他媒体渠道，我们也能获得高质量的新闻报道，还不用浪费时间看广告；想看电影，可以去剧院看大屏幕；其他的需求，我们的个人电脑就可以满足。"

"我问的不是这个。我问的是，这是谁的意思？"

"这样的决策简直是明摆着的事情。"

"罗茜提过买电视的事吗？"

"可能吧，但她的观点漏洞百出。不过，你是在说我们的婚姻是因为没买电视才出问题的？如果是这样，我现在——"

"可能是更深层次的问题。不过，如果你想要我具体回答'你到底做错了什么？'，我可以告诉你，是超声波检查那次。你应该陪她一起去的。就是从那个时候起，罗茜开始怀疑你是不是真的想要成为孩子的爸爸。不是说你的能力够不够，那是另外一回事，而是说你想不想当个父亲。"

"你怎么这么肯定？"

"我是心理学系的主任，你也向我陈述了你的困惑，罗茜肯定也注意到了这一点。况且罗茜本身也跟她的爸爸有过矛盾。"

"矛盾已经解决了啊。"

"唐，根植于童年时期的矛盾永远无法解决。心理医生们就指望着这个讨生活呢。"

"如果你说错了呢？如果我们根本没有问题呢？我可能只是臆想出了某个问题，甚至做出了回应。就好像你以为那儿有个台阶，跌倒了，但其实那台阶根本就是不存在的。"

吉恩站起来，走到办公室门口，向外看了看，又转身回来，"品酒专家们说过这么一句话：看一眼商标能抵过二十年经验。"

"你想说什么？"

"罗茜告诉我了。她说你们之间出现了问题，她甚至都不确定你想不想当一个父亲。"

"她主动向你提供了有关我们婚姻状况的信息？自发的？"

"是我问的。实际上，是斯蒂芬提示了我。"

斯蒂芬！现在罗茜竟然把如此重要的数据与他分享，而不是能最有效利用这些数据的人。

尽管信息传递过程异常迂回，但能识别出"超声波误差"也是好事。这能帮助我提升成为准爸爸的能力要素，也在警醒我要多向罗茜展现出想要当爸爸的意愿。

吉恩的建议是，我应该陪她参加检查，了解整个流程和可能的结果。幸好，我还有第二次机会。罗茜已经预约好第二次超声波检查的时间：妊娠开始后第22周，当天当时——这是基于罗茜的第一次预约时间，即5月20日，周一推算出来的。我算好了日期——10月21日——把那一整天都空了出来。这一次，我一定会做好万全准备。

我又仔细研读了《孕期完全指导》，记录下在未来几个月可能会引起类似误差的重点事件，当然还有我能更多出力，进行补偿的事件。有一件事尤其值得关注——婴儿出生。与超声波检查同期进行的，还有如下重要事项：

1. 造访专业机构。
2. 聚焦可能会检测出问题的关键时刻。
3. 出问题的可能性低，但焦虑的可能性高。
4. 要求伴侣在场，即便他或她在整个过程中起不到任何实际作用。

结合《孕期完全指导》和深入研究，我认为自己能起到的最大的作用就是"降低伴侣的焦虑感"。具体做法为：我来熟悉整个生产流程，并在伴侣专注于完成生产的过程中，随时提示她正在发生的事项。掌握新知是我擅长的事情。罗茜是医学院的学生，对此也应该有些基本的了解，包括所有可能的并发症和结果。我又重新开始读《杜赫斯特妇产科教程》，理论实践相结合。

经过我反复多次的要求，希望能协助或是单纯地观察一次真实的生产过程，戴维·博伦斯坦终于松了口气，给了我劳伦·麦克泰格医生的联系方式，她的办公室在康涅狄格州。

一个周六的晚上，我接到了劳伦的电话。当时我正在欢度"男孩之夜"，在乔治家吃外卖比萨。我把劳伦的事情告诉在场的几个人，出人意料的是，不光是戴夫，连乔治和吉恩都表现出极大的兴趣要加入进来。

"你们不需要这样的知识。"我说。

"兄弟情义，"乔治说，"这不就是我们该做的事吗？"

我打给劳伦，问她多几个人在现场会不会不方便。

"如果你愿意，我没问题。但你最好跟他们讲清楚并发症的问题，否则结果可能会不太好看。"

我们叫了辆出租车，给了司机戴夫家的地址，好让戴夫开车载我们过去。

"去他的吧，"乔治骂道，"这可是要紧的事。"

"臀位生产，"我说，"肯定会有不少问题，但我希望能多学点东西。"

"直接把我们拉到雷克威尔，在康涅狄格，"乔治告诉出租车司机，"到了别走，等着我们，再把我们拉回来。"

"我这车不去——"

坐在前排的乔治掏出一卷现金，拿橡皮筋绑着，扔给了司机。司机立刻收了声，专心数钱。此后，再也没提出过任何异议。

难以想象，50年前，死国王当红的短短几年竟然能让乔治赚得如此盆满钵满。我一直以为像乔治这样的摇滚音乐家，一定会把大把的钱浪费在违禁药品上。他付款的方式正好给了我机会弄清楚。

"你的钱都是从哪儿来的？"

"唐，我就喜欢你这点。一针见血。"

"一针见血"恰好是大多数人讨厌我的原因。

"你一针见血，那我就开门见山，"乔治痛快地答道，"赡养费。"

吉恩大笑起来，"看我猜得对不对。你必须拼命工作才付得起四个老婆的赡养费，意外也给自己赚了点私房钱。要么就是你四个老婆里有哪个去世了，省下的赡养费足够你过得像个真国王。"

"差不多吧，"乔治说，"我第一个老婆三年前死了，癌症。乐队刚有点名气的时候，我就离开了她。我觉得自己能过得更好，当个摇滚明星什么的，但最后我也没真的变成什么明星。我总是说她们这些女人都一个样，但真正的问题在于，我才是不知悔改的那个。如果跟四个女人都过不好，你就会开始怀疑，是不是自己出了什么问题。"

"这跟你的经济状况有什么关系？"吉恩继续道，"难道她把所有钱都留给了你？"

"我正要说。虽然不是全部，但也是不少。那会儿我得把2/3的收入都给她，我们出了几首大热的歌曲之后，就成了挺大一笔钱。我当时真是挥霍无度，她却把钱用来买房子了。死了以后，还把一半财产留给了我。"

"她可真大方。"吉恩评论道。

"要么给我，要么给我们的儿子。给儿子的那份，肯定早就糟蹋完了。她心里清楚极了，得给我留点钱，好把那小子保释出来。她不是瑞莉·霍尔[1]，我也没闯出什么更大的名堂。记着点吧，年轻的唐纳德。"

---

[1] 瑞莉·霍尔（Jerry Hall），美国名模、影星。英国著名摇滚乐队滚石乐队主唱米克·贾格尔（Mick Jagger）的前妻。2016年与传媒大亨默多克订婚。

　　我都记下了。乔治的建议非常清楚，我只需稍加总结，套用到我自己的状况上。如果我跟罗茜过不好，意味着我跟其他任何人都过不好。但如果我们的婚姻失败了，我肯定不会再次尝试。我选择的是罗茜，没有她，我就会选择一辈子单身，不要伴侣。或者有个孩子也行。

　　在路上我们花了2小时16分钟，比导航软件预估的时间晚了八分钟。

　　"你们来得正好，"劳伦（年龄大约45岁，体重指数23）说，"我一直在让它等着，等你们过来。它现在感到压力很大，我肯定不能再拖得更久了。这位是本。"

　　她指的是站在几米开外，穿着格子衬衫的男人（年龄约为40岁，体重指数30）。他走过来，和我们握了握手，施以这种场合适合的力度。他的手上全是汗，我察觉出了某种焦虑情绪。这刚好也给了我机会，演练安抚技巧。

　　"尽管难产可能会导致生育率短暂下降，但母亲的存活率可以接近100%，孩子的存活率也接近85%。"

　　本看上去放松了点。"还不算太差，"他说，"祝我好运吧。"

　　乔治看着那位母亲。"可怜的小母牛。"他说。


　　劳伦真是太出色了！专业人士在工作中的干练劲真是赏心悦目。她详细地解释了每一个步骤，也补充了很多信息，告诉我们其他可能的选择和步骤。乔治高举卤素灯，电源来自劳伦的汽车电池，而我在帮她调整小牛犊的位置。母牛被围在畜栏里，无法走开太远。

　　从审美角度看，这算不得什么愉快的工作，但解剖小白鼠的经历让我具备了必要的心理准备。同时，对于智力的刺激也足以让我超越感官的不快。这一切真是太有意思了！

　　吉恩上前和本搭话。戴夫则因为身体不适，回出租车上休息去了。

　　"很好，"劳伦说，"现在我们需要拖拉机。"

　　劳伦伸手进入母牛体内，她解释说是在把绳子绑到未出生的小牛犊脚上。乔治把卤素灯交给吉恩，开始安抚产妇，它不停地发出声响，仿佛是压力所致。

本把绳子的另一头系到拖拉机上，开始向外拉。在人类接生的过程中，会用产钳代替拖拉机。或者——在更多时候——会直接进行剖腹产手术。但无论如何，两者从解剖学层面上看，有大量的相似性，这样的三维观察经历无疑十分宝贵。

"可以了，唐。你得来帮我接住它。"幸运的是，这种"接住"的过程并不像接球那样对身体协调性有过高的要求——劳伦和我只需要在小牛犊出生时，承受住它的体重。尽管小家伙身上滑溜溜的，我们还是抱住了它，没让它摔到地上。它的一条腿角度有点怪，但已经可以顺利呼吸了。它的妈妈还保持着站立的姿势。

"腿断了，"劳伦说，"你打算怎么办？"

"你觉得呢？"本反问道。

"恐怕最好的办法就是把它处理掉，除非你想用手给它喂食。"

戴夫蹒跚着从出租车上走下来，"别开枪。实在不行我可以把它带回家。"

我的直觉告诉我，这是个绝妙的点子。戴夫和索尼娅的宝宝如果能和农场上的小动物生活在一起，免疫力就可以得到提升。但转念一想，我还是发现了不少问题，毕竟在纽约的公寓里饲养一只孱弱的小牛犊不是什么容易的事情。

本微笑道："谢谢你们了。不好意思，你叫什么来着？"

"戴夫。"

"那么，戴夫，请让我向你介绍小牛戴夫。它这条命是你给的。还有劳伦——还有你们所有人。我的妻子会喂养它，但她肯定每天都要骂你们。"

# 第二十四章
## 升级男孩之夜

乔治打了个电话，让司机取道另外一条路，把我们带到了白原市<sup>①</sup>的一家酒吧。已经是晚上10点35分了，我们还都饥肠辘辘。我身上的衣服是找农夫本借的，我自己的衣服因为接生小牛戴夫，全都湿透了。

"今天来点啤酒吧。"乔治说。他点了四份，我们几口喝光，乔治又多叫了些。

"告诉你们一个秘密，"他说，"照顾那头可怜的小母牛也算给我积了德。第一个孩子出生的时候，我没在场，今天就当是补偿了。"

"他妈妈是省着花钱的那个？"吉恩问。

"就是那个，那时候我还在巡演。"他顿了顿，"他们打电话到酒

————————————

① 白原市（White Plains），美国纽约州威斯特彻斯特县的县治，也是其经济、商业、文化中心，距离纽约市市区仅 40 公里，为富人居住区。

店，我正跟一个果儿①在一起。那会儿都那样。"

我感到震惊："你妻子为你生下儿子的时候，你正在和其他女人发生性关系？"

"你怎么知道是儿子？"

"你之前说过，网上也写了。"

"我他妈真是一点秘密都没有。当然，除了我刚才告诉你的那个。"

"我们都应该坦白点秘密，"吉恩说，"每人说一个。唐，给我们说一个你的秘密。"

"秘密？"操场事件爆发后的16周以来，我积累了无数秘密，但酒后吐真言似乎不是什么明智的选择。相反，乔治决定分享自己不道德的举动是在体现他对友谊的珍视。而我们每人分享一些自己不道德甚至违法的行为，听取他人的建议，是因为我们知道，我们的行为不会如乔治一般令人羞耻。这是很微妙的社交策略，我也需要更长的时间来分析。

"那就我先来，"吉恩说，"但你们也别再细问了，好吗？"

乔治带着我们做了一个滑稽的四手相握的动作。

"猜猜我睡过多少女人。"

"肯定比我少，"乔治说，"如果你仔细算过的话，肯定比我少。"

"比我多。"我说。

吉恩笑了："继续猜。"

我记得吉恩的地图，每个国家用一个图钉代表。考虑到有些女士来自同一国家，还有他近期的战果，我把数字上调了50%。

"36个。"

"差太多了。"吉恩喝了口啤酒，张开手掌，"五个。"

我惊呆了。吉恩在撒谎吗？这是个合理的假设，如果他现在没有撒

---

① 果儿，又称骨肉皮（groupie），指追求和明星发生关系（多为肉体关系）的女人。

谎，那他此前的一切表述都将是赤裸裸的谎言。也有可能他自知无法与乔治媲美，成为床伴最多的那个，就想努力成为最贞洁的那个。

戴夫似乎也惊呆了。震惊绝对是恰当的反应。"五个？"他重复，"我觉得，这——"

"——比你还少，对吧？"吉恩微笑着接过他的话。

"我绝对不会背叛我的妻子，但——"

只比我多四个！"那你们的开放式婚姻是怎么回事？还有地图呢？"

"所谓开放式婚姻，其实并没有真正践行过。头一个女人出了点问题，成天就像疯了一样。我那第一个老婆真是把我折腾惨了。"

"得不偿失，为了那点甜头就点灯熬油，不值得。"乔治总结道。

"反正在我这个岁数是不值得。"吉恩说。

"那地图又是怎么回事？"我又问了一遍。吉恩短暂地洗心革面，把它取下来之前，地图上插了24枚图钉，"那个冰岛女人是怎么回事？"

"我请客和女士们共进晚餐。如果她们同意跟我单独吃晚餐，在我看来就算是一次约会。如果女人没那个意思，她是不会跟一个已婚男人单独出去吃饭的。至于饭后的事，只要我愿意，肯定也是水到渠成。"

真是不可思议。吉恩的行为本身已经如同灾难一般，而谎言让他的行为显得更加令人发指。我明确指出了这一点。

"克劳迪娅把你拒之门外，是因为你承认跟冰岛女人发生了关系。可实际上，你只是请她吃了晚饭，对吧？"

"实际上，甩掉她也还真不容易。她有点——乔治，你那话怎么说来着？"

"不是瑞莉·霍尔？"

吉恩大笑起来。

我赶忙把讨论拉回正轨，"所以，如果你能跟克劳迪娅说实话，她就会重新接纳你，所有的问题就都迎刃而解了。"

"没有那么容易。"

"为什么？"

我们都看着吉恩，没有人说话，好像心理咨询师一样。我真希望单靠讲真话就能把罗茜的问题解决掉。

"如果我不是克劳迪娅想象中的那样，可能她就会对我毫无兴趣。这是我吸引她的原因。"

"她被你吸引，是因为你背叛她？"我有点疑惑，"所有的理论……你的那些理论——"

"女人们喜欢那些能吸引其他女人的男人。她们要时刻感受到，自己手里攥着别的女人也想要的男人。看看乔治，哪怕有那么多麻烦事，他还是又找了三个老婆。"

"我要是没那么多麻烦事，可能找一个老婆就够了。但唐说的也有道理——说实话也没什么损失。"

"是更深层次的问题。我们之间的问题发酵了太久，已经无法挽回。回想起来，应该是在尤金出生之后，我就开始了这个游戏。哪怕我没跟她们上床，但你把老婆晾在一边整整九年，还指望能回头，根本不可能。况且，我已经有其他人了。"

"谁？"

"你知道是谁。我的秘密说完了。"他转向戴夫，"你呢？"

戴夫看着吉恩："等下会跟你们细说，但这孩子不是我的。"

我们再次惊呆了，急速调整回心理咨询师模式，等着戴夫开口解释。

"我们去做人工授精时，我出了点问题。可能是体重闹的，可能也不是。但最后的结果就是，她的卵子和其他男人的小蝌蚪结合了。"

我认为小蝌蚪是指精子，而不是生殖器。

"现在我甚至怀疑，我每天工作到很晚，没有陪在她们身边——还有索尼娅抱怨我的一切——都是因为我不想在那个孩子身上浪费时间，因为他身上没有我的基因。我是说，潜意识里是这么想的。"他看着吉恩，"就跟你说的一样。"

"×，"吉恩骂道，"努力工作，多赚点钱，这有什么问题。"

"这有意思，"戴夫说，"在你没告诉我这些基因问题之前，我一直都害怕索尼娅会离开我。但现在我明白了，我愿意投入在孩子身上的精力，基本就相当于我投入在小牛戴夫身上的精力。如果她也发现了这一点，还怎么可能想和我在一起？"

吉恩笑了起来："对不起，我不是在笑你。这件事太复杂了。不过，相信我，索尼娅不会就这么离开你的。智人的伟大之处就在于，我们有头脑，可以控制我们的天性。如果我们主动这么做的话。"

我一直希望能从乔治、吉恩和戴夫身上得到点启示——确实得到了令人震惊的启示——让我都没有时间思考自己有什么秘密可以分享。幸好乔治救了我。

"唐那天晚上已经告诉我们了，他的婚姻出了点问题。有什么新进展吗？"

"我正在学习生育知识，还成了一个新课题的专家，研究婴儿对同性夫妻和异性夫妻依恋程度及其对催产素水平的影响。还有一个治疗师，在帮我记录进展。"

"你们的关系怎么样了？"乔治问。

"和罗茜？"

"就是和罗茜的关系。"

"没变化。但我还有机会把理论应用到实践上。"

搭出租车回家的路上，我们一片沉默。我的头脑里盘踞着两个念头：吉恩的谎言葬送了他的婚姻；说出真相也于事无补。

电梯停在我家的楼层，乔治问我要不要上楼一趟，说有点东西想给我看看。

"现在太晚了。"我说，尽管我怀疑自己根本睡不着。我喝的酒还不够平复体内因接生小牛戴夫而飙升的肾上腺素。而且床垫拿走之后，我一直睡得不太安稳。

"就几分钟。"他说。

"酒精会影响我的判断，最好早上再过来。"

"好吧，"乔治说，"看来我只能再打会儿鼓，让自己平静下来了。"

吉恩挡住电梯门，不让它关上。"乔治想跟你'一对一'地谈谈，"他说，"别在意我，替我喝一杯。"

我别无选择，只好跟乔治回了公寓。他倒了两大杯百富21年威士忌。

"这杯给你，"他说，"我说过了，我无意加入任何男性团体，但你一直组织着。要是没有你一直打电话过来，替我们把聚会放到每周的日程表里，我们可能也不会见面。"

"你是说我们应该解散这个组织？因为我是唯一的受益者？"

"正相反。我是说这种组织都得有个领头羊，否则就会分崩离析。要不是因为吉米先生，死国王可能30年前就解散了，我们肯定过得都不如现在好。"

我喝着威士忌，等着乔治传递更多信息，而他只是给我们的杯子里添满酒。我估计这第二杯能帮我解决睡眠问题——可能还有直立问题。

"还记得我说过我没有秘密吗？"他问。

我点点头。

"我撒谎了。我的儿子，就是出生时我不在身边的那个。他是个瘾君子，这不是什么秘密。真正的秘密是，这一切都是我的错，是我让他染上毒瘾的。他之前不喝酒，不抽烟，是个爵士鼓手。非常出色的鼓手。"

"你认为是你的教育失败，导致了他染上毒瘾？"

"他没有这样的基因，这我敢保证。"乔治花了好长时间才喝完手里的酒。我遵循心理咨询师守则，一直保持沉默。他又倒了一杯，"是我让他变成这样的，是我刺激他这么做的。我说他不敢尝试新鲜事物，不敢把握住自己的生活。吉恩肯定能解释我为什么这么做。"

"我以为这是个秘密，但你是想让我告诉吉恩吗？"

"不是。我是说如果你告诉了他，他一定会说，我这么做是想让我的儿子跟我一样堕落。都是潜意识，我猜，但也不完全是。"

乔治现在隐约承受着巨大的压力。我希望他不会要求我用手臂——或两条手臂——环抱住他，给他安慰。

"就这些了，"他说，"除了我跟他，你是唯一知道这个秘密的人。但他没说过半句反对我的话。"

"你需要谁来帮助你解决这个问题吗？"

"如果需要，我肯定会最先找到你的，但一切都太迟了。我只希望把这个秘密告诉头脑清醒的人，能一眼看到问题所在的人。如果有人要来评判我，我希望他是值得我尊敬的人。"他举起了酒杯，好像是在祝酒，接着喝光了杯里的酒。我依样做了一遍。

"咱们干一杯，"他说，"我欠你一份人情。有朝一日，你要是找到了戒掉毒瘾的办法，一定得先告诉我，再去拿诺贝尔奖。要是有人找我拉赞助，我的钱一定投给你。"

从乔治家回来，屋子里一片漆黑。我把湿衣服从垃圾袋里拿出来，刷了牙，看了看第二天的日程，脑子里冒出的念头，让我必须立刻采取行动。

吉恩已经睡着了，突然被弄醒让他很不高兴。

"我们得联系卡尔。"我说。

"怎么了？发生什么了？卡尔出事了吗？"

"有可能。他可能已经开始服用违禁药物了。因为他的精神出了问题。"

吉恩还在辩解，为什么不能告诉克劳迪娅真相，并没有什么说服力。很显然，就是这些谎言才让卡尔对吉恩充满恨意。青少年是高度脆弱的群体，这种由仇恨引起的压力，很可能导致更多精神和身体上的问题。拯救乔治的儿子虽然为时已晚，但我们现在可以拯救卡尔。

"对于你行为的不实假设会影响他的精神状态。你必须说实话。"

"早上再说吧。"

"现在是半夜2点14分，墨尔本时间下午5点14分，正是打电话的好时候。"

"我没穿衣服。"

这倒是实话。吉恩睡觉的时候只穿内衣，不算是什么健康的选择。我随即开始向他普及股癣的危害，却被打断了。

"咱们赶快弄吧，别把摄像头打开。"

卡尔卡隆已经上线。我联系上她，并请她叫上卡尔。我仍然选择了打字的方式。

向你致敬，卡尔。吉恩（你的父亲）想要和你说话。

不用了，谢谢。对不起，唐，我知道你只是想帮忙。

他要坦白一些事情。

他做的那些事，我一概不想听。晚安。

等等。他没有和一大堆女人上过床。那是个谎言。

什么？

我认为这是打开摄像头的最佳时机。卡尔的脸出现在屏幕上。他胡子拉碴，有点像斯蒂芬，看起来完全像是能干掉自己父亲的那种人。

"你说什么？"

我一拳打在吉恩的胳膊上，这应该是一个传统的信号，提示他该说话了。

"×，唐，轻点。"

"告诉卡尔那些信息。"

"呃，卡尔，你应该知道，我没和那些女人睡觉。我不过是在自吹自擂。别告诉克劳迪娅。"

沉默。接着是卡尔，"真是个窝囊废。"他说，取消了连线。

吉恩从浴缸边站起来，但他显然酒精摄入过量，径直跌倒在了我的脏衣服堆上。衣服上浸透了小牛的羊水，味道不会好闻。但吉恩似乎没有受到影响，从我坐在马桶上的角度看，这还方便他自己爬出来。

罗茜一定听到了吉恩跌进浴缸时的惨叫，打开了浴室兼办公室的门，一脸错愕地看着我们。这也难怪，吉恩正在努力爬出浴缸，而我又穿着奇装异服——农夫本的裤子码数太大了，我只能系条绳子，勉强穿着。当然，吉恩也只穿了内裤。

罗茜的视线迅速从吉恩身上移开，转向我。"晚上过得不错？"她问。

"相当完美。"我答道。给大型哺乳动物接生的经历是我们修复彼此关系的重要里程碑。

罗茜似乎无意继续对话，吉恩重新跌坐回浴缸里。

"对不起，"我向吉恩道歉，"我不应该把今晚说成是完美的。我们似乎并没有扭转卡尔的看法。"

"我觉得你说错了，"吉恩说，"他只是需要点时间想清楚。"

我起身，吉恩还在继续。

"唐，有一天你会有自己的孩子。你要知道，想要维护和他或她的关系，你要付出很多。"

"我当然知道。因此我才鼓励你付出最大的努力，修复和卡尔的关系。"

"如果有一天，你能想明白我这么做的原因，我真的希望能得到你的理解，即便你没法原谅我的行为。"

"你什么意思？"

"整个故事，卡尔只会信任你，其他人谁告诉他他都不会相信。"

"你怎么没去工作？"罗茜问我。现在是周一早上9点12分，她正在给自己做早饭，食材都很健康。唯一的原因可能是冰箱里只有孕期适用的食材。她的体形如同预期一般，发生了变化；很符合《孕期完全指导》中怀孕五个月孕妇的图像。我凝望着她——世界上最美女人的变异体。这感觉就好像是在听我最爱的歌，不过是个新版本。猫女魔力版本的《满意》。

"我把今天的日程都空出来了，陪你去参加第二次超声波检测。"我说。我之前并没有对她说起过这件事，这样就能把我出席的影响力提升至最高水平。大惊喜。

"我没跟你说过任何超声波检查的事。"罗茜说。

"你不再去测一次了？"

"我上周去过了。"

"提前去了？"

"正好第22周。你这两个月一直反复强调这一点。"

"没错。但上周是第21周，前后还差几天。"此前，我们已经达成共识，检查一定要安排在妊娠第22周，一天也不能差。

"×，"罗茜骂了起来，"我让你来时你不来，现在我不让你来了，你却空了一天。"她转过身，往壶里接满水，"你根本不是真的想来陪我，对吗，唐？上一次你就没来。"

"那是一次误差，我现在想要修正它。"

"为什么？"

"依照常规，男人是应该陪同妻子参加超声波检测的，但我之前不知道这一点。真对不起，我犯下了这样的错误。"

"我不想你只是因为常理如此才陪我一起去。"

"你不想我去？"

罗茜把热水浇到一个写着"草本"的茶包上（实际上，那根本不是草本茶包，而是水果茶，不含咖啡因）。

"唐，我们的看法完全相反。这不是你的错，你只是对这些没兴趣，对吧？"

"不对。人类的繁殖过程实际上非常有趣。因为你怀孕了，才鼓励我学习更多知识——"

"你知道吗，小家伙怎么踢腿，怎么动，我都能从屏幕上看到。我躺在床上，也能感受到他。"

"太棒了，一般从第18周开始，就可以感受到胎儿的运动。"

"我知道，"她说，"他长在我的肚子里。"

我用脑子记下，要把这一点写到第18周的墙砖上。吉恩摔倒在浴缸里，也弄花了我之前画的一些内容，最近几周的墙砖逃过了一劫。罗茜看着我，好像在等我说点什么。

"一切都按照计划进行，这是很好的征兆，超声波检测也能确认这一点。"这还是我的假设，"一切都在按计划进行，对吧？"

"谢谢你关心我，一切都在按计划进行。"她抿了一口果茶，"你知道吗，现在他们可以判断他的性别了。"她说。

"也有例外，这主要取决于位置。"

"他们说位置没问题。"

我突然有了主意："你想不想去自然历史博物馆？工作日人会少些。"

"不用了，谢谢。我打算看看书，你自己去吧。你想知道我们的孩子是男是女吗？"

到了这个时候，这种信息可以说毫无用处，至多是在购买有性别差异的商品时起到指导作用。但这在罗茜看来，也有性别歧视之嫌。不过我妈妈确实已经问过我，该买什么颜色的袜子。

"不想。"我说。比起其他人，我更擅长解读罗茜的表情，这是反复练习的结果。我从她的身上感受到了某种有点像悲伤，又有点像失望的情绪——总之，一定是负面情绪无疑，"我改变主意了。我想知道，男孩还是女孩？"

"我不知道。他们说可以告诉我，但我不想知道。"

这是罗茜给自己的惊喜，也帮我省去了袜子问题。

我在浴室兼办公室收好背包。出门之前，罗茜叫住了我，拉过我的手，放在她明显胀大的肚子上："快摸摸，他在踢我。"

我感受到了，确实如此。我已经很久没有碰过罗茜了，大脑立刻传递出信号，让我去买杯三倍浓缩的意式咖啡还有蓝莓麦芬。遗憾的是，这两样东西现在都在禁食清单上。

# 第二十五章
## 早餐约会

　　罗茜终于完成了博士论文。按照传统的庆祝方式，我在一家高级餐厅预订了两人桌，并反复确认餐厅可以提供适合孕妇的食物。在罗茜的要求下，我把庆祝时间推后，让她可以专心准备皮肤科考试，考试时间在当天下午。

　　第二次超声波误会之后，我们的关系并没有重大进展。上周六，我完成了第26块墙砖的绘制——实际上用了相邻的两块墙砖，一块墙砖已经装不下嫩芽儿了。

　　我不再陪伴罗茜走到地铁站了。天气转凉，我开始慢跑往返哥伦比亚，途中穿过哈德逊河公园。我们也不再做爱。20岁头几年，我曾和几个同学合租过一套房子。我和罗茜现在的生活状态跟那时候差不多。

　　吉恩和我到家时，罗茜已经回来，待在书房兼卧室里。"两位今天过得怎么样？"她高声问我们。

　　"很有意思。"我在客厅里高叫着回应，手里忙着把啤酒桶的检查罩取下来，检查系统，顺便取两份样品检测口味，"英奇在17B组中发现了重要的数据异常。"考虑到罗茜对于女同性恋母亲计划的早期反应，还有吉恩的提示，不要涉足罗茜的"领地"，我认为最安全的汇报方式，就是只提及小鼠肝脏研究，"她用了威尔科克森符号秩检验——等一下再跟你细说——我在检查啤酒。"

吉恩趁机转移了话题："考试怎么样？"

"我的整个记忆系统就他妈跟个筛子一样。明明看过的东西，就是记不住。"

我盛了满满两品脱啤酒，给了吉恩一杯。整个制冷系统都在完美运转，乔治到底什么时候才能明白，他根本不需要雇我看着这些酒。

我可以再次开口说话了："这一研究反映出我们之前没有考虑到的——"

"我们在说罗茜考试的事情。"吉恩打断我。我赶快调整了思路，投入考试的对话之中，完全没有提醒他们之前有关小鼠实验结果的讨论尚未结束。

"认知功能损伤是怀孕导致的常见不良反应。你应该要求校方给予特殊考虑。"

"因为怀孕？"

"没错。科学界已明确证实了这一点。"

"不要。"

"这是不理智的选择，当然不理智也是孕期的不良反应之一。"

"我只是度过了糟糕的一天，好吗？考试也许能通过。都忘了吧。"

人们无法通过指令来忘记某些事情。下达这种忘记的指令就好像强行让你不去想粉色的大象，或是不去买某种食物一样。

怀孕期间认知能力下降是否具备进化价值？是否反映了繁殖过程中某些资源的转移？后者看似更为合理。这让我想起了吉恩，他总会说一些客套的安心话，就好像讲师为了避开学生，在考试到公布成绩之间的日子里会说的那种话。我给出了自己的结论。

"如果你考试没有通过，很可能会生下一个高品质的宝宝。"

"什么？唐，赶快换衣服，我们要去吃晚饭了。"

罗茜回到书房兼卧室，应该是去换晚餐的服装。吉恩却仍然沉浸在中断模式中。我怀疑他喝了太多咖啡，或是受到了太多与英奇相关的刺激。

他喊着对罗茜说："想想论文吧，考试就那么一下子，论文可是花了你六年时间。再告诉你一个好消息，你的论文一定会顺利通过的，最多再有些小调整。咱们虽然在理念上不太相合，但你这是实实在在的学科贡献，你应该为自己感到骄傲。我确实让你不太好过，但这都是为了让你诚实地对待自我。今天晚上好好庆祝一下，玩得开心点。"

"你不来吗？"罗茜喊着问道。

"我吃块比萨就行了。"

我说："我以为你要和英奇一起吃晚餐。"

"也不用每个晚上都在一起，还没到那一步。"

"我以为你会一起来，你可是我论文里重要的一分子。"罗茜说。

"不了，你们自己去吧。"

"说真的，我想让你一起来。我真的希望你能一起来，求你了。"

罗茜给我出了一个难题——从未预想到的难题。她一直在抱怨吉恩是个不称职的导师、惹人厌的房客，甚至是个人渣。所以我从未想过她会邀请吉恩参与庆祝活动，用她自己的话来说，是祝贺她"终于摆脱了那个浑蛋"的庆祝活动。那家餐厅是城里最热门的餐厅，而我只订了两个人的位子。我把这一情况讲给她听，当然没有提到她对于吉恩的那些负面评论，而罗茜仍然坚持要吉恩一起来。

"扯淡，他们再加把椅子就行了，肯定不会把我们拒之门外。"

基于早些时候与餐厅职员的对话，我怀疑罗茜的第二条假设，即"拒之门外"才是更有可能发生的情况。

餐厅在上东区，步行就可以过去，但在最后20个街区，吉恩和罗茜似乎走得很艰难。他们俩都需要增强锻炼了。我曾建议罗茜，论文和考试都结束了，正好把空下来的时间用来锻炼。

餐厅门口站着一位迎宾人员，我按照传统方式，和她开始了对话。"晚上好，我有预订，名字是蒂尔曼。"

她却好像听到我说 "我们在这家餐厅检测出黑死病"一样，迅速走开了。

"她怎么了？"罗茜问，"你穿了外套啊。"我确实穿了外套，尽管餐厅并没有正式的着装要求。我意识到，她想起了我们第一次共进晚餐的事。那家餐厅对于"外套"的规定模糊不清，还因此把我拒之门外，引发了一连串的连锁反应，并最终让我和罗茜走到了一起。自那以后，我的生活发生了翻天覆地的变化。

黑死病女人回来了，还有一位身穿正式套装的人士，我猜是领班经理。

"蒂尔曼教授，欢迎您，我们都在期待您的到来。"

"当然，我预约过了。就是今天，没有问题。"

"是的，您预约的是两人位，对吧？"

"没错，之前是两人，现在是三个人。"

"今天餐厅非常满。据我所知，大厨也费了很大心思，来满足您特殊的饮食需求。"

非常满这种说法又是在修饰绝对值，幸好我的爸爸不在。但这个时候不让吉恩进去显然是非常失礼的行为，他已经走到了餐厅门口。我转身就走。"我们换别的地方吧。"我对领班经理说。

"别，天哪，千万别，我们会想办法的。请稍微等一下。"

一对男女来到餐厅门口，吸引了他的注意。"我预订了8点钟的两人位。"男人说。现在已经是晚上8点34分了。

他们没有告诉领班经理预订的名字，但显然他认出了他们，在名单上做了标记。我又看了一眼。竟是那个聒噪女人！我丢了兼职工作那天晚上遇到的女人！

她绝对是怀孕了。在我看来，她还没喝醉。我的判断果然没错，我牺牲了自己的工作，保护了她的孩子免受胎儿酒精综合征的危害。

她的同伴对她说："这里的松露布里干酪简直能让你去死。"

去死。他的用词很可能一语成谶，我别无选择，只能介入其中，"未经高温消毒的芝士很有可能含有李斯特菌，会威胁胎儿的健康。第二次了。"

她看了我一眼："是你！那个鸡尾酒纳粹！你他妈在这儿干吗？"

答案显而易见，而我又没办法回答他，因为领班经理打断了我。

"实际上，我们今晚推出了一份特殊的精选套餐。我们的一位顾客提出了一些特殊的餐饮需求，所以大厨决定为整个餐厅提供特别餐食。"他用一种古怪的神色看着我，一字一顿地说，"才能让他保持理智。"

"那松露布里干酪还有吗？龙虾刺身呢？"聒噪女人问道。

"今晚，我们会用本地出产的手工羊奶酪代替布里干酪；缅因龙虾会和肉汁一起烹调，提升——"

"算了吧。"

"女士，我可能有些冒昧，但今晚的菜单可能更适合您的……状况。"领班经理说。

"我的状况？去你的吧。"她拉上同伴，向门口走去，"我们去丹尼尔餐厅。"

我已经两次拯救了这女人的孩子，至少又给了他一次健康成长的机会。我只希望丹尼尔餐厅能认识到孕期食物中毒的风险。

罗茜笑出了声，吉恩在一旁频频摇头。但至少解决了我们的问题。

"你们现在空出了两人位，"我对领班经理说，"还减轻了餐厅拥挤问题。"

我们被引到窗边的位子上。

"餐厅会保证所有的食物都按照最严格的饮食指南制作，确保不会影响发育中的婴儿，让营养完美均衡。还有绝佳的口味。"

"他们是怎么做到的？"罗茜问，"大厨们可不懂这些东西，至少不像你，了解到……每一个细节。"

"这里的大厨懂。至少现在懂了。"我打了两个小时零八分钟电话跟他们解释，后续又跟进通话了几次。吉恩和罗茜都认为这太可笑了。接着，吉恩举起一杯香槟，庆祝罗茜的成就。我和罗茜，根据常理，分别举起了香槟和矿泉水。

"敬未来的贾曼博士。"吉恩说。

"是医生贾曼博士，"我纠正道，"等你完成医学博士项目，就能有两个博士头衔了。"

"既然说到这儿，"罗茜继续道，"我有件事要告诉你。我准备延期了。"

终于！她选择了理智。"正确的选择。"我说。

食物到了。

"维生素A，"我说，"小牛的肝脏里富含维生素A。"

"你真的认为我完全放弃了鱼素饮食，对吧？"罗茜问道。

"如果你想把对环境的影响降到最低，就要吃掉整只动物，"我说，"而且味道很不错。"

罗茜咬了一口："还不错，好吧，很好吃。很美味。无论如何，我再也不会说你对食物不敏感了。"

豆基低糖花色小饼和脱因咖啡送到之后，我示意侍者结账——请帮我买单——吉恩继续与罗茜讨论下一步的计划。

"全职在家带孩子？你不会被逼疯吗？"

"我会找份兼职工作，保证我们能自给自足。现在有几种选择。我可能会回家待一阵子。回澳大利亚。"

句子里的几处矛盾引起了我的注意。保证我们能自给自足。我可能会回家。我希望罗茜只是单纯地犯了语法错误，但这种希望很快就破灭了，因为我突然意识到，这里的"我们"指的是她和嫩芽儿。如果"我们"指的是我和罗茜，或者是我和罗茜，还有嫩芽儿，我们的收入完全可以自给自足，不需要她出去工作。她也没有跟我商量过回家的事。巨大的震惊感冲击着我。侍者拿来账单，我机械地把信用卡放在上面。

罗茜深吸一口气，看着吉恩，接着看向我们俩："我还有另外一件事想要告诉你们。秘密根本是藏不住的，我是说——住在同一屋檐下，很难有秘密……"

她停了下来，因为吉恩站了起来，朝侍者挥了挥手。侍者正向我们走过来，手里的银色托盘上放着我的信用卡。我算了算消费金额，准备签单，吉恩却一把抢走了托盘。

"你准备给多少小费？"他问。

"18%。是人们推荐的额度。"

"说得好，所以才有这些古怪的零头。"

"没错。"

吉恩划掉了我的字迹，重新写了什么。

罗茜继续道："我真的要说——"

吉恩再次打断她："我觉得今晚我们给餐厅添了不少麻烦。他们让我们度过了这么一个特殊，又有点疯狂的夜晚。"他举起咖啡杯。我从未见过有人用咖啡敬酒，但我还是复制了他的动作。罗茜没有举起杯子。

"敬唐，感谢你为今晚付出了那么多心血，也感谢你为我们所有人的生活里都加了点疯狂。"他停了停，罗茜缓缓举起杯子，轻轻磕了磕我和吉恩的杯子。没有人说话。

我们离开餐厅的时候，被一片闪光灯包围了。一群人——一大群摄影师——对着罗茜一通猛拍！

很快，他们就叫道："不是她，拍错了，几位对不起了。"我们打车回家，进了各自的卧室。

# 第二十六章
# 婚姻告急

第二天晚上，吉恩对我的分析表示了认同，罗茜的确是在计划结束我们的婚姻。

"昨天晚上在餐厅，她回想起你们当初为什么在一起，有点动摇了。但这不是问题的关键所在。"

"同意。问题不在于我是否适合成为她的伴侣，而在于我是否适合成为一名父亲。"

"你恐怕说对了。克劳迪娅总说伴侣和父亲的身份不可分割，但罗茜似乎就是分开来看的。"

罗茜已经睡了。但就是她，在鼓励我不断突破极限，也是因为她，我的人生才会发生超越想象的转变。因此，我才能和我最好的朋友坐在曼哈顿一栋公寓楼的阳台上，看着哈德逊河那头，闪耀着新泽西的万家灯火，屋子里还有世界上最美丽的女人和我未出世的孩子。但这所有美好的一切都危在旦夕，我即将一无所有。

"问题在于，"吉恩继续道，"罗茜明白，你身上吸引她的特质，恰恰使你……很难……成为一名合格的父亲。在伴侣选择上，她可能愿意冒险，但没有哪个女人会把自己的孩子暴露于风险之中。总之，解决问题的关键在于，你得让她相信你是个……正常人，能当好孩子的父亲。"

他的分析很有道理，但解决方法仍然只有一个，继续努力学好为人父的技巧。

我对于妇产科学的研究，还有接生小牛戴夫，参与到女同性恋母亲项目的经历让我进步神速，但这些新技巧还无法展示给罗茜，因为孩子尚未出生，我空有一身技能却无处施展。其他的行动，比如定制婴儿车，显然造成了不良影响，这是我没有预料到的。

我希望孩子的出生能让情况向好的一面发展，但我眼下的挑战是，如何在孕期的最后14周不让罗茜对我产生排斥。一次疏忽造成的误差引起了那么多连锁反应，而我又很难保证不再犯下类似错误，所以创造一个缓冲区十分必要。

我需要专家的帮助，共同设计出最优解决方案。


戴夫一脸惊异。

"你和罗茜？你是在开玩笑吧。我知道你们现在有点问题，但总比我和索尼娅的情况要好些吧。"

"对她来说，孩子比我们的关系更重要，因此会导致婚姻失败。"

乔治却笑了起来。

"对不起，我不是在笑话你，但欢迎你回到真实的世界。你们的婚姻完蛋了，但她的行为跟别的女人真是没什么两样。这就是她们女人的基因，对吧，吉恩小精灵？"

"女人们的天性就是以孩子为重，这种常识可不能为我赢来诺贝尔奖。但唐本身也是有问题的。"吉恩看着我，"首先，他没有陪她去做超声波检测。"

"×，"戴夫说，"我是个从不请假的人，但为了那个检测，我特意请了假。你真是错过了重要的东西，唐。"

"可是我也看到照片了。"我在为自己辩解，我知道我已经搞砸了一切。

"那不一样。我们能看见孩子在屏幕上动来动去——我是说——经历了这么多，终于等来了这个小生命。"戴夫似乎很是动容。

乔治从桌子下面取出一瓶酒，我拿出开瓶器。棒球赛季早已结束，我们转战格林威治村的阿图罗比萨店。乔治丰厚的小费让我们可以藐视一切规则，在比萨店享受贵得离谱的托斯卡纳红酒，尽管他声称自己更喜欢英式艾尔酒。对话的中断也让我有了些思考的时间。

吉恩尝了尝酒。

"你觉得怎么样？"乔治问。

"酒吗？算是我尝过的最好喝的10种酒之一。我正跟三个家伙在比萨店，怎么也不该点戴沃罗[①]。但至于唐和罗茜……"

吉恩轻摇着酒杯，红酒在里面打着转。杯子太小了，品尝这种高端的红酒显然不够用。

"我觉得没必要跟唐拐弯抹角，罗茜就是觉得他不是当爸爸的材料。罗茜来自单亲家庭，对她来说这简直就是陷入了重复构型，甚至可能让她觉得自己命该如此。"

吉恩的洞察对我并没有什么实际意义，我又无法改变过去。

戴夫则一言不发，默默地吃着他的比萨。

"我一直努力想把冰箱生意经营得好些，但这就好像打棒球一样，"他出了声，"我能做的就是每天尽量不出岔子，然后等着结果出来。同时

———————————
① 戴沃罗（Diavolo），产自意大利的高级红酒。

还希望索尼娅不要放弃我。而唐能做的，就是自己做到最好，祈祷罗茜能回心转意。"

戴夫说得没错。我要尽最大的努力，尽己所能，成为最好的父亲。尽管罗茜还不知道，但我已经迈出了第一步，我已经成功地和孩子形成了互动，还提升了他的催产素水平。但我还得再加把劲。

包括我的新朋友乔治在内，有42.8%的朋友已经对于我的危机给出了建议。我把他们的看法总结为两条：问题确实存在和别放弃。

我决定不给埃斯勒夫妇打电话，因为我不想让他们和罗茜、吉恩、乔治、戴夫、索尼娅和斯蒂芬——那个斯蒂芬！——一样，注意到我和罗茜之间出现了问题。

剩下的就是克劳迪娅。世界上最好的心理学家。

这一次，我在Skype上联系她时，她决定使用语音而不是文字。我不知道是什么在左右着她的偏好，但语音通话的便捷性让我用了不到一个小时就把问题阐述完了。

我的话音刚落，克劳迪娅就给出了她的分析："她想要找到最完美的爱。她失去过爱，就把它理想化了，可她并不知道爱永远不会是完美的。"

"太抽象了。"

"她的妈妈在她10岁时去世了。但哪怕是她妈妈——她妈妈的爱——也不会是完美的，而罗茜却永远没机会了解到这一点。之后，她想要找到完美的父亲，而这个人是不存在的。所以，她又集中精力想要找到完美的丈夫。"

"我不是完美的。"我说。

"你是完美的，从你自己的角度来看。你比我们任何人都更相信爱，在你眼中没有灰色地带。"

"你是说我无法处理连续性的概念，我的脑子里只存在布尔值①？"

"你永远不会背叛罗茜，对吧？"

"当然不会。"

"为什么？"

"因为这样做不对。"我突然意识到自己的话并不严谨，"当然，除非你们是开放式婚姻。"

"我们不用说到那么远，唐，我们只谈你和罗茜。但在某一个时间点，罗茜会发现你不过是个普通人。你会忘记纪念日，你也不知道她在想什么。"

"我会忘记某个日期，这不太可能，但读心术确实不是我最擅长的技能。"

"所以她现在要继续寻找完美的爱了。"

"重复构型。"我总结道。

"你这是听谁说的？先不用回答，这很符合现在的情况。听你刚才的话，她没有把你看作完美之爱的一部分。如果只有你们两个人，做你自己可以让你们的关系十分融洽，但如果有了孩子，就不会那么融洽了。当然这都是在她看来。"

"因为我不是一个普通的父亲。"

"也许吧。但仅仅是普通或许还不够。父亲给他留下的印象是那种会引起很多麻烦的人。她跟她自己的父亲关系不太好，对吧？"

"她跟菲尔的矛盾已经解决了，现在是朋友。"尽管我嘴上这么说，但我还是不由得想起了吉恩有关童年问题的洞察。

"这改变不了过去，也改变不了她的潜意识。"

---

① 布尔值（Boolean），Java 编程语言中的关键字，只有 true 和 false（真和假）两个值，通常被用在流程控制中作为判断条件。

"那我该做点什么?"

"这通常是最困难的部分。"这难免让我得出结论,心理学研究者们应该多花点精力在解决问题上,"继续练习怎么当好父亲,试着和罗茜谈谈。但别用我说的那些词。"

"不用你说的词?那我要怎么讨论?"这就好像让我解释遗传学,却不能提及DNA一样。

"你问得很好。还是继续努力吧,让她知道你愿意承担这份责任。"

问题确实存在。别放弃。

"还有,唐。"

我等着克劳迪娅说完。

"我希望你别告诉吉恩,我正在和别人交往。我交了一个新的男朋友。你也不用再考虑怎么撮合我和吉恩复合了。"

我们的对话似乎已经告一段落,我中断了通话。克劳迪娅显然还有话要说,给我发了两条信息。

祝你好运,唐。你的转变是我们最大的惊喜。

接着又是一条:最近出现在我生命中的男人你也认识。西蒙·勒菲弗尔——医学研究所所长。


女同性恋母亲项目的数据采集工作已经完成,我开始审阅论文初稿。在我的要求下,乐于助人的护士B3把原始数据发给了我,我开始独立分析这些数据。分析结果令人振奋,绝对是对这一领域做出了有益贡献。论文还有许多可以调整的地方,我把建议发给了B2,她并没有回应。但B1要求和院长开个会,院长要我一起参加。

"唐建议我们把早期数据也加进去,但那时候我们的设计方案还没有最终确定,这会误导读者。"

"这些数据是最有意思的,"我说,"它反映出无论哪位母亲都无法通过玩耍使婴儿体内的催产素水平上升。"

"那是因为最早的玩耍模式是以男性为基础设计的，女性看护人感觉很不舒服。孩子们也能感受到这一点。所以我们才进行了调整，使其更适合女性。"

"调整后的模式更适合归入拥抱的范围。"我说。

"你又没有亲眼见到，你根本不在现场。"

她说的第二点确实是事实。因为我无法接收日程安排的电邮，我联系了技术人员，除了多次跟进调查和升级之外，我的问题并未得到解决。幸好B3找到了更为高效的解决方式。

"我看了录像。"

"谁——"

"这重要吗？"戴维反问道，"唐当然有资格看这些录像。"

"但他没资格定义什么是玩耍，什么是拥抱。"

"同意，"我说，"所以我把视频发给了专家让他们判断。"

"谁？你把视频发给了谁？"

"当然是最早开始这个项目的以色列研究人员。他们确认，调整后的模式应该被定义为拥抱。所以，你们的结论应该是，次要看护人如果是一名女性，婴儿体内的催产素水平会因为她的拥抱而升高，玩耍不会造成催产素水平变化。这一结果显然与男性次要看护人的互动结果有着很大区别。所以我才觉得有意思。"

B1似乎并没有理解我的意思。她猛地站起来，脸上的表情经我判断，应该是愤怒。我赶忙澄清道："因此这一结果十分值得发表。我在Skype上联系的研究员也对这一结果非常有兴趣。"

"唐的做法完全是不道德的，"B1说，"把我们的实验结果给别的研究员。"

"更像是天真，而不是不道德。这里是哥伦比亚医学院，我们是开放的，乐于和全球的研究员合作。我们支持唐的做法。"

B1离开之后，院长赞赏了我坚持不懈的态度："她们想把你踢出去，唐。换作别的研究员，可能早就甩手不干了。不畏拒绝给了我们一个好结果。"

天气转冷，在12月初倒是正常。嫩芽儿的画像如今已要占据四块墙砖了。第29周的时候，在纽约医药服务的协助下，他就可能在这个世界上活下来了。

我们的婚姻还在合住的模式下挣扎着。

罗茜邀请了学习小组的成员来到家里，在考试前庆祝课程结束，还有她的延期。

"我可能是最后一次见到这些人了，"她说，"我们之间没什么共同点——大多数人都比我年轻。"

"只年轻个几岁。他们也都是成年人了。"

"只？他们还不用想生孩子什么的。总之，如果你和吉恩想和戴夫出去——"

"我们昨天已经见过面了。索尼娅已经批评过戴夫不够关心她，而且戴夫还有一些案头工作要做。吉恩要和英奇约会。"

"约会。"

"没错。"换成更为准确的词似乎并没有什么必要。吉恩承认他爱上了英奇，乔治认为年龄不是问题，而戴夫也没有什么异议。吉恩的签证可以让他在学术休假结束之后，留在美国享受一个月的假期，他计划利用这段时间在纽约找个固定工作。

"乔治呢？"罗茜还没见过乔治。

坚持给出不同的选项会导致某种难以避免的结论。这是我从女同性恋母亲项目中学到的。

“你不想我在家里？”

“这是我的学习小组。”

“这也是我的公寓。学习小组会议可以算是个社交场合，我是你的伴侣。其他人会带伴侣一起来吗？”

“也许吧。”

“太好了。那我现在确定参加此次活动。”

院长一定会对我刮目相看。

# 第二十七章
## 挽回罗茜

吉恩指导我如何办好一次聚会。

"音乐声要大，光线调暗，吃的多放盐，酒水管够。穿干净的衬衫跟牛仔裤，鞋子就穿你接生小牛戴夫时的那双，如果你刷过了的话。别把衬衫掖裤子里，不用刮胡子。握手，上酒，别让罗茜感觉尴尬就行。"

"你为什么觉得我会让罗茜感觉尴尬？"

"我有经验，她也这么跟我说过。虽然没细谈，但她还是希望我不去跟英奇约会，把你弄走。但这次我感觉不错，成功概率很大。"

"概率很大？你打算和英奇发生关系？"

"信不信由你，我们现在还保持着纯洁的男女关系。但我专业的直觉告诉我，今晚一定能成。"

我为聚会做好计划，到家之后，罗茜确认一切都在按照我的计划顺利进行。

"那些酒怎么回事？"她问，"我今天签收了五箱酒。我们可经不起这么挥霍。"

"买得多可以免运费，还有折扣价。而且按照以往的经验，嫩芽儿出生之后，你肯定又会开始痛饮。"

"我已经让大家带酒过来了，我们还只是学生。"

"但我不是。"我说。

"还有，唐，别忘了我打算搬回澳大利亚，孩子出生前就回去。这些酒我应该也喝不到了。"

我把每周与母亲通话的时间提前了30分钟以适应聚会的时间，我也决定先不对她说实话，免得她徒增痛苦的情绪。

"车子到了吗？"母亲问。

这我说了实话："周四就到了。"

"你应该打个电话过来。你爸爸兴奋极了。邮寄车子也花了不少钱，天知道他在这上面花了多少心思。他还跟韩国人联系过——韩国人——大半夜的，然后就送来了几个盒子，他还签了一大堆专利协议和保密协议。你知道你爸爸的——他把协议里的每个字都看了。接着就是没日没夜地干活，特雷弗自己看店看了好几周……我觉得你应该跟他说两句。"她转过身大喊，"吉姆，唐纳德在线上。"

父亲的脸代替了母亲出现在屏幕上。"是你想要的样子吗？"他问。

"太棒了，真是完美，难以置信。我已经测试过了，可以满足一切要求。"这一点也是实话。

"罗茜觉得怎么样？"母亲的声音传了过来。

"特别满意。她觉得爸爸是世界上最伟大的发明家。"

这不是实话。婴儿床现在正塞在吉恩的柜子里，还没有拿给罗茜看过。婴儿车事件之后，我认为她极有可能拒绝接受父亲最优秀的作品。

首先来到学习小组庆祝会的是一对夫妻，我出席的决定果然是对的。罗茜把他们介绍给我。

"乔希，丽贝卡，唐。"

我伸出手，他们握住。"我是罗茜的伴侣，"我介绍了自己，"想喝点什么？"

"我们带了点啤酒。"乔希说。

"冰箱里有凉的啤酒，可以先喝着。等你的酒放到了最佳饮用温度，我们再喝你的。"

"谢了，但这是英国啤酒。我在伦敦的一家酒吧干了六个月，对啤酒还是有点研究的。"

"我们有六桶货真价实的艾尔酒。"

他笑了起来："你一定是在开玩笑。"

我带他来到冷藏室，装了一品脱克劳奇山谷啤酒厂出品的金质啤酒。丽贝卡也一起到了冷藏室，我问她想来点啤酒还是鸡尾酒。社交礼仪大同小异，我已经能从容应对。我帮她调了一杯8区鸡尾酒，还秀了段花式摇酒。

其他的客人也陆续到了。我根据不同的需求，为他们调制了不同的鸡尾酒。同时供应的还有盐津帕德隆辣椒①和日本青豆。罗茜关掉我选择的音乐，换上了一张更时髦的唱片。屋子里的噪声指数在高位运行，灯光昏暗，酒水充足。大家似乎都乐在其中。吉恩的建议奏效了。到目前为止，还没有任何迹象表明，我让任何人感到尴尬。

晚上11点07分，有人敲门，是乔治。他一手拎了瓶红酒，一手提了把吉他。

"报复，是吧？让老头子睡不了安稳觉。我能加入你们吗？"

---

① 帕德隆辣椒（Padrón pepper），产自西班牙的辣椒品种，通常用橄榄油煎制后，撒粗盐食用。口感鲜嫩，并无辣味。

乔治才是真正的房东，不让他进来似乎不是个好主意。我把他介绍给大家，接过他的酒，为他调制一杯鸡尾酒。待我端了他的马天尼回来，所有的宾客都已落座，乔治开始弹唱。大灾难！他那些20世纪60年代的音乐和刚刚罗茜换掉的音乐基本如出一辙。我担心乔治的表演可能也无法得到年轻人的认可。

但我想错了。我还没想出法子，怎么让乔治收声，罗茜的客人们就已经拍起了手，跟着他唱了起来。我则一直在帮着大家添酒。

乔治还在表演，吉恩回了家。屋子里满是年轻人，有相当一部分是独自前来的女性，还喝了不少酒。我又开始担心吉恩会行为不端，但他竟直接回了卧室。我猜他的力比多已经得到发泄了吧。


聚会于半夜2点35分结束。最后离开的是一位女士，自我介绍为梅，年龄大约24岁，体重指数约为20。我们在啤酒冷藏室聊了一会儿，那时我正在为她最后一杯鸡尾酒选择预调酒。

"你跟我们想的完全不一样，"她说，"说实话，我们都以为你是个极客。"

这是一次里程碑式的对话。至少在今晚这个限定领域的社交场合里，我已经成功地让一个很酷的年轻人还有她的同学们，在已经形成偏见的不利形势下，相信我是个具备正常社交能力的人。但我也很想知道，他们为什么会形成如此的偏见。

"你们为什么会认为我是个极客？"

"我们觉得——怎么说呢，你和罗茜在一起，她可是地球上唯一一个同时攻读两个博士学位的人。她说话的方式，还有对所有社交场合的排斥……她给人的感觉就好像，没错，我要生孩子了，但我得先把数据弄完。所以我们认为她的伴侣肯定也和她一样。但我们今天看到你本人、你们的公寓、鸡尾酒、你做音乐的朋友，还有这件复古衬衫。"

她抿了一口鸡尾酒。

"这一切都太棒了。有件事情不知道该不该问，她做临床的问题解决了吗？"

"临床？"

"对不起，我不该多嘴的。但我们之前讨论过，想帮她一把。她显然是把怀孕当成了逃避的手段。"

"逃避什么？"

"临床实习的那一年，她想要做精神分析，但如果明年可以想办法躲过去，她以后就再也不用直接接触患者了。我知道她小时候经历过创伤——是车祸还是什么，急诊把她吓坏了。"

妈妈丧命，菲尔重伤的时候，小罗茜就在车上。面对他人的伤痛很自然地会刺激她回忆起那些创伤往事。但她从未和我说过这些。

聚会后的周一早上，英奇急切地要求与我见面，要请我喝咖啡。"我想和你谈谈我个人的事情。"她说。

我不明白，为什么在谈论个人或社交话题时，人们总要选择咖啡馆，还得有饮料作陪；而讨论研究课题时，既可以选择办公室又可以选择咖啡馆。我们似乎得换个地点，再买杯咖啡，才能开启对话。

"你对吉恩的判断是对的，我应该听你的。"

"他想要勾引你？"

"比这还糟。他说他爱上我了。"

"这种感情不是双向的？"

"当然不是。他比我爸爸都老。我一直把他当作导师，也以为他只是把我当学生。我从来没给过他任何暗示……我真是没办法相信，他竟然产生了这么大的误会。我没法相信，我自己也错得那么离谱。"

晚上，我敲了敲罗茜的房门，走了进去。我以为她在用电脑做作业，却发现她正躺在床垫上，周围一本书都没有。在这样一个无法分神的环境里，恰好可以讨论一些重要的话题。

"小梅告诉我，你在临床上有点问题。你害怕和病人接触，对吧？"

"×，我跟你说过了，我要从医学院退学。原因不重要。"

"你说的是延期。戴维·博伦斯坦——"

"去他的戴维·博伦斯坦。我是在延期，但谁知道呢，我可能回去，但也可能就不回了。现在我得忙着考试，还有生孩子。"

"很显然，当你在达成目标的路上遇到障碍时，你应该想办法克服它。"

罗茜的想法我感同身受，但我也要尽全力帮助她。在我考虑从计算机专业转到遗传学专业的时候，我几乎面临了同样的困境。我讨厌与动物接触，动物的体型越大，我的厌恶感越强。这种厌恶感与生俱来，虽不理性，但也很难克服。

我接受了催眠疗法，但真正治愈我的是猫咪事件。那一次，我室友的小猫跳进了马桶——厌恶感翻倍——是我把它救了出来。由此我发现，在紧急情况下，我可以使头脑与身体的感觉分离。这种大脑配置一旦形成，就可以成功复制，让我能顺利解剖老鼠，帮忙接生小牛。我相信，即便是在急诊场合，我也可以正常反应。因此我也一定可以帮助罗茜做到这一点。

我开始解释，但她不让我继续说下去："求求你，忘了这件事吧。如果我确实想做，我一定会想出办法的。我只是没那么想。"

"想要看戏吗？今晚怎么样？"

"什么戏？"

"惊喜。"

"所以你也没有提前买票或是做什么安排。你不是都会把事情……提前安排好吗？"

"我是找好了一部戏，适合我们两个，作为夫妻一起观赏。"

"对不起，唐。"

接着，我看到了吉恩。他也在屋子里，躺在床上。我们的公寓里正充斥着无边的绝望。

"什么也别说，"他说，"英奇找你了，对吧？"

吉恩让我什么也别说，却又提了个问题让我回答。我认定后者比前者重要。

"没错。"

"天哪，我要怎么面对她？我就是个十足的傻帽。"

"没错。幸好她也不怎么机灵，无法判断出你和她的互动是以勾引为目的。我建议——"

"可以了，唐。我不需要你在礼节方面的建议。"

"此言差矣。我十分擅长化解因不够敏感而导致的尴尬局面。在这方面，我是个专家。我建议你向她道歉，坦言自己是个傻瓜。我已经建议过她要向你道歉，因为她没有把自己的立场表示清楚。她也一样觉得很尴尬。这种事情，没人比我更了解了。"

"谢谢了。很有帮助。"

"想去看戏吗？我有票。"我顺势问道。

"不去了，我打算在家待着。"

"错误的决定。你应该跟我一块儿看戏，否则你就会一味想着自己的错误，而裹足不前。"

"好吧，什么时候？"

唐·蒂尔曼。辅导顾问。


出门之前，我帮罗茜做好饭，也把我和吉恩的晚饭在冰箱里放好。我总是撕不好保鲜膜，切口处的设计太差劲了。罗茜从桌边站起来，帮我撕下一片新的。

"简直不敢相信，你竟然弄不好保鲜膜。你将来打算怎么叠尿布？你怎么就不能正常一点？"说完她转过身，吉恩正好从卧室走出来，"对不起，我不是那个意思。忘了我说的话吧。我有时就是感觉有点沮丧，因为你处处与人不同。"

"不，他没有，"吉恩说，"唐不是唯一一个弄不好保鲜膜的人，也不是唯一一个在冰箱里找不到东西的人。我记得你在墨尔本的朋友斯蒂芬还莫名其妙地因为有人在茶水间偷砂糖就发了一顿疯。他那次闹了足有五分多钟，等他冷静下来时，差不多半个学院的人都围了过来，看着那个糖碗，就在他眼前放着。"

"这跟斯蒂芬有什么关系？"罗茜问。

"你或者罗茜想来做一个班次吗？"第二天晚上，红酒吧的杰米-保罗发来了短信。红酒吧的前身就是我们工作的鸡尾酒吧。

我回过去："红酒男原谅我了吗？"

"谁是红酒男？赫克托已经走了。"

罗茜想要和我一起去，但杰米-保罗已经说了是"你或者罗茜"，我认为在常规英语语法中，"或者"代表了某种唯一性。

酒吧跟之前不太一样了，一方面是因为少了罗茜，另一方面，杰米-保罗告诉我之前的客人都回来了，还是要点鸡尾酒。红酒男因为一次事故而惨遭解职，那一次酒吧主人的兄弟想要一杯威士忌酸酒，竟没有人能调出让他满意的口味。距离圣诞节还有15天，酒吧里忙碌异常——所以才需要请我回来帮忙。出门前，我为罗茜和吉恩做好了晚饭。

调制鸡尾酒让我感觉舒服，整个人都舒展了。我擅长调酒，人们也很欣赏我的这种能力。没人在意我怎么看同性恋夫妻养育孩子的问题，没人关心我是否能猜到他们喜欢什么，或是我能不能撕好保鲜膜。我的班次结束了，但我还是留了下来，无偿工作到酒吧关门。下雪了，我步行回到公寓。房子里空荡荡的，房客们都睡了，留下了这种不真实的空洞感。

事情偏离了计划的轨道。我正在写字条，告诉吉恩和罗茜不要在早上9点17分前打扰我，罗茜的门开了。她的体形彻底变得不一样了。我产生了一种难以名状的感受：既有爱，又有压力。

"你回来得这么晚，"她说，"我们很想你。吉恩很好，但对我们每个人来说，这段时间都很艰难。"

她亲吻了我的脸颊，留下了一条前后矛盾的信息。

# 第二十八章
# 产前课程

我有机会弥补两次错过超声波检测的过失。

罗茜已经选好孩子出生的医院，医院也安排了产前沟通会。我决定陪她一同参会，而且一定要表现良好。我要以好爸爸课程为标杆，尽管只参加了一期，我的表现很是优异。

戴夫已经参加过产前课程了。"这些课主要是上给父亲的，"他说，"要知道会发生什么情况，怎么支持你的伴侣，等等。这些事情，女人们早就已经烂熟于心，男人们却几乎一无所知，真是让老婆丢脸。"

我一定不能让罗茜丢脸。

"我去纯粹是因为这是协议里的一部分，"我们搭地铁前往医院时，罗茜跟我说，"我本来不打算去了，他们弄这么多事完全就是虚张声势。我不去能把我怎么样？不让我生孩子？反正我还不一定在那儿生呢。"

"在这么重要的事情上冒险，可不是好主意。"

"是啊，是啊。但我之前告诉过你了，你不用跟着一起来。如果父亲们都跟来了，就会对单亲妈妈不公平。"

"孩子的父亲是应该参加的，"我说，"这些课程可以告诉父亲们如何营造一种支持、冷静且有趣的环境，明白自己要做些什么。"

"谢谢你了，"罗茜说，"冷静是件好事，我可不想欣赏空手道表演。"

罗茜的话是不公正的，她没有意识到，我在纽约两次使用武术技巧都是出于正当的防卫目的。她只是一味提及我们第一次约会时爆发的外套事件，这种选择性记忆让我处于不利局面，尽管她当时也乐在其中，还跟我回了家。

门厅的饮料机里供应着几种低品质的速溶饮料，其中好几种都含有咖啡因，还有甜丝丝的饼干，这肯定不在孕期健康饮食列表上。我们早到了三分钟，那里已经有差不多18个人了。所有的女性都怀孕了，处在不同阶段，没有一个看起来像是女同性恋伴侣中的次要看护人。

有一组三人向我们做了自我介绍：两位孕妇和一位男士。女士们分别叫作麦迪逊（年龄大约38岁，因为怀孕无法判断体重指数，但应该低于正常水平）和德兰西（大约23岁，体重指数高于28）。我指出麦迪逊和德兰西都是纽约的街道名。我的头脑高速运转，因为注意到了一些很有趣的规律。那位男士是麦迪逊的丈夫，年龄大约50岁，体重指数约为28，名字叫作比尔。

"还有一条威廉大街[1]。"我说。

"这也没有什么稀奇的，"比尔说，他说得有道理，"给孩子起好名字了吗？"

"还没有，"罗茜回答，"我们还没讨论过这件事。"

"你真幸运，"比尔说，"我们天天讨论这事。"

"你呢？"罗茜问德兰西。

---

[1] 比尔（Bill）是男子教名威廉（William）的昵称。

"麦迪逊和我讨论过很多次，我怀的是个女孩，所以我打算叫她罗莎，那也是我妈妈的名字。她也是个单身母亲。"重复构型。

罗莎和罗茜很像。如果她的姓氏是贾敏，那她的名字就是"罗茜·贾曼"几个字的变体拼法。或者她姓门提利，就成了"罗茜·蒂尔曼"[1]的变体拼法。当然这一点只有在罗茜婚后冠了我的夫姓才会成立。

"我建议不要起那些有种族特色的名字，以免受到歧视。"我说。

"我看你才是真正歧视自己的那个，"麦迪逊反驳道，"这儿可是纽约，不是亚拉巴马。"

"伯特兰和木兰内森有关求职歧视的研究都是基于波士顿和芝加哥的数据。冒这个险似乎是不明智的。"

我的脑子里突然蹦出了另外一个点子："你们的孩子可以叫维尔马，结合了威廉和麦迪逊。[2]"

"这个名字可能会重新流行回来，"比尔说，"从史前时代。你觉得呢，麦迪逊？"他笑着问麦迪逊。我表现得很好——从社交角度看，超级好。

"你跟麦迪逊是怎么认识的？"罗茜问德兰西。

麦迪逊回答了这个问题："德兰西是我最好的朋友，也是我们的管家。"

这样的关系简直太高效了。还有一点很有意思，德兰西这个名字的前两个字母d、e和麦迪逊前两个字母m、a拼在一起，能组成made这个词（制造！made！）。这个词又和德兰西表示身份的女仆（maid）一词是同音异形词。而made的变体拼法就是dame，夫人，又和麦迪逊的角色吻合。类似

---

[1] 这几个名字分别为罗莎·贾敏（Rosa Jarmine）、罗茜·贾曼（Rosie Jarman）、罗莎·门提利（Rosa Mentilli）和罗茜·蒂尔曼（Rosie Tillman）。这几个名字的字母大部分相同，但排列顺序各异。

[2] 三个名字分别为维尔马（Wilma）、威廉（William）和麦迪逊（Madison）。

的单词还有edam，埃德姆芝士；变体拼法是mead，蜂蜜酒。要是有一顿饭全是用食物和它们的变体饮品组成的，该多有意思啊。

我飞驰的思路被迟到的召集人打断了。在她开始授课前，我向她告知了餐食供应的问题，还提到了一些细节。

罗茜打断我："我想她已经明白你的意思了，唐。"

"我真高兴今天能见到一位对孕期营养颇有研究的父亲。大部分人都不太了解这一点。"她的名字叫作海迪（年龄大约50岁，体重指数26），看上去很友好。

她首先简要介绍了课程内容，接着播放了一部记录真实生育过程的影片。一位男同学迅速离开座位，冲出了屋子，我趁机挪到前排。我已经在线看了很多视频，内容涵盖最常见的生育过程和并发症，但大屏幕肯定能让我受益更多。

影片结束，海迪问："有什么问题吗？"她走到教室前排的角落里，那儿立着一块白板。

我想起了骑手杰克的话，"闭上臭嘴"，把机会让给其他人。

第一个提问者是位女士，自称玛雅："如果是臀位生产，是不是基本都要剖腹产？"

"没错。臀位生产意味着生产过程已经开始了，而孩子的位置还没有调整过来，如果不及时剖腹产，就会来不及的。我们也有目共睹，剖腹产基本不会造成不良结果。"

"他们告诉我，除非孩子的位置调整对了，否则我必须接受剖腹产。但我真的想顺产。"

"臀位顺产是有风险的。"

"有多大风险？"

"我无法给你全部的事实和数据——"

幸好，我可以。我走到白板旁边，拿起红色和黑色的记号笔，画出胎儿的脐带是怎样因为臀位而被挤断，必须做出剖腹产的决定。海迪站在我的旁边，嘴巴张着。

玛雅准备生第三胎了，风险度大为降低。"你的骨盆和阴道已经得到了充分的延展。"

"兄弟，谢谢你分享这些。"她的丈夫说。

我的分享结束了，每个人都对我报以掌声。

"我猜你是产科大夫吧。"海迪说。

"不，我只是个父亲，我明白自己在妻子怀孕期间扮演着重要的、有意义的角色。"

她笑了起来："你真是我们的楷模。"

我希望坐在后排的罗茜能注意到这一点。

我们还讨论了其他几个话题，每个话题我都可以提供一些补充知识。我还记得杰克的忠告，但我似乎是除了海迪之外，屋子里唯一有知识储备的人。一切发展得十分顺利。话题转移到母乳喂养上，我在这方面的研究已经超出了《孕期完全指导》的范围。

"这不是件容易的事，而父亲们要支持妻子母乳喂养的选择。"海迪说。

"也不尽然。"我补充，"选择"这种词意味着其他选项的存在。

"我想你也会同意，唐，人们通常会优先选择母乳喂养。"

"不一定。有很多因素会影响人们的决定，我建议做一个电子表格。"

"一个重要的影响因素在于，母乳喂养可以加强孩子的免疫力。我们没理由不让孩子拥有最好的免疫系统。"

"同意。"我说。

"那我们继续下一个话题。"海迪说。她竟然漏掉了重要的一点。

"免疫力的最大化可以通过在母亲间的婴儿共享来实现。在先民社会，母亲也会喂养别人的孩子。"我指向起了街道名的两位女士，"麦迪逊和德兰西是好朋友，住在一起，孩子的出生日期也很接近。很显然，她们应该共同喂养彼此的孩子。这可以让孩子们获得最好的免疫系统。"

在回家的地铁上，我继续与罗茜争论着。回想起来，罗茜一定会把它定义为咆哮，而不是争论，因为所有的论点都是由我提出来的。

"乳头皲裂会引起巨大的痛苦，而母亲们还是坚持母乳喂养，提升孩子的免疫系统。但依照社会惯例，虽然它缺乏理论全靠人为构建，已经足够避免简单的推论——"

"求你了，唐，快闭嘴吧。"罗茜对我说。

几分钟后，罗茜向我道了歉，我们一起从地铁站走回家："对不起，我不该让你闭嘴的。我知道你就是这样的人，你也没有办法。但你就是太让人难堪了。"

"戴夫已经预言了我会让你感到尴尬，这很正常。"

但我很快意识到，戴夫所谓的"尴尬"应该不是指成为导火索，导致两个最好的朋友当众分手，雇用关系彻底告吹，还有涉及大部分学员的开放讨论，打破了课程许诺营造的"冷静"环境。

"接着这么干吧。"戴夫说。按照他棒球的类比，我现在的行为基本已经逼近被球队除名的边缘。我必须求助于我的教练：我的治疗师。

"唐，我不是你的治疗师。"

我在莉迪娅下班离开诊所时拦住了她。我没有预约成功，还有妨碍秩序的嫌疑。她拒绝了我喝咖啡的邀请，坚持要回到楼上的办公室。我只得跟她回去。

我把所有的事情都跟她坦白了，除了让索尼娅冒充罗茜的事。更确切地说，我本打算把一切都向她坦白，但描述产前骚动事件花了我39分钟时间，只为回答她"你为什么来见我"的问题，但我还没说完就被她打断了。她笑了起来。我简直想象不出莉迪娅还会笑，但她现在的笑容很不得体，我的婚姻已经要逼近灾难的边缘了。

"上帝呀，哺乳纳粹。还有女人和自己的仆人成了最好的朋友。你知道戴维·赛德里①怎么说？没有女人会跟别人的女仆成为最好的朋友。"

这是个有趣的结论，但也不能解决我的问题。

"好了，"莉迪娅说，"你和我一开始相处得并不好，但多少也是我的问题。我们确实需要像你这样的人。我觉得你应该知道，咱们第一次会面之后，我就告诉警方你是无辜的。你唯一会威胁到的孩子就是你自己的孩子。"

我震惊了："我会威胁到自己的孩子？"

"我认为存在这样的风险，所以我才会利用警方报告的机会再一次让你过来。我只是想确定你不会对别人造成危害。如果你想举报我，那就去吧，我的做法确实带来了好的效果，你现在不就主动过来了吗。"她看了看表，"想喝杯咖啡吗？"

我差点错失了这个出乎意料的社交信号。她想要继续谈下去。

"好的，谢谢。"

她起身离开，端回了两杯咖啡。

"我今天的办公时间已经正式结束了，一小时的加班时间也结束了。但有些事情我想告诉你，或许能给你一些答案。"

莉迪娅喝了一小口咖啡，我也做了同样的动作。咖啡的口味很符合我对大学茶水间咖啡的期待。我不去管它，又喝了一口，莉迪娅开始解释她的意思。

"差不多一年前，我失去了一名病人。她患上了产后抑郁症。你知道那是什么吧？"

"当然。平均每600名孕妇中就会有一人患病。患者一般没有病史，

---

① 戴维·赛德里（David Sedaris），美国知名幽默作家、喜剧演员、广播员。

在初产妇，即生第一胎的产妇中间比较常见。"我回答。

"谢谢你的说明，教授先生，"她说，"总之，我同时失去了她还有她的孩子。她杀了自己的孩子，接着自杀了。"

"你没有诊断出抑郁症？"

"我没见过这样的病例。丈夫说的都是实话。他只是……很麻木，麻木得都没有意识到自己的妻子患了精神疾病。"

"所以你认为我身上也体现出了类似的麻木反应？"

"我明白你一直在努力，但罗茜有患上抑郁症的风险，而你却意识不到这一点。"

"有10%到14%的孕妇可能出现产后抑郁症状，但我能熟练使用爱丁堡产后抑郁量表。"

"她填完了问卷？"

"我口头问了她。"

"相信我，唐，你没自己想象的那么熟练。但我也见过罗茜了，真是个充满活力的女性，这可能和她早年在意大利的生活有关。她知道你是什么样的人，显然也深爱着你，她的学业充满了目标感，有长远的规划，她已经走出了家庭的阴影，还交了不少朋友。"

我花了好一会儿才反应过来，莉迪娅说的其实是索尼娅。

"如果她不再学习了呢？如果她没有朋友呢？如果她不再爱我了呢？当然有一个麻木丈夫的支持也要好过没有支持。"

莉迪娅喝完了咖啡，站起来："幸好你没处在那样的环境里。但如果有那样的一个丈夫可能还不如没有，因为他可能会阻止妻子采取积极的行动。在我个人看来，当然也有研究表明，这种时候，最好还是离开他。"

//

第二十九章
**理想父亲计划**

第二天，我一人待在办公室，处理由莉迪娅的判断所引发的问题。我做了一些补充性研究，有关父亲的理想特质。

冷静是第一要务。我的行为导致了我的被捕，还被迫去参加反暴力的课程。我情绪崩溃后的表现和车手杰克所谓的怒气失控似乎没有什么区别。我不认为自己会威胁到谁，但我猜许多有暴力倾向的人也会做出类似的自我评判。

滥用药物——没有。我的饮酒量已经达到有记录以来的日均最高值，罗茜怀孕期间，更是迅猛上涨。这无疑是一种压力反应。车手杰克说得很对：这可能让我更容易出现情绪崩溃。

情绪稳定。一个词，崩溃。

对孩子的需求敏感。一个词，同理心。我作为人类最大的弱点。

反射功能。作为科学家可能还好，但我无法解决我与罗茜的关系问题，证明我不能将其应用到居家环境之中。

社交支持。这可能是我缺陷列表里唯一正向的一条。我的家人都在澳大利亚，我很幸运可以得到吉恩、戴夫、乔治、索尼娅、克劳迪娅和院长的大力支持。当然，还有莉迪娅的专业帮助。

诚实不在列表里，但显然也是一种有益的品质。我希望等操场事件彻底解决之后，可以把列表与罗茜分享。但制表本身就是一种古怪行为，我再也不能纵容这些古怪的行为了。

就这样，我做了表格，但它的负面影响很快压过了正面作用。作为一名准爸爸，我的行为显得很不合时宜。而我作为他人伴侣的角色，也显得越发次要。

深入研究结果显示，在怀孕期间或生产之后，夫妻关系很容易走向破裂。因为女人的注意力自然地转移到孩子身上，忽视了配偶。或者在其他情况下，男性伴侣故意避免承担父亲的责任。第一条描述很符合我们的现状。然而，纵然我十分愿意担起父亲的责任，我的妻子和一位专业人士先后判定我的能力不足以当好父亲。现在，我也对自己做出了同样的判断。

我的研究也给分居做了一些指导：如果能够采取迅速而果断的行动，其结果要好过漫长的讨论。这也和我在实施罗茜计划时欣赏的两部电影不谋而合。《卡萨布兰卡》和《廊桥遗梦》中都对关系终结做出了描述。和电影中一样，我准备了一篇九页纸的简短演讲，简要分析了现状，当然还有不得已做出的结论。这是一个痛苦的过程，但也能帮我理清思路。

讲稿已经准备好，我慢跑回家，让自己的头脑放空。我和罗茜的婚姻持续了16个月零3天。和罗茜相爱是我人生中最棒的事情。我尽了最大努力维持现状，但——就像戴夫和索尼娅一样——我总是怀疑，这是老天在冥冥之中犯下的错误，早晚有一天，我又将孑然一身。现在，时候到了。

当然，这不是因为老天的错误，而是我个人的局限。我做了太多错事，伤害累积，终于导致了今天的局面。

我特意提前离开了学校，赶在吉恩之前回家。果不其然，罗茜还躺在床垫上。这一次，她在读书，读的是一本俗套的言情小说，就像我家阿姨会读的那种。我的行为竟然伤罗茜如此之深，让她只能在幻想中寻求解脱。

我开始演讲："罗茜，很显然我们之间出了点问题。有一些错误——"

她打断了我："别再说了。别说什么错误。是我在没跟你商量的情况下就怀了孩子。我知道你想说什么，我也在考虑同样的事情。我也知道你付出了多少努力，但我们的关系本来就应该是两个独立的人在一起享受生活，而不是组成传统的家庭。"

"那你当初为什么要怀孕？"

"我猜是因为孩子对我太重要了，而且我那时也在幻想咱们两个能一起成为父母。是我没想清楚。"

罗茜又说了些什么，我听得很吃力，我处理言语的能力，特别是处理情感相关言语的能力，因为我自身情感的影响而大为削弱。我意识到，我真正希望的是罗茜能站出来反对我——甚至是笑话我离谱的想法——然后一切都能恢复到从前。

最后，她问我："我们要怎么办？"

"你说过要回澳大利亚，"我说，"我当然会给嫩芽儿提供经济支持，这也是符合常理的做法。"

"我是说现在。我还能住在这儿吗？"

"当然。"我不能让罗茜无家可归。她在纽约除了朱迪·埃斯勒，就再没有亲密的朋友了，而我还不想让埃斯勒知道我们分开的事情。我还抱着不理智的妄想，希望所有问题都能迎刃而解，"我先去戴夫和索尼娅那里住。暂时住那儿。"

"应该不用多久。我已经订了回家的航班，趁着我还能坐飞机。"

罗茜坚持不让我当天搬过去，因为太晚了，所以我又在公寓里睡了一晚。半夜醒来，我又听到了她在重复热巧克力和厕所流程，接着门开了。客厅的灯光照映着她，她看起来很有意思，这绝对是积极的评价。她的体形变化得更大了，我很遗憾没能更密切地记录她的变化。

她就要回家了。我要跟戴夫和索尼娅住上几天，再独自搬回公寓。也许我将来也会回到澳大利亚，但这不会有什么不同，因为我对于生活环境没有特别的偏好。但我喜欢在哥伦比亚的工作，我喜欢和戴维·博伦斯坦、英奇、B族、还有新近加入的吉恩共事。

在世界上的某个地方，生活着我的孩子，但我和那些捐精者不一样。我会寄钱给罗茜，帮她减轻一些负担，也许我会继续调酒的兼职，额外增加点收入和社交往来。即便在纽约，我的生活也很高效。我也将回到认识罗茜之前的生活状态。罗茜改变了我，让我重新认清现实，这是好事。但又清楚地意识到过去的自己更好，却让人难受。

罗茜不发一言，爬到床上，躺到我的身边。嫩芽儿额外的重量和他的支持系统让罗茜的动作有点特别，她借力楔形的椎骨，身子后仰，支撑着整个人的重量。她似乎应该先征得我的同意，毕竟她搬到书房之后，我从未在未经许可的情况下来到她身边。但我也不打算拒绝她。

她的一条胳膊环抱着我，我真希望在冰箱里能有一块应急的蓝莓麦芬。令我惊异的是，这些前期的步骤竟不一定是必需品。

早上，我竟然睡过了自动醒来的时间，罗茜还在那儿。她要错过周六早上的辅导了。"你不用非得搬走。"她说。

我从语法上分析着这句话，她给了我一种选择。但这不意味着她将改变自己回澳大利亚的计划。而且，她说的也不是"我希望你留下来"。

我收好背包，在第31块墙砖上画下嫩芽儿精准的画像，搭地铁去了戴夫家。

索尼娅从父母家回来，看到我，立刻就要求戴夫开车把我送回去。立刻。戴夫已经在他的办公室帮我把行李安排好。这间办公室未来将成为宝宝的房间，孩子还有10天就要出生了。

"她怀孕了，"索尼娅说，"我们的关系也是好好坏坏，对不对，戴夫？"她又看向我："你不能因为吵了一架就一走了之。你有责任挽回你们的关系。"

我看了看戴夫的表情，一脸震惊。包括罗茜在内，任何一个心理学家都肯定会同意，维持关系是两人共同的责任。

"我们没有吵架。我最近跟治疗师沟通了一下，很显然我会给罗茜带来负面影响。是她要回澳大利亚去，在那儿她会得到很好的照顾。"

"你才是应该照顾她的人。"

"我不适合当父亲。"

"戴夫，把唐送回去，帮他理清楚。"

晚上7点08分，我们回到了公寓。吉恩已经回来了，他和英奇的社交生活已经告吹。

"你去哪儿了？"他问，"连电话都不接。"

"手机在我的包里，包在戴夫那儿，我现在和他住在一起。"

"罗茜呢？"

"我以为她在家。周六她一般在下午1点前就回来了。"

我把情况解释给吉恩听。吉恩也同意索尼娅的看法，认为我们应该努力达成和解。

"我一直在努力，想恢复我们的关系，"我说，"我认为罗茜也是。但问题出在我本身的性格上。"

"她怀了你的孩子，唐。这你是逃不掉的。"

"根据你的理论，女人们寻求携带最好基因的男人做孩子的生父，至于谁来照顾，她们会做出不同的决定。"

"唐，一码归一码。就好像我跟戴夫说的，这都只是理论，首要任务是得找到罗茜。她可能正在某个酒吧喝闷酒，麻醉自己的痛苦。"

"你觉得她在喝酒？"

"你不会吗？"

"我又没怀孕。"

如果吉恩是对的，我们就有大麻烦了。没准罗茜的书房里能有线索。

我冲进去，电脑是开着的，屏幕上显示着一条Skype信息。对方的用户名为34，时区显示为澳大利亚墨尔本。

我说了，我会在这儿等你。坚强点。我爱你。

我爱你！我打开软件，看到了此前的对话：

一切都糟糕透了。我跟唐完了。

你确定？

你确定还能接纳我吗？还有孩子？

罗茜进了屋子，她似乎没有喝醉。

"戴夫，你好。唐，你在我房间里干吗？"

我在做什么一目了然。

"还有别的男人？"我问。

"既然你问了，是的。"她的目光从我和戴夫的身上移开，望向窗外，"他说他爱我。我想我也爱他。对不起，但这是你问的。"

重复构型。罗茜的妈妈就是和一个人上了床，和另外一个人结了婚。第二个人忠诚于她，即便他们都相信罗茜是之前那个男人的孩子。罗茜骗了我，而我也骗了她。原因无疑都是一样的：不想给对方造成压力。

戴夫载我回到他的公寓。他听到了全部对话，谁也不知道能说点什么。尽管她的语气是那么平静——虽然很可能早晚都要面对——告诉我这个消息，我还是惊呆了。我确定地知道那个男人是谁：斯蒂芬，罗茜在常人看来很具吸引力的同窗，在我们结婚之前，罗茜就坦言追求过她的男人。我认识他时，他就已经32岁了，现在应该34岁。她需要处理数据时，最先选择了他，而不是我。现在，她又选择了他来帮忙抚养嫩芽儿。我认为他蠢透了，竟然选了一串不稳定的字符作为他的标志符。

The Rosie
Effect

# 第三十章
## 离开公寓

　　戴夫的办公室现在成了我的卧室，这地方真是场灾难！他的桌子上堆满了文件，七个文件盘堆成一摞，纸张已经满溢，还有好几个纸箱，里面虽然加了隔层，但塞满的文件已经快把箱子撑爆了。我已经完全理解为什么他的生意会失败了。

　　我今年的讲座任务已经悉数完成，小鼠研究的数据正在由英奇帮忙处理，她做得很棒，我也不再需要为了女同性恋母亲项目分神。这本来该是陪伴罗茜的好时机，但现在我有了大把的空闲时间，便主动要求帮助戴夫整理文件。

　　戴夫一定是绝望透了，才会同意把他的生意托付给一个痛恨行政工作的遗传学家处理。我也想趁机换换脑子，不再乱想罗茜和数字34的事情。

　　"发票的复印件放在这个文件夹。"戴夫说。

　　"你已经在电脑里存了电子版，没必要再打印一遍。"

　　"电脑崩溃了怎么办？"

　　"当然可以从文件备份里恢复。"

"备份？"戴夫似乎不太了解我在说什么。

我花了两天时间，集中精力帮他修复系统，午饭也没吃。

"文件都去哪儿了？"戴夫问。

"都在电脑里。"

"纸质文件呢？"

"都销毁了。"

戴夫似乎有点意外，更确切地说，是吓呆了。不对，是绝望。

"有一些是客户给的文件，订单、委托书、草稿，都是纸质版的。"

我为他的设备增加了扫描功能，花费89.99美元，但也识别出了其他问题。

"你的发票都是单独制作的。你没有制作发票的软件吗？"

"太难用了。"

我很少会碰到难用的软件，但我确实在会计规则方面有一些疑问，我毕竟不是个会计。戴夫去工作，我在家寻求索尼娅的专业帮助，她已经不去工作，专心待产。她不是很会用软件，所以也有一些会计方面的问题无法解答。

"我真不明白，戴夫为什么不找我帮忙。他总是说一切都弄好了，但显然还是一团糟。"

"我猜他是不想让你感到压力，所以才骗了你。欺骗一旦开始，就会越来越难承认，他已经骗了你那么长时间。"

"夫妻之间不应该有秘密。我已经告诉过戴夫了。"就是同样的一个女人曾经伪装成来自意大利的医学生，还要求我不要告诉戴夫，因为怕他担心。

"能不能帮我打一份积压的债务人分类账？"系统已经设置好，所有的数据也已导入。"我想知道别人欠我们多少钱。"索尼娅说。

报表已经在菜单里准备好。

"418.12美元，到目前为止。"

"逾期未兑账目呢？"

"四张发票，一共9245美元。全都是120天前开具的。"

"天哪，"她说，"我的天哪。难怪他不肯买婴儿车。已经四个月了，他的工作一定是出了问题。能给我看看那些发票吗？逾期的那些？"

"当然。"

索尼娅盯着屏幕看了好一会儿，接着指了指最新安装的四合一系统上的电话功能。

"这能用吗？"

"当然可以。"

索尼娅打了58分钟电话，使用了若干策略，显然都是在强调她的负罪感、遗憾和恐惧之情，但有一次例外，只是表达了知晓的意思。她真是太棒了。通话结束之后，我向她表达了敬意。

"我大半辈子都在干这样的事，我见过太多普通人为了怀上孩子，在经济上严重透支。我对他们感同身受，超支实在是太容易了。"

"他们会付款吗？"

"西19街有一家红酒吧，我们得给酒吧老板致电。戴夫在那儿的工作结束后，酒吧就换了老板，上一任老板好像留下了一大堆烂摊子。另外三个还好说，只需要我们催一催。"

晚餐时，索尼娅巧妙地提起了这个话题。

"我需要还信用卡，你有钱吗？"

"目前没有，"戴夫说，"我还在等他们把钱转过来。每个人都慢吞吞的，但生意整体还是好的。"

"你说他们欠咱们多少钱？"

"够我们花的，"戴夫说，"别担心。"

"我当然担心。如果我们需要钱，我可以在生产完之后回去工作，兼职也行。"

"你不用出去工作，我只是在等钱到账。"

"告诉我他们欠了多少，我来定夺。"

戴夫耸耸肩："你了解我的，我不太知道具体的数值。两三万吧，生活没问题。"

第二天早上，索尼娅还在生戴夫的气——没有当着戴夫发火，因为他已经到办公室去了。所以她的怒气全都导向了我。

"他一天到晚都在外面忙，又没赚到钱。他真的去工作了吗？也许他就是躲到了图书馆，就像那些丢了工作又不敢告诉老婆的家伙一样。唐，是不是这样？"

这不太可能。戴夫详细地跟我讨论过他的工作。他似乎很忙，但也许他收的价太低了，或是编造了客户的满意程度。曾经，我就对朋友做出过错误的判断：我至今仍不确定吉恩的故事里是否有一大部分都是编造的谎言；克劳迪娅在和西蒙·勒菲弗尔约会；罗茜则爱上了另外的男人。

"如果我必须回去工作，他就要留在家里，照顾孩子。也许这样能让他对孩子产生点兴趣。"

我回到戴夫的办公室，帮他解决财务问题。一种可能是戴夫没有把所有的发票都录入电脑。此前的确如此，但我已经修正了这个问题，只有两个小额的发票。但我仔细想了想，戴夫如果及时更新了发票记录，这反倒有点古怪。

一个虚拟的电灯泡亮了起来。唯一的解释不可能是戴夫一反常态，尽职地关照好某一项行政工作。这不可能！戴夫一贯是个松懈的人。他应该根本没生成发票。

我打开扫描文件夹，开始逐一核对发票。我果然是对的。他大部分工作都没有录入到电脑里，因此也没有给客户寄出发票。我能做的很有限，因为我不具备制作发票所需的会计知识。如果总账款出了错，戴夫可能因此会背上不称职甚至欺诈的骂名。

幸好我的身边有一位合格的会计师。我和索尼娅工作到下午3点18

分，才把所有的发票都弄好：各州的税制不同，人工费和材料费的发票要分别生成，戴夫价格的上升、下调又显得十分随意。

索尼娅的评论似乎介于同情和批判之间："上帝啊，这真是太复杂了。难怪他会放在一边懒得弄。"

"8000块钱。三个月前的！"

"我们一直靠着乔治付的现金生活。戴夫真是个白痴。"

我们的工作成果是一沓静等投寄的信封和若干封已发出的电子邮件。

"先告诉我债务总数，我得在冲昏头脑前知道欠了别人多少钱。"

我查了查：0元。

"戴夫要感谢你，"索尼娅说，"我们虽然吃不起饭，但绝不能让一个冰箱制造商因为戴夫·贝希勒的问题断了现金流。好了，现在你可以告诉我借方的总数了，我不敢看。"

"53216.65美元，"我说，"戴夫两三万的估值是错的，本来还会更多，但有两笔款项已经到账了，就是你打电话去问的那两笔。"

索尼娅哭了起来。

"你还想要更多？"我问道。

索尼娅又开始笑了，边哭边笑。这两种感情怎么可能会同时出现？

"我要喝杯咖啡庆祝一下，"她说，"一杯真正的咖啡。"

"但你怀孕了。"

"你注意到了。"怎么可能会注意不到，索尼娅已经变得身量巨大了。这种时候怎么可能不提醒她注意咖啡因的摄入量。

"你今天喝了多少？"

"我是意大利人啊。我们一整天都得喝咖啡。"她笑得很开心。

"等戴夫回来了，我要和他喝一杯。"我对远方的戴夫产生了同理心。

"戴夫造成了这一切。"哭泣似乎已经停止了，"唐，你拯救了我的生活。"

"不对，我——"

"我知道，我知道。唐，当你说有一个治疗师告诉你，你不应该跟罗茜在一起，当着戴夫，我没能问，但你说的不是莉迪娅，对吧？"

英语真是种麻烦的语言，在回答一个以否定式提出，但实则表示肯定的问题时，竟然没有可以含糊过去的回应方式。要是像法语一样，有个Si[①]这样的词（是的，我现在说的是莉迪娅）就好了。索尼娅似乎已经读懂了我的表情，所以不再需要口头回答了。

"唐。莉迪娅根本就不了解罗茜，她了解的是我。"

"就是这个问题。你认为我有能力为人父母，但和罗茜想法类似的人可不这么觉得。莉迪娅对罗茜的描述非常准确。"

"上帝啊，唐，你犯了一个巨大的错误。"

"我听取了客观、专业、基于研究得出的建议。这是我目前得到的最好的建议。"

索尼娅也拒绝接受罗茜不想和我在一起的证据，尽管这些证据清楚明白，也符合莉迪娅的判断。

"你到底想不想挽救这段婚姻？"她问我。

"根据我的量表——"

我把索尼娅的表情解读为：别他妈的跟我提什么量表。你作为一个成熟的个体，从感情上到底想不想和罗茜还有尚未出生的嫩芽儿共度一生？难道你想让电脑替你做决定？真是个可悲的呆子！

"当然，但我不认为——"

"你想太多了。请她出来吃晚餐，好好谈谈。"

---

① Si 在法语中表示"是""对"，使用的前提是问题以"否定式"模式提问，而答案却是不认同该问题所假设的否定。

# 第三十一章
## 回到公寓

　　吉恩、英奇和我一共有七台设备可以用来连接到桃福子的网站上：每人一台笔记本电脑和一部手机，外加哥伦比亚大学办公室里的台式机一部。餐厅的预订系统一旦开放，我就会第一时间下达指令，把订到位子的可能性提升到最大值。

　　吉恩也同意索尼娅的看法，认为我应该邀请罗茜吃晚餐："无论你们能否挽回这段婚姻，你们都是孩子的父母。她又没什么朋友，除了整天围着她转的犹太妈妈。"我猜他是在说朱迪·埃斯勒。

　　一年零八个月前，我们第一次来纽约的时候，罗茜在桃福子安排了晚餐，那是我这辈子吃过的最好吃的一顿饭。罗茜似乎也很满意。

　　早上10点整，我们开始点预订按钮。可选时段的弹窗跳了出来，我们依照计划，选择了不同的时段。

　　"没位了。"吉恩说，有人订了这个时段，"第二选项。"

　　"我的也没了。"英奇说。

"这个也没了。"吉恩汇报。

"没了。"英奇汇报。

我自己的信息也回来了。我们都失败了，想靠人力在软件操控的任务中取胜，果然难以成功。

我刷新了屏幕。很可能有人采取了类似的策略，想要确保预订成功。我又刷新了一次，又失败了。

"那个是怎么回事？"英奇在我身后，指着屏幕。

我的注意力全都放在了10天后的预约时段上，都是些新开放的时段，却全然忽略了当晚8点还有一个可以预订的空缺。它可能已经挂在那儿很久了，我却没有注意。我赶忙选上它，预订系统弹出了填写信用卡信息的窗口。我就这样订到了今晚的两人位！

"相信我，"吉恩说，"她一定没有别的安排。我会约她一块儿吃晚饭，然后你突然出现，给她一个惊喜。"


"你的衬衣怎么了？"索尼娅问道。

"洗衣事故。"

"你这衣服简直跟扎染的一样。你可千万不能这么出门。"

"餐厅不太可能把我拒之门外。如果我的衬衣不卫生，或是没洗干净，或是——"

"跟餐厅没关系，是罗茜。"

"罗茜了解我。"

"所以你要让她见识到不一样的你。当然得是好的一面。"

"我去借——"

"你不能找戴夫借。你难道最近没见过他？"戴夫的节食计划跟我的婚姻一样，糟糕透顶。

在去罗茜公寓的路上，我绕道去了博洛茗百货商店。离我更近的地方还有一家男装店，但我对那家店铺布局不熟悉，买起东西来效率也会低下。博洛茗的专业店员帮我挑选了一条更适合我腰围的牛仔裤，出乎意料，我目前的体重指数达到了24，增长了两点。我已经重新回归标准用餐体系，这意味着我的碳水化合物摄入量再一次受到了严格控制。我的锻炼量一直也很稳定，我跑步、骑车、练武术，寒冷的天气也理应加速我的卡路里燃烧。我沉思了几秒，终于想出了唯一的变量：酒精摄入。如今，我又多了一个理由来降低酒精摄入。

我往公寓楼走去，迎面走来一个男人，年纪跟我差不多，两只手里各拿着一杯咖啡。他对我笑了笑，等着我输入正门的安全密码。大学实验室和机房也有着类似的门禁系统，而我们的必修训练恰好适用于这样的场合。

"让我来帮你拿一杯，"我说，"这样你就能输密码了。我可不想破坏安全规定。"

"不给你添麻烦了，"他说，"为了这点甜头就点灯熬油，不值得。"接着，他走开了。

我似乎挫败了一起盗窃行为。但如果我现在不报警，这男人肯定还会回来，利用某些安全意识薄弱的住户，偷溜进来。他可能是个杀人犯、强奸犯，也可能会破坏楼里的规矩却不会受到责罚。罗茜还住在这楼里呢！

我把手机从腰带上取下来，拨了911，脑子里突然闪过另外一个念头。这男人的口音很耳熟，说话的方式也似曾相识，都提到了"甜头"和"灯油"。我叫住他。

"你是来找乔治的吗？"

他走了回来。

"我是。"

"你可以按门铃，他住在顶楼。"

"我知道。但我想直接敲他的房门。"

"最好先按门铃。他如果不想见你,就不会开门了。"

"你倒是清楚。"

我的决定是对的。有时人们很容易忘记乔治是个摇滚明星,至少曾经是个摇滚明星,所以他很可能被签名狂人围堵,或是被谁跟踪。

"你是死国王的歌迷吗?"我问。

"不算是。从小到大我真是听够了。乔治是我爸。"

我的面部识别能力很差,而人们又太过注意两人长相的共同点,唯恐会错过任何一点相似之处。他们两人有着一个明显的共同特征:瘦削的脸上都有一个长长的歪鼻子。

"你就是那个瘾君子?"

"我记得他们都叫我恢复期的药物成瘾患者。我叫乔治。"

"你也叫乔治?"我问。

"确切地说,是乔治四世。从我祖爷爷乔治那辈算起。我爸是乔治三世。你认识他吧?"

"没错。"

"这名字多适合他,对吧?乔治三世,那个疯子。我是乔治四世,摄政王。所以我家里人都管我叫'王子'。"

很可能王子的身份是假冒的,是个别出心裁的签名收集狂。但我有自信,如果意外发生,我完全有能力保护乔治。假如他没带武器的话。

"我得先检查你有没有带武器,才能带你上去。"我说。我的表述十分自然,虽然这话完全是从娱乐片里学的,而不是亲身体验过的场面。

王子笑了起来:"你这是开玩笑呢。"

"这里是美国。"我特意用了一种自认为充满权威感的声调,两手从上到下拍着检查了一遍。他没带任何武器。

乔治没在家,也没人应门。时间已经指向晚上7点26分,我必须预留

35分钟抵达餐厅。

我不能在没人看管的情况下就把王子独自留在楼里。

"我建议给你的父亲打个电话。"

"不必了。我明天就走了，只是来碰碰运气。"

"如果他拒绝了你，跟你主动离开的结果是一样的。你都还没见到他。"

"当然不一样，老早之前就不一样了。打不打电话，你随便吧。"

乔治的电话一直无人接听。

"我走了。"王子说。

"要我给乔治传个口信吗？"

"告诉他，这一切不是他的错。生活的决定权在我们自己手中。"

我不想让王子离开。乔治一直十分后悔，毁了自己儿子的生活，如果能亲耳听到儿子告诉他，这不是他的错，一定是件令人欣慰的事情。但我也实在想不出什么办法，在不违反安全条例的情况下，把王子留在公寓楼里。

"我建议你晚些时候再回来。"

"谢了，我可能会吧。"

我当然知道王子是在撒谎，他肯定不会再回来了。这感觉很奇怪，明明没有任何实际证据，却能感受到如此强烈的肯定情绪。我的潜意识里一定是收到了某种信息。这是什么信息，我不知道，我思索着敲响了自家公寓的房门。

罗茜开了门，她的美丽难以言喻。她化了妆，喷了些淡淡的香水，一条紧身裙子，勾勒着她不同以往的迷人曲线。吉恩站在她的身后。

她微笑着问我："唐，你好啊，你来这儿干吗？我以为是吉恩要请我吃晚饭。"她又笑了笑。

"当然是他，"我说，"我只是来看看啤酒怎么样了。看来没有溢出来的迹象，检查结束。"

我跑回电梯门口，把脚伸进去，不让门关上。吉恩跟上我。

"唐，什么情况？你要去哪儿？"

"有紧急情况，我现在去不了。罗茜以为是你跟她出去，现在换人太明显了。"

"我不会带罗茜去桃福子的。"

没时间争论了。

到了一层，我四处搜索着王子的踪影，终于我看到了正在拦出租车的他。我拔腿就跑，就在车子靠路边停下，他打开车门的瞬间，把他拽到了一边。司机对我横插进来的做法很不高兴，但最终的结果是他开车走人，我的两手环抱在王子身上。

"什么情况？"王子问我，他选择了和吉恩一样的说法来表达他的惊异。

"我来请你吃饭，"我说，"在桃福子，世界上最棒的餐厅。我们一块儿等你爸爸回来。"

罗茜打开房门的瞬间，她令人惊艳的美丽打动了我，还有一阵疼痛贯穿了我的全身。我就要失去她了，没了她，我的人生还有什么活下去的意义。这是一种极端的情绪，更是一种缺乏理性的结论。但这一切终将过去，就像我二十几岁的时候，曾处在抑郁情绪的边缘，但我最终克服了它，也远离了它。我在王子身上看到了似曾相识的一面，他也站在抑郁情绪的边缘。他自己说的，过了明天就不会再见到他了。

我决定跟踪他，虽然这可能是我最不擅长的技能，也可能会因此牺牲掉挽救婚姻的最后一次机会。我肯定罗茜和吉恩都会说是我弄错了，但一次误差也可能造成极大的风险。

我放开王子。

"你带我走之前得把话说清楚，"他说，"你是谁？"

"咱们边走边说。我们的第一要务是赶上地铁。超过预定时间15分钟，就不予留位了。"

我一直试图找到一种方法，能在不直接提问的情况下，验证我的抑郁假说是否成立。我试图把思维方式调回我的低潮期，想出哪些问题能换回诚实的回答，这一过程十分痛苦。

"你还好吧？"王子问道。

"我在回想一些不好的记忆，"我说，"我曾经情绪抑郁，甚至想过要自杀。"

"跟我说说吧。"他说。

我给吉恩发了短信，告诉他我会用掉桃福子的预约，以免他改变主意，把罗茜也带去。王子和我迟到了12分钟，距离取消座位还有3分钟。我当然更希望能和罗茜共进晚餐，但我肯定不知道该说些什么。纵然有着索尼娅的百般鼓励，我还是不知道该如何解决婚姻难题。

但我和王子的晚餐棒极了。

"乔治告诉我，是他鼓动你使用药物，并最终让你染上了毒瘾。"

"他这么说的？"

"没错。"

"这么说倒也公平。我可以把整个故事告诉你。"

侍者走过来帮我们点酒水。王子点了啤酒，显然他的恢复计划允许喝酒，我便向他推荐了清酒，跟当晚的食物更为相配。我给自己点了杯苏打水。

"总之，我爸就是个典型的摇滚乐手，我跟他正相反，除了打鼓这一点。我不喜欢合成的兴奋剂。"王子的语调有些不同，好像是在模仿卡通片里的超级英雄，"我是真不喜欢。他跟我说：'你这一辈子不可能一次飞大了的经历都没有。不可能一辈子都不体验一次。'我就是个书呆子——你能理解我的意思吧——我就暗下决心，如果我一定得体验一次，我就必须试最好的。"

"所以你就研究了毒品？"

"我知道这听起来不太正常。"

这再正常不过了。我甚至都在疑惑，自己怎么能在没有仔细研究替代选项的情况下，就一头栽进了酒精和咖啡因的泥潭——我甚至都没研究过这两者对人体的影响。酒精和咖啡因都是合法的东西，但香烟也是合法的。但合法与否显然没有致死风险来得重要。唯一的例外是安非他明，我使用它的目的十分明确、具体。我给王子讲了学生时代的经历，还有药物让我考试砸锅的故事。

"教授后来给我看了我要求重新评分的论文，简直就是一塌糊涂，一派胡言！"

王子笑了起来："总之，我最后选择了酸性毒品——体验是最好的。当然安全性也比较高。"

"你选择了麦角酸二乙酰氨①？这是最优毒品？"

"我吞了一片LSD，人们都说这玩意儿不会成瘾，你记得吧？他们简直应该把我放到教育视频里，因为对我来说这是最棒的毒品，给了我人生中最棒的体验。我脑子里想的只有药片，一片一片不停地吞下去。你能体会吗？"

"不能。"

"我也不能，至少药片不会一直给你那么好的体验。有时吞了药感觉并不怎么样，有时很一般，我什么都经历过了，就打算试点新的。我尝遍了每一种药片。这样的生活我过了很久，但就是找不到能一直吸引我的药片。所以我决定不再嗑药了，恢复到了今天的状态。就这么简单。"

---

① 麦角酸二乙酰氨，即 LSD，迷幻药的一种。

他摇了摇清酒杯。我没有喝酒，因为我最近的决定。伴着酒劲，王子的情绪也随之波动，这很有意思。这不禁让我想到，罗茜可能也有过这样的体验，她暂时戒了酒，却看着我和吉恩一点一点喝醉。

"这么说，你的问题已经解决了。"我说。

"除了那些我荒废掉的光阴。没有伴侣，没有孩子，没有工作。"

"没有工作？"大灾难，"你需要一份工作。其他的都还好说，但你必须有一份工作。"

"我是个鼓手，技术还可以。但你知道全球有多少技术还可以的鼓手吗？我以为自己在这方面还能有点机会，但其实一点都没有。"

我的手机振了一下，是吉恩。

我和罗茜在Wha？咖啡厅，你他妈在哪儿？

我给吉恩回了信息，他邀请我过去找他们。强制我过去找他们。

"想听点音乐吗？"我问王子。他还是我的第一要务。他的情绪状况虽然有所好转，但经验告诉我，他的问题远未解决。

"干吗不呢？要是没有乐队，我自己打上几个小时鼓也没问题。"

我让王子别出声，我需要思考。走路和其他重复性的活动一样，都很有助于思考。遗憾的是，走到格林威治村的路程还不够解决王子的问题。

碰面的地方位于半地下，我们打开门，吉恩竟然破天荒地选了一场摇滚演出。乐队的鼓面上贴着死国王的字样，鼓后面坐的是乔治。

我望向王子。

"你知道他在这儿演出？"他问我。

"当然不知道。纯粹是人际交往的结果。"

乔治的彩排我看过很多次，但看着他表演出标志性的重复段落还是头一遭。我们站在门口看了一会儿。王子盯着他的父亲，我不停地找着罗茜和吉恩。屋子里人来人往，我最终没有看到两人的身影。

我问王子，他觉得父亲的鼓技如何。

"比以前好。"

"比你更好吗？"

"他很适合死国王，这跟技术没关系，而是磨合得好。大家都觉得林戈[1]打得不好，但他是最适合披头士的伟大鼓手。"

我们在门口又听了三首歌。我听着歌，在头脑里走完了解决问题的流程。我用脑子记下来，下次看到学生们在学习的时候戴耳机，不需要那么严厉地批评他们。

歌手宣布要中场休息一会儿，我看到乔治正走向舞台前的一张桌子旁边。罗茜的红头发我绝对不会认错，我赶忙让王子等一下，向罗茜走过去。乔治和吉恩很高兴能见到我，罗茜可能就没那么高兴了。

"有你加入进来真好，"她说，"我猜你吃过了吧。"

"是的。我得和吉恩谈谈。"

"你当然得和他谈谈。"

我把吉恩拽到一边，跟他说了我的计划。我已经有了理论设计，但社交规则太过复杂，我根本不知道怎么把理论转为实践。在这方面，吉恩当然有绝对的自信。

"我去跟乔治说，你去跟——那家伙叫什么来着？"

"王子。"

"对，王子。但我有两个条件，唐。第一，你必须，必须，想办法修复和罗茜的关系。"

"我已经尝试了所有办法。"

"今晚你就不够尽力。第二，你必须打破常规。"

我的身体感到了一阵恶寒，吉恩一定在想什么损招数。他指了指牌子：严禁拍照或摄像。

---

① 林戈即林戈·斯塔尔（Ringo Starr），披头士鼓手。

"拿出手机。这会是历史性的时刻。"

乔治回到桌上，我眼见着他跟乔治说了些什么，后者突然热切地四下张望起来。时机刚好，乐队结束休整，乔治要上台了。

他们表演了一首歌，接着乔治拿过面前的麦克风，发表了一段声明。

"今晚，我的儿子也在现场，我已经很久没有见过他了。他的名字也是乔治，我见过他打鼓，样子比我帅多了。"场子里响起一阵掌声，王子挥了挥手。乔治招呼他上去，他不肯，我使劲推他，还说他如果不上去，我会一直推他。

王子终于上了台，乔治把鼓后面的座位让给他。乐队继续演奏，乔治和我坐到罗茜和吉恩身边，但乔治的注意力始终集中在舞台上。王子是个不错的鼓手，一曲终了，乔治起身，我举起手机，打开视频应用（就是这个程序让我被扔进了警局），站到他的面前。

"这次角色变换将是永久性的，"我说，"王子需要一份工作，你也不想继续在大西洋邮轮上重复表演了。"我感受到了某种拒绝的态度，"你还可以弥补你犯下的错误，你的错误一度毁了他的人生。"

乔治坐了下来，给自己倒了杯红酒。

"他是个不错的鼓手，船方也能有个更棒的娱宾乐手。"

# 第三十二章
## 索尼娅突发事件

"罗茜，我有些事情想和你谈谈。"

我来到公寓检查啤酒的情况。系统运转良好；我搬出去之前，每周都会检查一次。最近的天气跟往年12月来比，暖和得有点异常，所以得经常过去看看。我也因此找到机会把第32周的嫩芽儿画到墙上。我虽然和他产生关联的机会有所减少，但小家伙的生长情况还是让我欣喜。到了这个时候，我完全有理由把40周全都画完。

"唐，我关门是有理由的。你每天要来两趟，没让我感觉好过多少。"

吉恩已经提示了我，罗茜最近不想出席任何惊喜晚宴——甚至是提前安排好的晚宴——也不想就我俩关系的问题展开任何讨论。

"恐怕你还要再给她点时间。"他说。

但我不是来谈关系的。

"有一个研究课题，我觉得你会感兴趣，既然你打算回归心理学系。"

"你先说说看。"

我向她介绍了女同性恋母亲项目，任何避免提及这个项目的担忧已经没有必要，是时候摊牌了。这是第一步，也是最保险的一步。我参加这个项目是完全合法、合理、不古怪的行为。

"这项目你跟我说过，没错吧，"罗茜说，"但后来就没听你再提过。"

"我不想侵犯你的领域。"

"你的意思是你虽然实际上正在侵犯我的领域，但只是不想让我知道。"

"没错。问题是她们根本不想发表任何研究结果。"

"你觉得是为什么？"罗茜问。

"我要是知道答案，就不会叫你起来问了。"

"你怎么看那种把科学研究结果简单化，用来服务个人目的的人？"

"你是在说吉恩？"我问。

"他算一个。这些女人想要证明两个女人和异性恋夫妻一样，都能健康地养育孩子。"她坐到床上，"她们当然不想发表任何跟这一结论相反的成果。"

"这就是在服务她们自己的目的。"

"那也不比有些怪物，抓住这一点不放，还坚持认为没有父亲的孩子是不完整的。这个问题如今跟我息息相关，所以别指望着我能保持理智。"

"但这也不意味着孩子必须有一个父亲，"我说，"两位母亲都可以提升孩子体内的皮质醇水平。非传统的父母可以用一些非传统的方法。我认为这对孩子的影响为零。"

"《华尔街日报》肯定不会认同这样的结果。"

我准备离开了，罗茜又开了口。

"还有，唐。我明天就回去了，朱迪会送我去肯迪尼机场。我买的是最便宜的票，不能退款的那种。"

晚饭前，我又想去检查一遍啤酒，索尼娅拦住了我。

"再等一小时，我跟你一块儿去。"

"为什么？"

"我们先去莉迪娅那里。"

"她说她没时间再见我们了。何况还是周日，周日的晚上。"

"我知道，我给她打过电话了。我告诉她，你和罗茜——是你和我——分手了，原因就是她跟你说的话。她完全没想到：她以为自己的话就是让你和我——和罗茜——能在一起。"

"她只是提出了客观的建议。"

"她现在也知道得对我们负责了，她知道自己越界了。我们会在你的公寓碰面。我不能把她叫到这儿来，因为戴夫。我跟他说，趁着罗茜还没回去，要和你一起过去看看她。当然，我肯定没提起莉迪娅的事。"

"罗茜怎么办？"

"吉恩带她出去了。"

"吉恩也参与进来了？"

"唐，每个人都参与进来了。我们认为你们两人都有错，如果你除了莉迪娅谁也不信，那就只能让她自己告诉你了。我会装成罗茜——我就是罗茜——莉迪娅会告诉你我们应该在一起。她这么说了，你就能解决掉婚姻难题。我是在用你的语言吧？"

我和索尼娅来到公寓，比和莉迪娅约定的时间早了两分钟。我突然意识到，索尼娅从未来过我们的公寓，我也从来没有邀请过她和戴夫过来吃饭。我可能犯下了社交错误。

"上帝啊，这是什么味道？"她问道，"我可能要吐了，我今天一天都不太舒服。"

"啤酒味。酒桶有点漏了，但又修不了。戴夫认为是装修工的问题，天花板没做好。"

索尼娅笑了笑："戴夫就是这样的人。罗茜怎么适应的？"

"人类很容易适应气味，"我说，"人类定期梳洗也是最近才被定为常规的。在那以前，人们经常几个月不洗澡，也没有什么问题。当然，除了会得病以外。"

莉迪娅准时到了。

"天哪，这是什么味道？"她也问了一样的问题。

"啤酒，"索尼娅回答，"人类很容易适应气味。人类定期梳洗也是最近才被定为常规的。"

"我猜意大利小村庄的卫生标准跟纽约还是不太一样吧。"

"那倒是。幸好唐是个卫生狂人，不然孩子——"

我给索尼娅使了个眼色，提醒她，她正在扮成罗茜。罗茜绝不会为我的古怪行为进行辩解，也不是生长在卫生条件恶劣的意大利农村。当然了，索尼娅也不是。我担心整个状况变得有点混乱。

接着不知哪个乔治又打起了鼓。

"那是什么声音？"莉迪娅问。

这是个好问题，因为最开始的几下听起来有点像火警铃。但鼓声渐渐有了节奏，又加入了贝斯和两把电吉他。此时，即便是莉迪娅也能分辨出是什么在响，但我说什么她也听不到了。

最初的三分钟，我们试着用简单的手语交流。我认为莉迪娅是在问："孩子怎么睡觉？"索尼娅比画道："头骨，再见，小鸟，袋鼠，不，不，不，吃意面。"

音乐停止。索尼娅说："我打算回意大利。"

"如果你留下来呢？如果你和唐可以澄清这些误解呢？"

我把她们带到吉恩的房间，里面堆着父亲寄来的礼物。

"上帝啊，这就是个棺材，"莉迪娅惊叹，"是个透明棺材。"

"别乱说，"索尼娅说，"我感觉你在找碴批评唐。"

"那你说这是什么？宇宙飞船？"

实际上，这款隔音婴儿床并不适合太空旅行，因为它不能隔绝空气。我用手机上好闹钟，闹钟一响就把它扔进婴儿床，盖好盖子，铃声戛然而止。

"如果手机需要呼吸，也完全没问题。"我说。

"它要是哭呢？"莉迪娅问。

"你说手机会哭？"我很快意识到自己的错误，用手指了指床边的话筒和发送器，"罗茜睡觉时会戴上耳机，我自备了耳塞，所以孩子不会打扰到我的睡眠。"

"你可真幸福。"莉迪娅说，她看了看四周，"还有人睡在这儿？"

"我的朋友。他的妻子把他赶出了家门，因为他不道德的行为，现在他和罗茜住在一起。"

"在婴儿房里？"

"没错。"

"罗茜，"莉迪娅叫了她的名字，索尼娅看向门口，但随后意识到莉迪娅是在跟自己说话，"你可以接受这些？"

索尼娅的回答显然表示了无法接受的强烈情绪。她回到客厅，紧张地四下张望，我即刻判断出了恐慌的情绪。

"我得去厕所。你家厕所在哪儿？"她问道，虽然从表面上看，这也应该是她自家的公寓。

我们就站在我浴室兼办公室的门口，我帮索尼娅打开门。

"厕所里还有张桌子。"莉迪娅看着索尼娅关上浴室门,随口说道。我也注意到了这个问题,但我没把桌子搬到戴夫和索尼娅那儿,毕竟搬着桌子坐地铁还是不太可行。

我们被索尼娅的叫声打断,她的声音穿过浴室兼办公室,传到我们的耳朵里:"我有大麻烦了。"

"是管道问题吗?"我问。这个厕所有时会有点堵塞。

"是我的管道出了问题。有点不对劲。"

在社交场合中,当浴室里有一位与你毫无关系的异性时,冲进去是极为不妥当的行为。我意识到了这一点,但我的行为完全正当,因为索尼娅很有可能进入了孕期的最后阶段,我猜她就要生了。

我一脚踏入禁地,索尼娅跟我说了情况。她的表述十分清楚。

"你在干吗?"莉迪娅问道,"一切还好吗?"

"赶快打电话,"我说,"等一下。"

"怎么了?"

"脐带脱垂。我已经叫了救护车,但只要生产过程还没开始,就不需要紧急处理。"

"噢,天哪,"索尼娅的声音充满痛苦,"我觉得已经开始了。"

在我的指导下,莉迪娅扶着索尼娅来到罗茜的书房,我再一次把罗茜的床垫从主卧室拖过来。我需要一些操作的空间。索尼娅躺在床垫上。拨通911的时候,我已经把情况的紧急性报告为最高等级,所以现在没必要再打一次,给急救系统增加负担,这样很有可能延缓对其他紧急案件的救援速度。

索尼娅处在极端痛苦之中,近乎歇斯底里:"噢,上帝啊,我在书里看过。孩子的头会顶破脐带,然后就会缺氧,噢,妈的,妈的,妈的——"

"有这种可能。"我说。我试图把自己调整为陪床模式,而这正是我拒绝选择医学为职业的原因,"孕产妇死亡的概率几乎为零。但如果没有介入治疗，孩子很有可能夭折。然而，我们已经给介入机构打了电话。"

"如果他们不来怎么办？如果他们不来怎么办？"

"我认为我有能力自行提供必要的介入治疗，我有丰富的实践经验。"我认为我不应该提及，在接生小牛戴夫的时候，并没有出现脐带脱垂的现象。

"什么经验？什么经验？"索尼娅失控的情绪似乎在迫使她把所有事情都重复两遍。

我安抚她道："整个过程十分简单，我首先要给你做个检查。"我并不想这么做：一想到要和一位关系密切的女性友人发生亲密接触，我就感到一阵恶心，但我必须拼尽全力，保证孩子能够顺利生产。戴夫和索尼娅努力了五年，倘若在此刻功亏一篑，一定会给两人带来巨大的打击。我努力把索尼娅想象成小牛戴夫的妈妈，但我很可能因此患上某些创伤后的应激障碍。

莉迪娅在一旁胡乱踱步，我诊断出其有焦虑的迹象："唐，你知道自己在干什么吗？"真是差劲的陪床礼仪。

"当然知道，当然。"我虽然心里有些没底，但还是强撑着故作镇静：哪怕牺牲掉诚实的品格，也要装作自己充满信心。我刚要开始检查，外面的房门开了。

"谁在那儿？是你吗，唐？"是罗茜的声音，吉恩在她旁边，两人正站在罗茜书房的门口，"这是怎么了？"

我向他们介绍了情况："我要去给她做个检查。"

"你要去做检查？"罗茜反问道，"你要去给她做检查？你恐怕不行吧，大教授。所有人都出去，包括你。"她指的是我。

"天哪，幸亏你们及时赶到了。"莉迪娅对吉恩和罗茜说。

罗茜把我们都赶了出来，关上房门。还不到一分钟后，她又开了门，情绪激动地走了出来，把门掩上。

"你说得对，"她压低了声音，可音量还是不小，"噢，上帝啊，我们这是在干什么？我从来没干过妇产科。"

我试着模仿她的音量，也压低了声音："可你做过解剖。"

"这他妈管什么用？我们得找些明白人来，知道自己要干吗的人，就现在。"

"我知道要干什么。"

"我是个医学生，我应该知道要干什么的。"

罗茜的语调似乎在提示我，她正在滑向失去理智的边缘。

"他们现在都派学生来了？"莉迪娅向吉恩发问，声音里满是惊恐。

索尼娅还在高一声低一声地叫着，吉恩对于意大利女人的判断果然没错。

"我知道要干什么。"我再一次对罗茜重复道。

"胡扯，你根本没有经验。"

"但我有丰富的理论知识，只需要你来执行我的指令就行了。"

"唐，你是个遗传学家：你对妇产科一无所知。"

我不想让罗茜回忆起让我们最终关系破裂的导火索事件，但在这个时候，我会不会社交已经不重要了，能让她相信我有足够的产科知识才是当务之急。

"海迪，就是那个产前课程的召集人，她就一度以为我是个妇产科医生。"

我很欣慰终于不用与人类接触了，但我又想起罗茜在临床方面的问题。

"让你接触索尼娅，没问题吧？"我问。

"比你的问题小多了，大教授。告诉我要干吗就行了。"

莉迪娅转向吉恩："你就不能做点什么吗？你是有资质的，对吧？"

"正教授，"吉恩说，"刚搬过来，我和老婆分开了，哥伦比亚又给了一个无法拒绝的职位。"他伸出手："吉恩·巴罗。"

吉恩还在和莉迪娅攀谈，我则指导罗茜完成各个步骤。总的说来，我们的目标就是让婴儿的头部不再压迫脐带，在可能的情况下，把它向内推一推。但这显然难以做到。罗茜的嘴里不停地骂着"×"，索尼娅更加歇斯底里，这又让罗茜骂个不停。与此同时，我还在不停地反复给她们鼓劲，让她们相信我们完全做得到，这似乎在短时间内对索尼娅产生了非常积极的影响。当然，如果我们能在执行指令的同时，以如下顺序展开对话——"噢，上帝啊，我要死了""×，别乱动""别慌，我们做得很好"——场面会轻松很多。

只可惜人脑不是电脑，我们对话的强度逐渐升级。索尼娅当真是在尖叫，身体扭动个不停，罗茜也在高喊"我×"，而我为了安抚这两个人，也不得不提高音量。乐队排练的噪声再次响起，任凭我们怎么叫喊，也都无济于事了。

乐队排练了不足90秒，声音突然停了下来。差不多又过了30秒，书房的门开了。进来的是吉恩，还有乔治三世、王子和死国王其他的成员，这些人我在格林威治村见过，就在乔治父子的"接棒之夜"上。同行的还有一个女人，差不多20岁（体重指数正常，因为场面过于混乱，无法给出准确估计），还有一个男人，大约45岁，脖子上挎着一台相机。几秒钟后，三位穿着制服的救护人员抬着担架，冲破人群。

"你是医生吗？"其中一位（女性，年龄约为40岁，体重指数正常）救护人员问罗茜。

"你是吗？"罗茜反过来问。罗茜的表现让我印象深刻。短短的一段音乐过后，她的情感水平已从慌乱转为了职业。

"目前的情况都在掌握之中。"我说。我给几位医护人员进行了简要介绍。

"干得非常好，"她说，"后面的事就交给我们吧。"我看着她接过了罗茜的工作。按照陪床礼仪的规定，我向索尼娅解释了现在的状况。

"这些医护人员看起来非常专业，孩子活下来的可能性现在大幅提升了。"

索尼娅希望我和罗茜能在救护车上陪伴她，但另外两位救护员中的一位（男性，约45岁，体重指数约为33）通过高度专业的方式安抚了索尼娅，后者终于同意由他们在救护车上陪伴她。摄影师拍了几张照片，那位体重超标的救护员给了我医院的名片。

莉迪娅挤过人群，来到我身边："你不陪她一起去？"

"我不认为这是必要的行为。这些医护人员十分专业，我能做的也都做完了。我打算去喝杯啤酒。"

"我的老天哪，"她说，"你真是没有一点感情。"

我突然感到一阵愤怒。我简直想要摇醒莉迪娅，还有全世界跟她一样的人。他们完全不能理解控制情绪和缺乏情感有着怎样的差别；他们毫无逻辑，硬要相信无法解读他人感情的人，自己也感知不到任何感情。这太荒谬了！难道那位把飞机安全降落在哈德逊河上的机长不像任何一位慌了神的乘客一般，深爱着自己的妻子吗？我很快控制住愤怒的情绪，但我对莉迪娅的信心大打折扣，她真的有资格给我建议吗？

罗茜打断了我的思路："我要去洗个澡，你能先把大家都请出去吗？"

我意识到自己忽略了最基本的社交礼节，没有把大家互相介绍认识，这是因为有一些人我本身也不认得。我开始弥补这一失误。

"莉迪娅，这是乔治三世、王子、埃迪、比利、吉米先生。朋友们，这是莉迪娅，我的社工。"

乔治介绍了记者（萨利）和摄影师（恩佐），他们是来采访死国王更换成员的事情。

"那位女士是谁？"乔治问。

"戴夫的妻子。"

"你一定是吓坏了，出现了人格分裂的症状，"莉迪娅对我说，"赶快试着深呼吸几次。"

"有人给戴夫打电话吗？"乔治问。

我完全把戴夫忘到了脑后，他一定会感兴趣的。

死国王和记者们离开之后，我给戴夫打了电话。莉迪娅走进厨房，给水壶添满水。我判断出某种困惑的反应。

戴夫好像有点慌神。"索尼娅还好吗？"他问。

"索尼娅的风险已降至最低值，危险主要——"

"我是在问你，索尼娅还好吗？"

同样的问题，我被迫回答了好多遍。戴夫似乎也染上了自我重复的毛病。很显然，我的答案不会改变，我们的对话就这么陷入了循环错误。终于，我看准时机打断他，也趁机把医院的信息告诉他。他没有问，我也没有告诉他孩子的风险。我来到啤酒室，给自己倒了杯啤酒，莉迪娅跟了过来。

"来杯啤酒吗？"我问，"我们可以无限量供应啤酒。"

"再没什么能吓到我了，"她说，"实际上，我反倒有个惊喜给你。"

## 第三十三章
# 假冒罗茜计划被拆穿

罗茜洗了澡，换上干净的衣服，我和莉迪娅还坐在沙发上。

"你是谁？"罗茜问莉迪娅。她的语气有点咄咄逼人。

"我是一名社工，莉迪娅·默瑟。我来这里见唐和罗茜，接着就发生了这些事。"

"唐从没跟我提起过，有什么事吗？"

"我不觉得能和你讨论什么……你是刚洗完澡吗？我以为你是急救人员，跟着第一批来的，还有一个高个儿的教授。"

用这种词语来形容吉恩着实有些古怪，他比我矮上五厘米，应该跟莉迪娅差不多高。她显然自己也有点糊涂了，救护组里怎么可能会有个教授？

"吉恩和乐队一块儿走了，"我解释道，"但他会回来的，他住在这儿。"

"我是罗茜，"罗茜说，"我也住在这儿。所以我希望在这儿洗澡不会打扰到你。"

"你的名字是罗茜?"

"有问题吗?你刚才说是要——"

"没问题,就是有点意外。唐——唐-戴夫——的妻子也叫……罗茜。"

"罗茜二号是不存在的,"我解释道,"只有乔治家的父子俩用了一样的名字。"

"我就是唐的妻子,"罗茜说,"你不介意吧?"

"你是他的妻子?"莉迪娅看向我,"咱们得单独谈谈了,唐-戴夫。"

我猜莉迪娅的结论一定是我娶了两个老婆,都叫作罗茜,都怀孕了,还都住在一套房子里。为了避免混淆,我分别称呼她们罗茜一号和罗茜二号。这种事情在现实生活中发生的可能性太低了,根本不可能。这当然不是事实。我不由得开始沉思,这一切的源头到底在哪儿。我,唐·蒂尔曼,编造了一张谎言大网。难以置信。但所幸,我没必要继续这种欺骗了。莉迪娅见到了真正的罗茜,她可以重新给出建议了。

"不用单独谈。"我说。

我把整个故事讲给她们听,没有漏掉任何细节。我给莉迪娅的杯子添满酒,接着是我自己的,还给罗茜倒了一杯。我认为她喝点酒没什么问题,理由有三:

1. 根据罗茜曾经引用过的研究成果,在她所处的怀孕第三阶段,少量的酒精摄入对于胚胎的损害极小。

2. 英式艾尔酒的酒精含量要低于美式或澳式拉格啤酒。

3. 罗茜表示,"我得喝一杯",通过她的表述方式我认为,如果她的需求不能被满足,就一定会有坏事发生。

故事讲述到大约第20分钟，就在罗茜时不时露出震惊的鄙夷表情，并像往常一样要求"概述""说重点"时，吉恩回来了。

"你或许也该过来听听，"莉迪娅说，"你是哪科的教授？"

"我来自澳大利亚顶尖的大学，是心理学系的系主任，现在正在哥伦比亚大学做研究。"吉恩的表述没有问题，但他本可以用一个精确的词就能回答这个问题：遗传学。她们竟然还嫌弃我给出的无用信息太多。

"这么看来，"莉迪娅继续道，"有人能提供专业支持，这绝对是件好事。让我来把唐的话总结一下。虽说到目前为止，他讲的故事我都听过，可罗茜显然是头一回听说。"

"不用了，"我说，"吉恩很清楚操场事件，也知道我被要求参加心理评估。"

罗茜看着吉恩，很明显，她的表情绝对不是开心。

"我发誓要保密了，"他说，"唐不想让你着急。"

故事继续："所以我就找到索尼娅，让她来冒充罗茜。"

这个部分我还没跟吉恩说起过。他一直以为，第一次和莉迪娅见面之后，我的指控就被撤销了。这也是谎言之网的一部分。

罗茜、吉恩和莉迪娅三人的反应在激烈程度和面部细节方面略有不同，但都可以看成同一个问题的三种变体："你干了什么？"

"等等，等等，等等，"莉迪娅打断我，"你是说她……"——手指着罗茜——"是你的妻子？罗茜才是真的罗茜？"

回答这种问题甚至都不需要任何上下文信息，这就是最简单的同义反复，完全是为了反映莉迪娅的迷惑。罗茜已经明确表示过她就是我的妻子。

这又给了吉恩展示连珠妙语的机会。

"罗茜之所以为罗茜，正因为她是罗茜①。"吉恩如是说。

我想让他的话变得更好懂一点："这个故事里面只有一个罗茜，她有一头红发，她是我的妻子。我只有一位妻子，这个人就是她。"

"那索尼娅又是谁？"莉迪娅问。

这很简单。"你已经见过索尼娅了，她这会儿应该在生孩子。"

"我不是这个意思。她是谁？你找了一个来自意大利农村的女孩……"

"她是戴夫的妻子。"

"戴夫？"

"噢，上帝啊，"罗茜惊呼，"我们得给戴夫打个电话。我满脑子都是这些乱七八糟的事情，竟然把戴夫给忘了。"

"戴夫？"莉迪娅问我，"还有另外一个戴夫？你爸爸吗？我以为他是另外一个唐。"

"我已经给戴夫打过电话了。"我告诉罗茜。

"这一切太离谱了，"吉恩说，"我们现在竟然要指望着唐来处理这些人际关系问题。"

集中精神变得越来越难，周围全是些让我们分心的事情。短消息，莉迪娅在看手表，吉恩在问莉迪娅为什么要看手表。

"你要去什么地方吗？"他问道。

"哪儿也不去，但我得吃点东西。我觉得想要弄明白这一切，还要再花上一段时间。"

"我去叫点比萨。"吉恩说。

吉恩打电话的工夫，一阵敲门声传了过来。是采访死国王的年轻记者

---

① 原文为"A Rosie is a Rosie is a Rosie"，改编自美国女诗人格特鲁德·斯泰因（Gertrude Stein）的名句"Rose is a rose is a rose is a rose"。

和摄影师：萨利和恩佐。

"不好意思，"萨利说，"我们只是想确认一下，那位被送到医院的女士现在还好吗？而且……这似乎是个不错的故事，不知道你们愿不愿意和我们分享一下。"

"除非你们想让唐再讲一遍。"吉恩说。他打过电话，回来加入我们，顿了顿，继续道："反正今晚我哪儿也不去了，干脆也给你们叫点比萨算了。"

"我们不会待很久的。"萨利说。

"那是你这么觉得，"吉恩说，"家庭装的玛格丽塔配辣香肠如何？"

记者萨利明显对索尼娅的急救细节很是着迷，当然我还记得罗茜和B1的担忧，她们害怕女同性恋母亲项目受到错误的报道。我认为对读者来说，更为重要的是获取关键研究的相关信息，而不是某种孕期并发症的孤例。我已经尽了最大努力，把这些故事准确地复述出来，还要照顾萨利频繁提出"省去细节"的要求，我甚至怀疑她是否记下了足够的信息，让她能充分理解这些事件。罗茜却花了大把时间在电话上。

萨利和恩佐走后，我继续和莉迪娅、罗茜和吉恩的对话。我把这一对话的等级定为非常重要级，但尚未紧迫到需要拒绝媒体采访的级别。我需要进行一些实时日程调整，这样才能保持理智。

"我一直在试着联系戴夫。"罗茜说。

"怎么了？"

"问问索尼娅和宝宝怎么样了，就这么简单。"

"跟我预测的一样，紧急剖腹产。对孩子和大人都不会造成永久性损害。"

"什么？你怎么知道的？"

"戴夫138分钟前发的短信。"

"你怎么不告诉我们？"

我向他们解释了排列优先顺序的原因，现在我可以继续讲述诊疗欺诈事件了。

"男孩还是女孩？"罗茜问。

"我记得是男性。"我看了看信息，"不对，是女性。"这种细节绝非紧急，至少还要好多年之后，孩子是男是女才会变得重要起来。

"等会儿，"莉迪娅突然想到了什么，"为什么索尼娅要这么帮你？这会给她带来不少麻烦的。当然了，她现在的麻烦也不少。"这最后一句话显然是在威胁，但即便是我也能看出，莉迪娅并没有定罪的证据。

"她说这是在补偿我，因为我帮了戴夫大忙。我确实付出了一些努力，帮他保住了生意。这些都是必要的工作，但我做得还不够。比如戴夫的文件归档和电脑系统还有待提高；他生成发票的方式——"

罗茜打断我："戴夫的生意出了问题？"

"出过问题。我已经修正了所有这些问题，除了一点，没时间做行政工作。我帮他购置了惠普四合一机器，还重新做了设置——"

轮到吉恩打断我了："戴夫的文件归档问题确实非常有趣，但我们还是应该把重点放在最重要的事情上：唐的脑子里只有一个念头，他根本无法当好一个父亲。没有他在身边，罗茜可能会过得更好。而罗茜的理解是他根本不想当父亲。这都是瞎扯淡。唐这个人，只要脑子里有了个念头，就会一心扑到上面。我说得没错吧，莉迪娅？"

"从技术上看，我认为他的确是这样，"莉迪娅回应道，"我的担忧在于，他能否理解他人的需求，能否给人以支持。"

"比如说是否能够认识到朋友的事业要完蛋了，他的人生可能都会紧接着急转直下，甚至婚姻都不保？得想办法帮他修复这一切？"

"我是说情感上——"

"我只是提供了一些实操建议，"我说，"我希望能避免这些情感问题。"

"我不想给出任何建议，"莉迪娅说，"这需要你们两个自己找到解决办法。"

"别那么着急，莉迪娅，"吉恩说，"唐选择离开罗茜，是因为你说他会给罗茜带来不好的影响。所以他做出这样的人生决定，背后的原因就在于你的建议。"

"那是因为我所掌握的一切事实都是编造出来的。一个会计装成来自意大利的农村姑娘，还要再装成澳大利亚的医学生。"

莉迪娅把这一切过分简化了，我纠正了她的错误："你在没见到索尼娅之前就认定我不适合做父亲。"

她告诉吉恩："我很担心，因为我之前见过唐，在一次午餐上。"

罗茜猛地站起来，我感受到了愤怒的情绪，"你和唐一起吃过午餐？接着他就成了你的病人？午餐是什么时候的事情？"

"还有我的朋友，朱迪·埃斯勒。"

"我的朋友朱迪·埃斯勒。在翠贝卡的日式融合餐厅？你就是那个凭着20个步骤就能诊断出自闭症的神经婊子？×。"

"朱迪这么说我的？"

莉迪娅站了起来，吉恩也站了起来，把一只手放到罗茜的肩膀上，另一只手放到莉迪娅的肩膀上，"先听听莉迪娅怎么说，她不是唯一一踩了地雷的人。"

莉迪娅坐下来。"听着，"她说，"我确实在午餐的时候有点过分了，唐让我很生气。我后来选择继续跟进是因为我很同情罗茜……索尼娅……任何一个要单独抚养孩子，没有男人帮助的女人都值得我们同情。"

罗茜也坐了下来。

"无论如何，"莉迪娅继续道，"我现在不会担心罗茜会发疯或是抑郁，却没人注意。你应该早些告诉我，与她同住的还有一位心理学系的知名教授兼训练有素的观察员……"——她对吉恩笑了笑，吉恩也对她报以微笑——"那我就不会继续纠缠下去了。"

问题似乎是解决了，但莉迪娅还没讲完。

"我不是唐的治疗师，但你们两人之间确实有些问题。我不觉得唐是个危险的人，我敢肯定他帮助朋友们做了不少事情，但他——"

莉迪娅还没有想出该选择怎样的词语，我帮了她一把："不太正常。"

她笑了："谢谢你帮我解围。你们都是聪明人，但教育孩子对任何人来说都不是容易的事情。快把那些进化心理学的废话都忘了吧，告诉你这些的朋友简直就是呆瓜。"

那些所谓"进化心理学的废话"应该是我说的，在蓝鳍金枪鱼事件爆发的那天，我分享了有关性协调的知识。

"你怎么回去？"刚刚被莉迪娅定义为"呆瓜朋友"的人问道。

"我坐地铁。"

"我跟你一起去，顺便走一走，"吉恩说，"看来我们都不怎么喜欢那些遗传学家，他们总是天真地以为自己完全掌握了人类行为。"

公寓里只剩下罗茜和我，还有些没吃完的比萨。我拉出一截保鲜膜，罗茜从我手中把卷轴拿过去。我拽住一头，做出反复演练过多次的动作——我已经非常熟练了——撕下了一段大小完美的保鲜膜，把比萨包了起来。

罗茜在一旁看着我。她认出莉迪娅就是朱迪·埃斯勒暗骂的人之后，就一句话也没讲过。

"你今晚不用回戴夫那儿去，"她说，"但你知道我买了明天回家的票，对吧？"

"莉迪娅的评价没有让你改变主意？"我问。

"你改变主意了吗？"

"我选择离开是因为我给你的生活带来了完全负面的影响，主要的判断依据就是莉迪娅对我的评估，她认为我不适合当一个父亲。"

"唐，她是错的。事实正相反，你可能是世界上最伟大的父亲，最好的伴侣。你简直就是本百科全书，你知道该让我吃什么，该做多少锻炼，该买什么样的婴儿车。你还知道怎么处理脐带脱垂，我虽然是个医学生，但完全不知道该怎么办。我们一直在争吵，但你一直是对的。你总是对的。"

"非也。我——"

"别给我举反例，我知道你曾经错过一次，但绝大部分情况下你都是对的。我想要照顾我的孩子，去爱他，去培养他长大，但我不希望由你一直来告诉我该做什么，我不想只是单纯地执行你的指令。就像今晚这样。"罗茜站了起来，在屋子里踱着步，"我不想只是成为你婴儿计划的一部分。我想要和孩子产生联系，完全由我掌控的联系。"

"你觉得我的投入会干扰到你？"莉迪娅是对的，罗茜想要建立一种完全没有干扰、全新的完美关系。

罗茜走进厨房，打开水壶，她今晚的热巧克力循环即将开始。我利用这段时间组织语言，想要劝说罗茜留在纽约。差不多六分钟后，她重新回到客厅区域。

"假如我们在所有事情上都看法一致，那可能也是个问题。除了母亲，我没有其他新的角色，而你却一直在前进，一直在变得更好。兼职工作。想要当个好妈妈已经够难了，我不需要让我的伴侣时刻提醒我又做错了什么。"

"或者我可以把掌握的知识都转移给你，而不是直接利用。"

"别！我可能是太善良了，我可能让你觉得自己是个超级好爸爸，但身为家长，只有理论是完全不够的。孩子需要的可不仅仅是你能把尿布叠得好看。"

"你一定要回家？自己回去？"

"唐，我不想说的，但我还是得告诉你：我的生活里还有其他人。这是我做过的最困难的决定，我甚至做了量表。"

# 第三十四章
## 罗茜回国

我们又睡到了同一张床上,这可能是最后的机会了。此时做爱似乎不大妥当,我们都精疲力竭,特别是在有"其他人"存在的时候。有太多让我感到困惑的信息需要处理,但我知道,如果头脑没有清空,现在开始处理其实毫无意义。不再有什么非做不可的要紧事了,我可以在项目结束之后,在适当的时候统一做个回顾。

"我没办法面对戴夫和索尼娅,"第二天早上,罗茜告诉我,"我就待在这儿,朱迪10点钟来接我。"

这是我和罗茜的第二次告别,第一次是我搬去戴夫家的时候。早先的研究表明,太过繁复的告别会造成更大的痛苦。我本人的经历也能证明这一点。

我结束每日的跑步锻炼回到家,罗茜正在书房里收拾行李。她看起来美极了,一直这么美,她现在的身形为她的美增添了更多韵味。

"他还在动吗?"我问。

"他要是不动了才会吓到我。"

"我是说现在还在动吗？"

"现在没有，几分钟前还在动。"

我有点矛盾。戴夫是一个再正常不过的男人，和他谈过之后，我知道他一定会强烈建议我要感受婴儿在肚子里"踢腿"的节奏。我从未感受过，有三种可能的理由：

1. 如果这会带来强烈的情感体验，我就会越发感到罗茜离开我的痛苦。换成戴夫或是其他普通人，可能也会得出同样的结论。

2. 我仍然处在某种拒绝模式，无法接受我们因为缺乏规划而弄出了一个真实存在的婴儿。感受他的动作与我习惯的拒绝模式完全相反。

3. 我对接触陌生人的身体有着天然的厌恶感。罗茜虽然前一晚和我睡在了一起，但我们之间的关系无疑已经发生了本质的改变。

我知道如果我表现得异于平常，就可能会改变罗茜对我的看法，但这样的行为完全属于欺骗。与此相反，我决定给出诚实的反应——做我自己。

"我能看看你的量表吗？"我问。恐怕我现在只能寄希望于在她的量表中找到错误。

吉恩和我一起去医院看望索尼娅。他在昨晚之前从未见过索尼娅，但他要去的动机很有道理。

"我们也是过去帮助戴夫。男人们分发雪茄，因为他们得给自己找点事情做。头六个月他可有的忙了。还有，千万别跟我提'依恋'这两个字。如果戴夫想要的是孩子伸出小胳膊抱住他，对着他喊'爸爸'，那他可有的等了。"

吉恩的建议和我读到的内容相吻合。书里建议男人们要多帮忙做家务，虽然这些工作很容易就能外包出去，特别是在有最低工资标准的国家。戴夫的重点应该放在工作上，多赚些钱，这才是理智的选择。

"罗茜呢？"我们刚到，索尼娅就问了这样的问题。孩子还在婴儿房的小床上睡着，索尼娅却有自己的单间。戴夫理应在工作结束之后再过来医院，可他竟早就到了，在看孩子。孩子从表面上看没有任何异状，而他的外貌确实每天都在发生巨大的变化。

"很遗憾，我们在婚姻状态上并没什么变化。但实际上，分别在所难免，罗茜已经在回澳大利亚的路上了。"

"不！为什么会这样？你们为我做的一切——你们俩的配合简直天衣无缝。"

索尼娅的逻辑很有问题。若是按照她的意思，所有共同开展合作项目的专业人士最终都会发展成永久性的伴侣关系。尽管有些时候确实如此，但在我们之间不是这样。

护士的到来打断了我们的谈话，她的手里抱着一个正在哭闹的小婴孩，应该就是索尼娅和戴夫的孩子。通过上一次产前课程骚动事件我认识到，人们更重视社会规范，而不是通过共享母乳把孩子的免疫系统提升到最高水平。

索尼娅已经开启了营养与免疫提升程序。

"发生了什么？"她把孩子摆好位置，接着就问道，"你和罗茜？如果是莉迪娅的问题，我这就去举报她。我说真的。"

索尼娅是个会计，她应该很清楚做决策的思考逻辑。我把罗茜的量表从口袋里拿出来，递给她。她一手拿着量表，一手抱住孩子不让他乱动。经过这么短的时间，她就能变得如此高效，真是让我刮目相看。

"我的天哪，你们俩简直都是疯子，"她说，"所以你们才应该在一起。"她又多看了几秒钟量表："已经买了机票是怎么回事？"

"罗茜的机票是不能退款的，她觉得自己坚决不能浪费这笔投资。所以很显然，这也是促使她决定回家的重要因素。"

"你们分手是因为不想浪费机票钱？无论如何，她的决定是错的，这就是对沉没成本的错误理解。在投资的时候，本来就不该考虑不可偿成本。没了就是没了。"

吉恩拿过量表："直接说机票，一击制胜，干得漂亮，索尼娅。有时候你就得用他们的语言，他们才听得明白。"

他又看了一眼量表："罗茜一直在骗你。"

"你怎么知道？"

"她另外一个男人在哪儿？34号？在我看来，这人根本不是斯蒂芬。我了解斯蒂芬，身边要是有一个带着孩子的女人，他肯定会跑出去一丈远。哪怕是罗茜也不行。如果他也是一个影响因素的话，肯定会是最重要的那个，那罗茜也就不需要做这个量表了。"

吉恩说得没错，量表上确实没有任何与情感相关的因素。上面写的基本都是些实际的问题，比如照顾孩子（父亲及在澳大利亚的大家庭）、工作机会（基本相同），还有要不要继续医学博士项目（存在多个影响因素，结果未明）。

"可能她制作量表就是想让我感觉好过一点。"我说。

"怎么说呢，"吉恩开了口，"这样的东西只可能在你和罗茜之间存在。所以你们必须在一起，才不会祸害到我们其他人。唐，根本没有34号这个人，他就是个幌子。"

"有Skype信息。"

"Skype信息什么的我不清楚，但我知道，一定会有一大堆的事情在等着罗茜。理论上说，男人们一般不会主动帮忙，如果那孩子没有自己的基因的话。"

索尼娅意味深长地看了吉恩一眼，"你如果曾经在人工授精机构工作过——"

我的思路转到了另外的方向上。快速地转了过去。我一向是更擅长记忆数字，而不是名字。现在我想起来在哪里见过数字34了。

我还没来得及处理这些信息，索尼娅就在问我："你想要抱抱罗茜吗？"

这完全就是个不妥当的私人问题，但我很快发现自己理解错了。名字并不是唯一的标志。

"这孩子叫罗茜？"

"罗西娜，但我们也会叫她罗茜。如果超声波检测结果有误，生出来是个男孩，我们就叫他多纳托。她能顺利出生完全要感谢你们，你和罗茜。"

"这有点乱。"

"我正是希望如此。这就意味着你要把罗茜重新带回你的生活里。你必须这么做。来。"她把孩子递给我，我抱过小家伙，但脑子里还满是对34号的分析。我把罗茜二世抱还给索尼娅。

"所以结果是多少？"我问吉恩，"去掉沉没成本之后。"

"减掉了9分，所以总分为负2分。"

"你确定吗？"我记得机票只有4分。我想把量表拿过来再看一遍，吉恩却拿给了索尼娅。

"你在质疑我的数学水平？"他问道。

"负2没错。"索尼娅确认了吉恩的答案。

我震惊了："她算错了？量表建议我们在一起？"

"在你生活的世界里的确如此，但我不知道罗茜怎么样。她也许会因为改变主意而倍感痛苦，再加上3分。我怎么知道？"

我还在设计我的反应，这时戴夫走了进来。

"都还顺利吗？"他问。

"孩子的情况没有任何改变，"我说，"你开车了吗？"

"开了，在——"

"肯尼迪国际机场，"我说，"立刻出发。"

戴夫朝索尼娅晃了晃钥匙，但她坚持要再给我一些建议后才肯放我离开。

"别总想着要跟她争出个结论。还有别忘了一定要告诉她你爱她。"

"她知道。"

"你上一次说爱她是什么时候？"

"你是说我需要反复跟她说？"

爱是一个持续的过程。结婚后，我们的爱意没有什么重大的变化——也许我们不再像最初那样爱得分外狂热，但我似乎不应该把这一点放进给罗茜的爱意报告里。

"是的，每天都说。"

"每天？"

"戴夫每天都会告诉我他爱我，对吧，戴夫？"

"嗯哼。"戴夫又一次晃起了车钥匙。

# 第三十五章
# 追上飞机

回公寓的路上，我在网上订好了票。现在只剩全价票了，但好处是都能退款。罗茜是个毫无规划的人，这我知道，但在国际旅行这样的重要事件上，她又重视过了头，早早就会去机场等着。我希望在我们赶到的时候，她还没进安检口。罗茜不像我，曾经给航空公司做出过不少贡献，所以她无法得到"特殊"照顾，享受贵宾休息室的服务。必要的时候，我会给她发短信问她在哪儿，但我并不想惊扰到她。

我们先在我的公寓停下，以便拿上护照。

"你不需要那东西，"吉恩说，"只是到洛杉矶的国内航段，用驾照就行了。"

"我没有驾照，过期了。"

"你不拿上点别的东西吗？要是我就会好歹收拾个小包，有备无患。"

"我只是去机场。"

"随便往包里装点东西就行了。"

"没有清单我打不了包。"

"我来告诉你要装什么。"

"不行。"我已经临近压力极值，吉恩一定是感受到了这一点。

我从浴室兼办公室的柜子里取了护照，并决定利用从家到机场的时间，找戴夫和吉恩取取经，让他们给我一些建议。在见到罗茜之前，进一步完善我的说辞，显然至关重要。我认为这也是很好的时机，提升咨询委员会的整体水平。出发之前，我还去了乔治家一趟，他也同意和我们一起去机场。

我和戴夫坐在前排，吉恩和乔治坐在后排。

"你要怎么跟她说？"戴夫问我。

"我会告诉她，她的量表有问题。"

"要不是认识你这么久了，我一定会认为你在搞笑。行了，你就当我是罗茜，准备好了吗？"

既然索尼娅可以假装成罗茜，那戴夫有什么不能。但我还是得看着窗外，以免被他迥异于罗茜的体态影响。

"唐，我想起来量表上还差一条。你睡觉打呼，扣5分，再见。"

"请你用正常的声音。我睡觉不打呼，我用录音机录过的。"

"唐，随便你怎么说，我总会找到点什么放到量表上的。这是我唯一能让你相信我做对了的方法。"

"所以不管我做什么，你都不会回来了是吗？"

"也许吧。你知道我为什么离开吗？"

"请解释一下。"

"我没办法解释，我是戴夫啊。应该是你解释给我听，这样我们才能知道你是不是真的想明白了。"

"我做的事情，你可能都会做，但我的方法很讨人厌。"

"没错，你总是在挑衅我。对爸爸来说，最难的事情就是找准自己的定位。对我来说，就是负责养家糊口。”

“你想要出去赚钱？我以为你想要照顾孩子，然后找份研究工作。”

“我现在是戴夫。你得找到自己的位置，你要扮演什么样的角色。她觉得自己不需要你，因为在她的脑子里，只剩下了一种关系：她和孩子。人们生来就是如此。”

“你要一直注意这一点。”吉恩说。

一种关系。我们的关系被孩子取代了、超越了、淘汰了。罗茜已经得到了自己想要的，她不再需要我了。

“这肯定会影响所有的关系，”我说，“为什么就不是所有的关系都会失败？”

“跟骨肉皮的关系就不会，”乔治说，“但说真的，你们得找到适合自己的方式。我第一个孩子出生之后，所有的关系都不一样了。”

“再等六个月，”吉恩说，“一切都会好起来的。”吉恩给出了具体的时间来支持他的论点，就好像否认全球变暖的民粹主义者一样。很显然，他现在的婚姻状况之差，远远比尤金出生六个月时恶劣得多。但他最近与卡尔重新恢复了联系。由此我得出理智的结论：婚姻幸福与否并不简单取决于时间；想要提升整体幸福感，势必要部分牺牲掉稳定性。我的经历也证实了这两点。

戴夫补充道：“你该做的就是帮助你的妻子减轻负担，让她有更多时间花在你的身上。你来洗衣服，给房子吸尘，人们都是这么说的。我相信这些人从未想过要经营事业。”

“索尼娅可以帮你做案头工作，”我说，“所以你就可以腾出时间，放到提升关系的活动上。”

“我能自己经营好我的生意，”戴夫说，“不需要老婆来帮忙。”

“我觉得如果你的老婆主动提出要帮你整理账目，”乔治说，“你就应该说‘谢谢你’，然后就去乖乖吸尘，等你做完这一切，你就能利用剩余的时间好好来上一发，这是你应得的。"

车子开到下客区，戴夫才再次开了口："需要我在这儿等你吗？"

"不用了，"我说，"机场快轨更方便。"


"没有手提行李，先生？"

安检人员（年龄大概28岁，体重指数约为23）拦住了我，虽然我在安检过程中没有出现任何问题。

"只有手机和护照。"

"能让我看一下您的登机牌吗？您有托运行李吗？"

"没有。"

"您要去洛杉矶，一件行李都没有？"

"没错。"

"请出示身份证件。"

我把我的澳大利亚护照递了上去。

"请到这边来，先生。稍后会有人接待您。"

我明白稍后在美国是什么意思。

我在访谈室里等着，我知道罗茜起飞的时间就要到了。幸好接待我的男士（大约40岁，体重指数27，秃头）省去了烦琐的手续。

"咱们也别兜圈子了，你是刚刚决定要到洛杉矶去的，对吧？"

我点点头。

"你都没时间打包内衣裤，却还记得拿上护照。说吧，你想去那儿干吗？"

"我还没有计划，可能飞回家吧。"

接着，他们从里到外仔细地检查了我的衣服和身体。我没有做出任何反抗，因为我不想浪费时间。和我常规的前列腺癌检查比起来，这次的检查只是稍微难受了点。

我被送回访谈室，我认为多提供一些信息可能会更有帮助。

"我要赶上飞机，我妻子在上面。"

"你妻子在飞机上？带着行李？你怎么不早说？"

"这会让问题变得更复杂。人们总是嫌我给出太多不必要的信息。我只是想赶上飞机。"

"你妻子叫什么？"

我提供了罗茜的信息，工作人员打了电话确认。

"她是联程航班，到澳大利亚墨尔本，你的航班不是。"

"我想在飞机上陪着她，能陪多久陪多久。"

"你跟你老婆的共同语言可能比我多多了。"

"有可能。毕竟我们两个选择了结婚，而你还没见过她。"

他一脸古怪地看着我。这不是头一次了："你的航班已经最后一次登机广播了，你最好抓紧点。在登机口给你准备了新的登机牌，他们还帮你调了座位，就在你老婆旁边。"

登机口的休息室里空无一人：罗茜已经登机了，我唯一的选择也只能是登机了。

她看到我在她旁边坐下，一脸惊讶，极度惊讶。

"你是怎么过来的？你来这儿干吗？你怎么上的飞机？"

"戴夫开车送我来的，我过来是为了劝你回去，我买了机票。"

趁着她沉默的工夫，我开始表达我的观点，根据戴夫的建议，我没有在一开始就指出她的量表中出现了沉没成本的错误。

"我爱你，罗茜。"这是真的，但听起来好像有点反常。

"这是索尼娅让你说的吗？"

"是的。我应该经常告诉你我爱你，但我之前不知道要么做。但是，我可以告诉你，这种感情一直都在。"

"我也爱你，唐，但这不是问题所在。"

"我希望你能下飞机，和我一起回家。"

"我记得你说你买了票。"

"我只能搭上这一班飞机。"

"太晚了，唐，我的票不能退款。"

我开始解释沉没成本的误差，但戴夫的话是对的。

"停，快停下来，"罗茜说，"我做量表只是想告诉你，我已经理智地想过这个问题了。还有很多其他的因素——那些没办法量化的因素。我跟你说过了，已经有其他人了。"

"菲尔。"贾曼健身房的墙面上挂着好几张照片，照片里他穿着足球服，号码清晰可见，就是34号。

罗茜似乎有点尴尬，或者在我看来，她的表情是在说欺骗我让她感到很尴尬。"你为什么不告诉我那是你爸爸？"

机舱里嘈杂的广播声为罗茜赢得了更多的思考时间，在这样的环境下开展对话显然是不合适的。

"我们还在等待三位转机的乘客——"

"我想让一切都简单点，再简单点。"

"所以就虚构一个男朋友？"

"你也虚构了一个我。"

我想罗茜一定是在分享她深刻的心理学洞见，否则她就可以直接提起我找索尼娅冒充她的事情。当然，这都是不相干的事情。

"你想让菲尔来替代我，他可是世界上最差劲的父亲。"当然，我现在对于菲尔的看法已经改观，但这的确也是罗茜在他们关系修复之前对菲尔的描述。此时此刻，用词是否精准已不再是我的关注要点。

"我猜他就是，"罗茜说，"看看我现在是什么样子。完全一团糟，婚姻失败，很快就要和他一样成为一个单亲家长。"

重复构型。在一个下雨天的早上，就在罗茜拒绝我第一次求婚之后，我骑车到了学生俱乐部，又试了第二次，现在，我还要再试一次。与那次不同，现在的我有了计划——一个比纠正沉没成本错误更好的计划。

三位乘客沿着走道走了过来。

"飞机就要起飞了。"我说。

"所以你得下去了。"罗茜说。

"你有太多理由应该留在纽约。"我不想放弃，脑子里飞速地组织着语言，尽管我知道罗茜因此决定留下的可能性微乎其微，"第一条就是哥伦比亚大学医学院的项目……"

"请关闭所有电子设备。"

罗茜让我停下，这可能有助于我保持头脑清醒。

"唐，谢谢你所做的一切，但仔细想想吧。你并不是真的想要和这个孩子产生联系，至少情感上不是。你爱的是我。我相信你，我相信你爱我，但这不是我现在需要的东西。求求你了，快回去吧，我一到就给你发Skype消息。"

遗憾的是，罗茜是对的。克劳迪娅的判断也是对的，她的动机的确是孩子，哪怕是再理性的观点也无法改变她的决定。嫩芽儿在我的脑子里还更像个理论建设，我也骗不了罗茜，我确实在情感上不觉得自己是个父亲。我按动呼叫按钮。一位空乘人员（男性，体重指数约为21）即刻出现在了我的面前。

"有什么可以帮忙的？"

"我要下去，我改变主意了，不飞了。"

"对不起，我们已经关了舱门，飞机就要推出了。"

坐在我旁边走道位置上的男人给了我支持："快让他下去吧，求你了。"

"对不起，我们还要卸行李。这样大家都会晚点。您没生病，对吧？"

"我没有行李，手提行李也没有。"

"先生，真的对不起了。"

"各位乘客和机组人员，请回到座位上坐好。"

回想起来，再次把我推到清醒与崩溃边缘的就是我意识到，如果当时我说自己得了病，就可以下飞机的事实。前一天的我经历了生死急救、婚姻告急、管理无能，还有个人空间的恶意入侵，所有的这些压力都让我喘不过气。再多一次欺骗，哪怕是小小的欺骗，都会逼我逃开。我所有的情感都达到了崩溃的边缘。

但我逃不开。人们阻拦着我，让我逃不开。

我闭上眼睛，深呼吸。我的脑子里想象着数字，具化它们，就好像不同数值的小立方数按照一定的顺序跳跃着，就像人类和情感，就像万物和永恒。

我感觉到有人向我靠过来，是空乘人员。

"先生，您好，飞机就要起飞了，您介意将座椅靠背调直吗？"

介意，我他妈当然介意！我已经试过了，但这椅子是坏的，而且调不调椅子跟一个人的生死存亡根本没有任何关系……

我调整呼吸。吸气，呼气。我觉得我没办法说话。我感觉到空乘人员越过我的邻座，轻轻搬动我的座椅靠背，我的情绪猛地开始崩溃，但安全带困住了我，让我动弹不得。我坚决不能在罗茜面前崩溃掉。

我开始默念让自己冷静下来的经文，再一次调整呼吸，保持声音平稳，没有音调起伏。哈代-拉马努金，哈代-拉马努金，哈代-拉马努金。

我不知道自己念了多少遍，当我的头脑终于平静下来，我感觉到罗茜的手正放在我的手臂上。

"你还好吗，唐？"

我不好，但不好的原因还是来源于最初的困扰。还有五个小时可以用来找到解决方案。

# 第三十六章
## "恐怖事件"

"唐，我得睡一会儿了。从这儿到洛杉矶，我都不会改变主意的。我真的真的非常感谢你所做的一切。我一到家就给你打电话，我保证。"

罗茜放下座椅靠背，闭上了眼睛。不一会儿，空乘人员就走了过来，给我的邻座乘客升了舱。我猜隔壁的位置会一直空着：我已经习惯了和空座位相邻，除非飞机满员，这都要得益于航空公司对我的特殊优待。然而，好景不长，另外一个男人坐到了我的旁边。他年龄大约40岁，体重指数23。

"你肯定认出我是谁了吧。"他说。

也许他是个名人，就希望有人能认出他——但我估计名人是不会坐到经济舱的。眼下，我怀疑这人患了精神分裂症。

"不认识。"我说。

"我是联邦空警。负责照看你——还有其他的乘客和机组人员。"

"非常好。有什么危险情况吗？"

"或许应该你来告诉我。"

精神分裂症。这一路上，我得和一个精神病人坐到一起了。"你有身份证件吗？"我问。我在试着转移他的注意力，以防他错误地认定我具有某种特殊技能。

令我惊讶的是，他还真给我看了证件。他的名字叫作艾伦·连姆。通过大约30秒的近距离观察，我觉得他的证件应该不是仿冒的。

"你搭这班飞机不是为了旅行，对吧？"他问。

"没错。"

"那你登机的目的是什么？"

"我的妻子要回澳大利亚，我想劝她留下来。"

"就是她，对吧？坐在窗边的那位女士。"

那绝对是罗茜，自从婴儿发展项目开始以来，她在睡觉时会发出低声量的噪声。

"她怀孕了？"

"没错。"

"你的孩子？"

"我想是的。"

"你没办法让她留下来和你在一起，所以她就这么离开了你，还带着你的孩子？"

"没错。"

"所以你感觉十分沮丧？"

"极度沮丧。"

"所以你就决定做点什么，甚至是有点疯狂的事情？"

"没错。"

他从口袋里拿出了一个通信设备。"情况确认。"他说道。

我猜我的解释令他满意。他沉默了一会儿，我望向罗茜，还有舷窗外的晴空。突然，飞机机翼向下一沉，巨大离心力让我死死贴到椅背上。要不是有地平线作为参照点，我都无法判断出飞机正在转向。科技的力量太神奇了。只要还有一个尚待解决的科学问题，我的人生就还有活下去的意义。

空警艾伦打断了我的沉思。

"你怕死吗？"他问。

真是个有意思的问题。和动物一样，我天生抗拒死亡，这样才能确保我的基因可以存活下来。同时，我也对能带来疼痛感和死亡威胁的环境感到恐惧，比如在和狮子对峙的时候。但从抽象意义上来说，我并不惧怕死亡。

"不怕。"

"我们还能活多长时间？"艾伦问。

"你和我吗？你多大了？"

"我43岁。"

"咱们岁数差不多，"我说，"从数据上看，我们差不多都还有40年生命，但你看起来很健康。我也很健康，所以我们各自都还能再多活上5到10年。"

我们的对话被机舱广播打断了："各位下午好，这里是副机长广播。您可能已经注意到，我们的飞机正在转向。这是因为我们现在遇到了一些小问题，航空管制部门要求我们立刻返回纽约。我们在差不多15分钟后会开始降落，回到肯尼迪国际机场。我们很抱歉给您带来不便，但保证您的安全是我们最重要的工作。"

几乎就在同时，我们的周围传来了不少议论声。

"出现了机械故障？"我问艾伦。

"差不多还有40分钟才能回到纽约，还要下机。我还有老婆孩子，就请你告诉我，我还有机会再见到他们吗？"

　　要不是飞机正在折返，我一定会再次要求仔细检查一遍艾伦的证件。然而我却问道："发生了什么事？"

　　"有一位孕妇买了回家的机票，托运了三大箱行李。有一个被航空公司判断为行为异常的男人跟上了她，手里一件行李也没有，形迹可疑，还在飞机起飞前要求下机。下机要求被拒绝后，这男人似乎被激怒了，接着就用外语大声祈祷。这些就够了，但是现在你又说是她要离开你。你打算怎么解释这样的情况？"

　　"我并不擅长分析人类动机。"

　　"我倒是希望我能擅长一点。我不知道这一切是他们弄错了还是我们及时逆转了一切。要么你就是我见过的最冷静的家伙，大限就要到了，还能坐在这儿跟我谈笑风生。"

　　"我不明白，到底发生了什么危险事件？"

　　"蒂尔曼先生，你是否在你妻子的行李里放了炸弹？"

　　难以置信。他们把我当成了恐怖分子。但仔细一想，倒也没有那么难以置信，恐怖分子确实都不是什么普通人。我异常的行为完全有理由让人们相信，我极有可能做出更多异常的举动，比如大屠杀，因为我的妻子要离开我了。

　　虽然中间闹了点误会，但能被看成冷静的人，我仍然感到很高兴。但现在，一飞机的乘客都要返回纽约了。我猜有关部门一定会想方设法把罪责都推给我。

　　"我没有放炸弹，但我还是建议你不要轻信我的话。"我不希望空警仅凭疑似恐怖分子的口供就做出判断，飞机上是否有炸弹，"假如我说的是实话，飞机上没有炸弹，那我的行为有任何违法的地方吗？"

　　"在我看来没有，我就指望着TSA<sup>①</sup>能找出点什么了。"他靠向椅

---

① TSA 即美国运输安全管理局。

背，"给我讲讲你的情况吧，我哪儿也不去。根据你的话我才能判断，这么多人是不是要和你一起同归于尽。"

我希望能找到安抚他的办法。

"如果有炸弹的话，安检仪一定能检测出来的。"

"我们相信能检测出来，但你可不一定这么想。"

"如果我想要杀掉我的妻子，根本不用让这么一飞机的人都跟着遭殃。在家就行，徒手杀了她，或者用上家里随便什么家伙也行。我完全可以把它伪装成一场事故。"我看着他的眼睛，以示真诚。

在空警艾伦的反复要求下，我给他讲述了我的故事。根本不知从何说起，因为想要完全理解我们的故事，首先要了解很多事件的缘起和发展。想要把我成为恐怖嫌疑人之前的人生故事都讲明白，时间怕是不够用。所以我决定从我第一次和罗茜相遇讲起，这是跟罗茜有关的事情，所以应该会引起艾伦的兴趣。果不其然，这些故事为他提供了重要的背景信息。

"所以你的意思是，在遇见你的妻子之前，基本就没有其他人了？"

"如果'基本'的意思是说'除去那些没有发展成稳定关系的约会对象'的话，你说得没错。"

"新手交好运，"他说，"我是说，她真是位漂亮的女士。"

"没错。她大大超出了我对伴侣的期望。"

"你觉得你就好像癞蛤蟆吃了天鹅肉？"

"没错。这比喻很好。"

"所以你觉得你配不上她。现在你们有机会组成一个完整的家庭了。唐·蒂尔曼先生不光成了丈夫，还要成为爸爸，这完全是另外一个高度了。你觉得你够格吗？"

"我已经在育儿方面做了大量研究。"

"这就是了，过度补偿。我要是个励志演说家，肯定能给你一些建议。"

"应该是吧，因为激励人就是你的工作内容。"

"我觉得你只是没有把你的想法具象化。如果你想要得到什么，就得把你的目标具象化。你要设想你自己能达到怎样的高度，接着你就努力去做，努力达成目标。'9·11'事件之后，我听说有这么一个空警的职位，那会儿我就是个保安，一事无成。所以我就开始想象，当上空警是什么样，现在我就成了一个空警。我当时如果没有这样的设想，肯定不成。"

关于怀孕，还有一种说法，那就是建议永远不嫌多。

罗茜一直在睡着，完全没有听到我和艾伦的谈话，也没有听到周围乘客愤怒的抱怨。直到机组开始落地广播，她才醒了过来。

"哇哦，我竟然一觉睡到了洛杉矶。"她说。

"不对。我们回到了纽约，飞机上有一个疑似恐怖分子。"

罗茜一脸惊恐，赶忙抓住了我的手。

"不用害怕，"我说，"嫌疑人是我。"有点让我意外的是，整个飞机上只有我和罗茜两个人没有面露惊恐的神色。

我们在纽约落地后，我和罗茜就被送到了不同的审讯室，她的行李也受到了彻底的检查。整个过程历时漫长，我一个人待在屋子里等着。我决定趁此机会，把成为父亲的目标具象化。

我并不擅长这种具象化的任务。我的脑子里甚至都想象不出纽约城的街道图，我天生的方向感也不怎么强。但我可以列出街道的名字、交叉口的位置、地标建筑还有地铁站，我也能识别方向信息——14街与第8大道东南交叉口——准确地找到地铁站出口。这样的定位方法跟方向感一样高效。

但我想象不出我和罗茜，还有一个真实的孩子在一起能组合成怎样的画面。有时候，我只是无法相信这一切都是真实存在的。这也许是因为莉迪娅带来的恐惧，让我不敢当好一个父亲。也许又像空警艾伦说的那样，我只是觉得自己不配当一名父亲。但无论如何，我已经看到了一些改善：莉迪娅目前已经对我给出了支持性的肯定，吉恩、戴夫、索尼娅，甚至是乔治也都给了我积极的回应，认为我作为人类的一员，其人生价值不仅仅体现在遗传学研究领域。

现在我必须想象结果了。

我要特别调动意念的力量。我试着把孩子的四张图像拼合到一起，并对孩子给出情感回应。

我想象着浴室兼办公室墙上的那些画，想象着孩子的成长。没有回应。绘制这些图像抚慰了我的情绪，但回想画着胎儿的普通图像或照片，甚至是超声波检测照片，完全对我没有任何触动。

我又努力回想索尼娅的孩子，罗茜二世，似乎也没有什么帮助——无论如何，她也不过是个普通的孩子。

回想女同性恋母亲项目中那个在我身上爬的孩子给了我很大的满足感。我记得那个孩子年纪更大一些，那次经历也十分有趣。这让我不免怀疑，我感到快乐的程度是否和孩子的年龄呈正相关，显然还存在一定的限制。我认为女同性恋母亲项目中的孩子给我带来的喜悦之感恐怕跟玛格丽塔酒给我的喜悦之感处在同一等级。或许等同于两杯玛格丽塔吧，但这份喜悦肯定不足以让我做出任何改变人生的行为。

我想象的最后一幅图画是真实的嫩芽儿。我想象着罗茜，还有她隆起的肚子。我想象着他在肚子里动着，这就是生命的象征。然而，情绪影响极低。

我再次遇到了和罗茜计划时一样的问题。我有缺陷——我要接受挑战——我感受不到情绪，那些能驱动我做出正常行为的情绪。我所有的情感反应对象都是罗茜，至少绝大部分情感就是如此。如果我能把一部分情感投入孩子的身上，就好像罗茜一样，把对我的情感分给孩子一部分，我们的问题可能早已得到解决。

最终，一位官员（男性，大约50岁，体重指数约为32）开了门。

"蒂尔曼先生，我们已经检查了您妻子的行李，没有检测出违禁物品。"

"没有炸弹？"这问题直接脱口而出，现在回想起来，好像有点傻。我没有在罗茜的包里放炸弹，罗茜自己放进去的可能根本就是微乎其微。

"没炸弹，聪明人。但我们的广义法也适用于煽动事件及——"

这时，门又开了——没有提前敲门——另外一位官员（女性，年龄约为35岁，体重指数约为22）走了进来。如今的我身陷官场争端，又有极大风险要接受某种处罚，此时再多出一位官员让人很是烦闷。我绝对更擅长处理一对一的互动，而不是涉及多位人员的场合。面对玛格丽塔警官我还能应付，但他们要是用上"红脸黑脸"的招数，我可能就要应接不暇了。面对莉迪娅一个人的时候，我取得了一些进展，但当索尼娅也搅和进来时，我们不得不编造了许多托词和诡计，最终导致了巨大的困惑。即便是在我们非正式的男性组织里，从一对一的关系发展成六人小组之后，也产生了很多我没有及时注意到的问题。比如戴夫与吉恩显然意见相左，但如果不是戴夫直截了当地告诉了我，我都没有发现这一点。

刚刚进来的官员说了什么我根本没有听到，思维的列车带我冲进了宽广的洞察隧道。我要把我的发现尽快和罗茜分享才行。

"蒂尔曼教授，我们知道您忍受了很大的不便。"女性官员说。

"没错。但为了防止恐怖主义，合理的预警也是有必要的。"

"非常感谢您的理解。航班大约会在一个小时后起飞，您和贾曼女士都可以登机。我们会推迟洛杉矶到墨尔本航班的起飞时间，等待延误的旅客。但二位如果需要时间休整，我们可以为你们安排加长轿车送你们回家，并为女士安排明天出发的商务舱座位飞往墨尔本。如果您要和她一起出行，我们也会为您升舱。"

"我需要问问罗茜的意思。"

"您随时可以和您的夫人商量。但我们希望您现在可以配合我们做一些事情，这样我的同事们就不会再进一步找您问询了。这些问询工作他们也是迫不得已必须完成，尽管我们都知道这就是一场误会。"

她把一份三页的文件放到我的面前，在屋子里转了几分钟，出去了，接着又进来了，在此期间我一直在仔细阅读这些法律条款。我的确考虑过是否应该找一名律师，但我也没有看出签了这份协议会对我有什么严重的负面影响。我也不打算把此次事件公之于众，报给媒体。我只是想和罗茜谈谈。于是我签了字，被放行了。

"你愿不愿意在纽约待上一夜？"我问罗茜。

"我愿意。没有比怀着孕坐20个小时经济舱更糟的事情了。我会想念这种疯狂的生活的。"

"你应该给菲尔打个电话，"我提醒她，"告诉他你会晚到一天。"

"他以为我1月份才回去，"罗茜说，"给他个惊喜。"

# 第三十七章
## 夫妻关系重启

现在，我有了最后的机会找到解决方案。我的计划很直接，但时间可能有些紧张。下午4点07分，我们回到了公寓。吉恩在家里，他以为罗茜已经同意搬回来长住，不免让我们的对话听起来有些尴尬。

最后，吉恩总结道："说实话，我一直认为唐会自己回来，还给他安排了活动，让他晚上能兴奋点。"

我已经自行安排好兴奋的晚间计划了。

"咱们得重新找个时间了。我和罗茜要出去一趟，晚点回来。"

"这一次的时间没法重新安排，"吉恩说，"医学院的结课派对。5点半开始，7点结束。结束之后你们可以去吃晚餐。"

"不光是晚餐，还有一系列的活动。"

"我真的很累了，"罗茜说，"我不想去参加活动。你干吗不和吉恩一起过去，顺便在路上吃点东西再回来？"

"这些活动至关重要。必要的话，你还可以喝点咖啡。"

"如果飞机没有返航，我们就什么都做不了，你就只能从洛杉矶飞回来。所以不可能有什么至关重要的事情。你干吗不跟我说说你都安排了什么活动？"

"我想给你个惊喜。"

"唐，我要回家了。我猜你一定是想做点什么，好让我回心转意。或者搞什么回忆杀，让我难过，比如一块儿去鸡尾酒酒吧，一块儿做鸡尾酒，或者一块儿去阿图罗比萨店，或者……反正自然历史博物馆已经关门了。"

她的表情可以表述为"微笑却悲伤"。吉恩回了房间。

"对不起，"她说，"告诉我安排了什么。"

"你说得都对，但你漏掉了一件事情。你猜中了75%，甚至是博物馆，但跟你猜的理由一样，我现在没办法带你去。"

"所以你安排的是我们曾经一起做过的事情。我终于能稍微理解你的想法了。"

"不对，不是稍微。你是唯一理解我的人。就从你重新调整了闹钟，让我能准时做好晚餐的那一刻开始。"

"我们相遇的那晚。"

"外套事件和阳台晚餐的那晚。"我说。

"我没猜到什么？"罗茜问道，"你说我猜中了75%。我猜漏掉的是雪糕。"

"错。是跳舞。"在墨尔本的理学院教员舞会上，罗茜帮我解决了舞蹈技巧中的技术性问题，那是一切的转折点。和罗茜共舞是我人生记忆中最难以忘怀的时刻之一，但我们竟从未将这一份回忆重现。

"不可能的，以我现在的情况。"她草草用双臂搂住我，试图说明她现在的身形会给舞蹈带来多大的影响，"你知道吗？如果我们今晚出去了，肯定会出岔子，肯定会发生什么疯狂的事情。我相信一定会有什么计划之外的事情发生，甚至比你计划的还要好，这就是我爱你的原因。但是现在，光有疯狂是不够的。这不是我需要的，更不是嫩芽儿需要的。"

　　这似乎是一个古怪的悖论，疯狂似乎成了我最被罗茜珍视的品质。我是一个高度自制的人，我竭力避免不确定性，我会事无巨细地把一切都提前安排好，然而我的行为却总能引发难以预料的后果。如果这就是她爱我的原因，我无话可说。但我相信，她绝不应该抛弃掉她珍视的东西。

　　"你错了。你需要的是少一点疯狂，而不是完全不疯狂的我。你需要精心设计过的，疯狂指数的最优量。"是时候引入我的分析和解决方案了，"最开始只有一组关系，你和我。"

　　"这有点太简单了，还有菲尔和——"

　　"我们现在讨论的领域是我们这个小家。现在有了第三个人，嫩芽儿，因此我们的关系数量提升至三组。多加了一个人，双向关系数量增加三倍。你和我；你和嫩芽儿；我和嫩芽儿。"

　　"谢谢你的解释。幸好我们没打算要八个孩子，不然我们要面临多少组关系？"

　　"45种。这种情况下，我们俩的关系就是1/45。"

　　罗茜笑了起来，差不多有四秒钟，我们的关系仿佛经历了重启一般。但罗茜的重启是在安全模式下。

　　"继续。"

　　"关系数量的倍增在一开始都会导致困惑。"

　　"哪种困惑？"

　　"我自己的困惑，我的角色让我困惑。二号关系，即你和嫩芽儿的关系也让我困惑。这是一组新生成的关系，我很努力想要做出贡献，所以我才会为你提出饮食和个人保健方面的建议。你完全有理由认为我是在干涉你，我知道自己很讨厌。"

　　"我知道你只是想帮助我，但我需要找到自己的方式。这一次吉恩终于说对了，这是一种本性。在孩子刚出生的时候，母亲就是比父亲要更重要。"

　　"这是当然。但是你对孩子投入了大量的时间和精力，这就会导致你对我们之间关系的兴趣值有所下降。因此我们的婚姻才会出现问题。"

"这都是一点一点发生的。"

"在你怀孕之前，我们的婚姻没有任何问题。"

"或许是吧。但我现在意识到，只有婚姻是不够的。哪怕是在怀孕之前，我想我也多少意识到了这一点。"

"没错。所以你出于情感原因，才希望能有额外的关系存在。但你不能在没有调查过所有理性的维系方法之前，就随意丢弃另外一组高品质的关系。"

"唐，我们过去的生活方式是没办法照顾好孩子的。睡懒觉，出去喝酒，让飞机折返……我们需要一种全新的生活。"

"当然，时间表肯定会做出相应的调整，但也应该涵盖共同的活动。我敢肯定，如果不再有你已经习以为常的智力刺激和疯狂点子，你自己也会发疯的。甚至可能会像莉迪娅说的那样，患上抑郁症。"

"抑郁症还有发疯？我会找点事情做的。但我就没有时间——"

"就是这个问题。现在你要全身心地投入到嫩芽儿身上，所以我应该为我们的关系全权负起责任。比如说组织活动，显然要安排适合带上孩子的活动。"

"维系关系怎么可能是一个人的责任，要两个人——"

"不对。维系关系需要两个人的承诺，但可以由一个人做主导。"

"你这是从谁那儿听来的？"

"索尼娅，还有乔治。"

"楼上的乔治？"

我点点头。

"看来专家们都上了。"

"更重要的是经历，而不是理论。我们认识的心理学家，无一例外，婚姻都失败了。或者就你我的例子来看，婚姻关系岌岌可危。"其实这也是乔治的一大软肋，但我认为告知罗茜他的婚姻史并不会带来什么帮助。

"我认为大部分夫妻，"罗茜说，"哪怕是那些还在一起的也都会承认，夫妻关系在一段时间内都会因此受到一定影响。"

"这样的影响难以消除。"我再一次利用了乔治的经历，可能还有吉恩的，甚至戴夫早晚也可能适用，"我的建议是，我们尽量多地留住我们以往的人际关系，还要满足孩子的需求。所有的工作都可以由我来做：你只需要接受这样的目标，再提供一些理智的配合就够了。"

罗茜站起来，给自己泡了一杯水果茶。我明白这是什么意思：唐，请你闭嘴几分钟，我要思考一会儿。

我走到酒窖，倒了点啤酒，安抚我自己的情绪。

罗茜再次坐下来，给出了一些很有洞察力的思考结果。太可惜了。

"我认为这一切对你来说更重要。唐，因为你没办法和孩子建立联系。你根本没有提起这第三种关系，你一直说的都是我和你。大部分男人都会将一部分爱转移到孩子身上。"

"我认为转移也是需要时间的。但如果我无法陪伴你，我能投入的就为零。你认为我是个比零投入还要差劲的父亲？"

"唐，我认为你的配置就与常人不同。如果只有我们两个人，你的这种独特绝对是好事情，但我只是觉得你不适合做个父亲。我不想这么说的，但我想你也能得出同样的结论。"

"你只是觉得我的配置让我不知道如何去爱。过去你错过一次，这次可能还会再犯同样的错误。"

吉恩从卧室走出来："不好意思打断你们，朋友们，我得去参加医学院的活动了。你们不出去了吧？"

"不。"罗茜回答。

"那就跟我一起去吧。你们两个都来。"

"我就不去了，"罗茜说，"也没人邀请我。"

"伴侣都可以来。你应该来的，这可是你在纽约的最后一晚。唐可能不会告诉你，但他真的希望你能一起来。"

"你真的想和我一起去？"罗茜问我。

"如果我不想和你一起去，我就会在家待着了，"我说，"我想要充分利用好我们婚姻中最后的这一小段时光。"

我们离开的时候，我的手机响了，是一个不认识的号码。

"唐，我是布里欧尼。"我反应了一会儿，才想起来布里欧尼是谁。是B1。B1从未直接联系过我。我做好了面对冲突的准备。

"我简直没办法相信你做了什么。"她说。

"什么？"

"你没看《纽约邮报》？"

"我不读那份报纸。"

"是网站，我简直都不知道该说什么了，完全没人能想到。"

我打开浴室兼办公室的门，走进去，登录《纽约邮报》的网站。罗茜则坐在浴缸边上，面前就是画满嫩芽儿的墙砖。

"你在这儿干吗？"我问。这并不是一个攻击性的问题，我想表达的只是字面上的意思。

"我进来偷点安眠药。明天还得飞那么久。"

"安眠药——"

"思诺思片。主要成分是唑吡坦。孕期第三阶段，吃一片，没有不良反应。王，林，陈，林和林，2010年①。这东西至多会让我脱了衣服在机舱里跳舞，但绝对不会伤害宝宝。"

她的目光转回画嫩芽儿的墙砖上："唐，这些太棒了。"

"你之前看过了。"

_____

① 罗茜在引用 2010 年发表的论文，作者姓氏如前。

"什么时候？我从没进来过。"

"接生小牛戴夫的那晚，吉恩倒进浴缸的时候。"

"我的导师光着身子，想挣扎着起来。我怎么可能还会去看墙上的图案。"她微笑着，"但这是我们的孩子——嫩芽儿——每周的样子，对不对？"

"不对。这就是一个普通的胚胎，小胎儿……发育中的婴儿。除了13号和22号墙砖，那两个图案是从超声波照片上临摹下来的。"

"你为什么不告诉我？我在书上看着这些图片，而你在这儿画着同样的图片——"

"你说了不想听技术性评论。"

"我什么时候说的？"

"6月22日。橙汁事件之后的那天。"

罗茜握住我的手，紧紧地握住。她还戴着戒指，而且一定注意到了我的目光。

"我妈妈的戒指卡在手上拿不下来了。戒指有点小，也可能是我的手指肿了点。如果你想把你送我的戒指要回去，可能还得再等一阵子。"

她继续看着那些墙砖，我则继续搜索《纽约邮报》的文章。

年度好爸爸：同性恋妈妈母子平安，喝杯啤酒庆祝胜利。

我知道记者们的用词通常不太准确，但这篇署名萨利·戈德沃希的文章，其错误之严重超出了我的想象。

哥伦比亚大学医学院澳大利亚籍客座教授唐·蒂尔曼不仅在孤独症与肝癌关系研究领域独占鳌头，他还为两位女同性恋者捐献了精子，并救下了其中一个孩子的性命。蒂尔曼教授的行事风格颇具澳大利亚人的豪放之感，他在位于切尔西的住所中成功进行了紧急剖腹产手术后，仅喝了一品脱啤酒以示祝贺。他还表示，他相信两位女士完全可以独立将孩子抚养长大，不需要他的介入。

同时，他还分享了对于美国的一些见解。

"女同性恋家长当然与普通家长有不一样的地方，"他说，"所以我们也不应该期待任何具有普遍性的结果。追求平庸应该也不符合美国人的性格。"

报道里还附有一张我的照片，手里拿着三德厨刀①，这是摄影师要求的。

我把报道拿给罗茜看。

"你这么说的？"

"当然不是。这篇报道里面错误百出，大众媒体想要报道科学内容，都是这个样子。"

"我是说非正常结果那段。这听起来像是你会说的话，但……"

我想等她说完，但她似乎找不到一个准确的形容词来修饰我的判断。

"引用的部分没错，"我说，"你不同意吗？"

"同意，当然同意。我也不想嫩芽儿变得平庸。"

我把文章的链接发给妈妈，她执意要把文章中提到我的段落和所有的亲戚分享，不管那里面说的是对是错。我特意说明，我没有让任何一个女同性恋受孕。

"这也就能解释我们为什么明天能搭商务舱回家，而不用被抓到关塔那摩去，"罗茜评论道，"他们可不想看到这种标题：《英雄外科医生惨遭TSA骚扰，只因不够普通》。"

"我不是外科医生。"

"你的确不是，但你确实与众不同。你说得没错，我就是讨厌见血，有混乱恐惧症，但我必须亲身实践一次。我们是不错的搭档，对吧？"

罗茜说得当然对。我们是出色的搭档。优秀的两人小组。

———————————

① 三德厨刀（Santoku cook's knife），日本著名刀具品牌。

第三十八章
## 教员派对

地铁上满是戴着圣诞帽的乘客。如果我父亲的身份能被大家接受，有一天我也将扮演圣诞老人的角色，我就会像我的父亲一样，把他做过的事情再做一遍。他是个专家，总能给米歇尔、特雷弗和我带来与众不同的礼物和体验。

我需要掌握一套全新的技能，还有无数新奇的活动。通过观察我的父母，还有吉恩和克劳迪娅，其中的一些活动显然需要罗茜的参与。

教员派对的举办地点在一间大会议室，到场的来宾大约有120人。其中一位客人的到来让我颇感意外。莉迪娅！

"我不知道你也在哥伦比亚工作。"我说。

如果她是我的同事，那么我们之间的交往将面临更为严峻的职业道德挑战。

她笑了笑："吉恩邀请我来的。"

　　和往常的类似活动一样，会场里供应的只有低品质的酒水、无趣的茶点，还有过高的噪声，根本无法开展有效的对话。这场景真是很难想象：全球顶尖的医学研究员们被校方聚集到一起，给他们喝难以下咽的酒水，用嘈杂的音乐让他们声嘶力竭，哪怕这些音乐可能就是他们在家里让孩子们放小点声的。

　　我只花了18分钟就摄入了足够的食物，完全不需要再吃上一顿晚餐了。我希望罗茜也能和我一样。我刚想找到她，带她离开时，戴维·博伦斯坦就跳到舞台上，高声讲了起来。我看不到罗茜在哪儿，或许她已经意识到，这种礼节性发言的开始就该是我们离开的信号。

　　"今年对学院来说是重要的一年。"院长讲道。此刻我要是在墨尔本，那边的院长一定也在说同样的话。每一年都是重要的一年。对于我，这也是重要的一年，虽然是以一场灾难做结。

　　"今年我们取得了一系列重要成果，"院长继续道，"我们无疑将给予这些成果应得的关注与认可，举办相应的论坛。但今晚，我想要庆祝一些可能不太……"

　　院长邀请了几位研究员上台，庆祝他们在支持性事务和教学方面的成就，还播放了几部粗制滥造的影片，内容是他们工作的场景。这时候，我感觉好了一些。我的人生可能注定无法直接抚养孩子长大，但很可能有朝一日，一位好爸爸——那个为孩子的成长做出宝贵贡献的人——会决定停止过量饮酒，因为基因检测结果表明，他为肝硬化易感人群，他要健康地活下来，抚养他的孩子。这样的检测都是基于我六年的研究成果，不停地喂养小白鼠，把它们灌醉，再解剖它们的肝脏。又或许会有一位女同性恋母亲在抚养孩子的过程中，能在我参与过的女同性恋母亲项目的影响下，做出更好的、更有自信的决定。或许在接下来的45到50年，我还能做出更多的贡献，过上更有价值的人生。

　　我开始想念罗茜了。就像《罗马假日》里男主角的扮演者格里高利·

派克，我得到了意料之外的机会，但我知道这注定是转瞬即逝的，因为我的本性。矛盾的是，幸福一直在考验着我。但我知道，做我自己才更重要，哪怕我生来就有那么多缺陷，做自己仍然比单纯得到我想要的东西更重要。

吉恩站在我的身边，一直在用手肘戳着我的肋骨。

"唐，"他说，"你还好吗？"

"当然。"我的头脑刚刚屏蔽掉了院长的讲话，现在解除了屏蔽。这就是我生活的世界。

"就好像那位亲自吞食病菌，证明病菌可以导致溃疡的澳大利亚籍诺贝尔奖获得者一样，我们学院一位来自澳大利亚的学者也秉持着同样的精神，随时准备为科学披挂上阵。"

院长身后的屏幕上开始播放一段视频。我作为视频的主人公正躺在地上，一对女同性恋母亲的孩子正从我身上爬过，并以此记录我对孩子皮质醇水平的影响。大家都笑了起来。

"现在给您展示唐·蒂尔曼教授不为人知的另一面。"

这倒是真的。我也被自己的影像震惊了。我看起来是那么开心，比我印象里的还要开心。那时候我可能未能充分评估我的情感状态，因为我心里想的只有如何正确地进行试验。视频持续了大约90秒，我感到有人站到了我的身边。是罗茜。她用力抓着我的手臂，接着她哭了，泪似泉涌。

我没有机会弄清楚到底是什么导致了她如此强烈的情感波动，因为戴维随后补充道："或许他也是在练习——唐和他的妻子罗茜新年即将迎来他们的第一个孩子。我们为你们准备了一个小礼物。"

我和罗茜一起走上舞台。此时接受礼物似乎有些不太合适，毕竟这礼物是在我和罗茜还在一起的前提下准备的。我还在考虑该说些什么，但罗茜帮我解决了问题。

"说声'谢谢'接过来就行了。"我们走上舞台时，罗茜告诉我。她握着我的手，我认为这会加剧观众的错误印象。

院长给了我们一个包裹，里面显然是一本书。在他结束了常规的节日贺词之后，人们开始退场。

"我们能不能再待几分钟？"罗茜说，她的情绪看来恢复了不少。

"当然。"我说。

五分钟后，包括吉恩和莉迪娅在内，宾客们都离开了。屋子里只剩下戴维·博伦斯坦、他的助理，还有我们俩。

"能再放一次唐的视频吗？"罗茜问院长。

"我正在收拾东西，"他的助理回应道，"如果你想要，我可以把DVD给你。"

"这应该是最适合年末播放的视频了，"院长说，"一个科学强人的柔软一面。这一点你一定很清楚。"他对罗茜说。

我们搭地铁回到曾经属于我们两个人的家。罗茜一路没有说话。刚刚晚上7点09分，我在犹豫是否应该再劝说罗茜一次，让她参加我策划的回忆之旅活动。但我喜欢握着她的手，就像在我们共度的最后一个晚上，我不想做任何可能改变这一状态的事情。我的另一只手里拿着院长的礼物，所以不得不由罗茜打开公寓的房门。

吉恩正在家里等着我们，手里拿着一大瓶香槟，还有好几个酒杯——因为屋子里还有好几位访客。确切来说，他拿了七个杯子。他往杯子里倒满酒，并把其中的六杯分别递给我、罗茜（违背了孕期饮食规范）、莉迪娅、戴夫、乔治和他自己。

我有一大堆问题，包括为什么戴夫和乔治会在这里，但我还是先问了最显而易见的问题。

"第七杯酒是谁的？"

问题的答案是一位身材高大、身体结实的男性，年龄大约60岁，从阳台进来，我猜他刚刚是在抽烟。是34号——菲尔，罗茜的父亲，他现在理应在澳大利亚。

罗茜紧紧地攥着我的手，好像是在参与一场掰手腕的比赛，接着她放开了我的手，向菲尔跑去。我也是。我的脑子里充斥着对他的同情，我能感到他在妻子去世的那晚承受了多大的压力。这无疑是菲尔同理心练习的结果，还有那连续多晚的噩梦，这股力量如此强烈，竟然让我完全忽略了对于身体接触的厌恶之感。我大约在罗茜之后一秒跑到了菲尔身边，伸出手臂抱住了他。

果不其然，他也被吓了一跳，我猜所有人都没有预料到这样的场面。几秒后，在他的鼓励下，我放开了他。我还记得他的承诺，如果我搞砸了，会亲自飞过来揍得我满地找牙。显然，我们现在的状态很符合他的假说。

"你们两个都做了什么？"他问道。还没等我们回答，他就把罗茜拉到了阳台上。我希望这样的惊喜不会鼓励她也来上一根香烟。

"我们回来的时候，看到他在门外，"吉恩说，"他在门口搭了帐篷，只带了点随身行李。"

面对无授权访客，不是每个人都会像我这般警觉，拒绝他们入内。但在这种情况下，我也一定能认出菲尔，把他带进来。

"他没说为什么要过来？"我问。

"他需要说吗？"吉恩反问道。

我记得菲尔是不喝酒的，所以赶快把他的那杯一口吞掉，以防出现尴尬的局面。

吉恩解释说是他叫上了戴夫和乔治，这样他们就能一块儿把礼物送给我。从包装的大小和形状来看，我认为里面可能是一张DVD光碟。这应该是我唯一的DVD光碟，因为我需要的视频资料都会通过下载获得。

我怀疑莉迪娅是否也参与了礼物甄选环节，这可是非常不环保的一件礼物。

罗茜和菲尔回来以后，我打开了院长的礼物。那是一本有关父亲的幽默读物。我默默地放下书，没有出声。

吉恩、戴夫和乔治的礼物是电影《生活多美好》的光碟，他们说这是一部传统的圣诞电影。作为我最亲密的三个朋友，这还真是没什么想象力的选择，但我也知道，挑选礼物是极为困难的任务。索尼娅曾经建议我选购一些高品质且只具有装饰作用的内衣送给罗茜当作圣诞礼物，并指出这是适合新婚夫妇的传统圣诞礼物。这绝对是个好主意，还可以趁机替换掉在洗衣事件中被损坏的内衣。但想要在维多利亚的秘密品牌找到能与罗茜被染成紫色的内衣搭配起来的商品并不是件容易的事情，过程甚至还有点尴尬。现在，礼物还躺在我的办公室。

"好了，"吉恩说，"我们来喝点香槟，再看看《生活多美好》。愿世界和平，人们相亲相爱。"

"我们没有电视。"我说。

"我家有。"乔治说。

我们一块儿上了楼。

"解读暗喻不是唐的强项，"乔治还在摆弄DVD机，吉恩说道，"这么说吧，唐，我们送你这部电影就是因为你和乔治有点像。"

我看向乔治，这可真是个古怪的比较。我和这个前摇滚明星能有什么相似之处？

吉恩笑了："是电影里的乔治，詹姆斯·斯图尔特。他也有很多朋友。我先来举几个例子。当我的婚姻已经彻底没救的时候，唐是最后一个不肯放弃的。他让我住进他的家，哪怕罗茜有无数不同意的理由，但他还是做了这个困难的决定。他还是我的儿子和女儿的导师，还有……"——吉恩深吸了一口气，望着莉迪娅——"是他在我一团糟的时候引导我看清现实。他帮了我很多次。"

　　吉恩坐下来，戴夫站了起来："唐救了我的宝宝、我的婚姻，还有我的生意。索尼娅会接管行政工作，我就可以腾出时间陪着她，还有罗茜。那是我们的宝宝。"

　　罗茜看向我，又看向戴夫，接着又看回我。她还不知道孩子选了跟她一样的名字。

　　乔治也站了起来。"唐……"他有些激动，声音哽咽，无法继续。

　　乔治想要拥抱我，但可能看我没什么反应。吉恩接过话头："我和罗茜那天亲眼见证了唐的选择，我们知道在他看来，照顾别人是最重要的事情，哪怕发生了天大的事情，也要排到后面。剩下的人，你们可以看那天的录像。"

　　我感到有些窘迫。我的确擅长解决问题，但更擅长解决实际问题。比如为会计提供建议，如何帮助她的丈夫恢复生意，或是建议一个摇滚乐队引入技术出众的新成员。但给出这种情感上的回应，绝对是在难为我。

　　接着莉迪娅——莉迪娅——站了起来："谢谢你也让我参与了这一切。我只想说唐是一位楷模，他帮助我克服了……偏见。谢谢你，唐。"

　　莉迪娅的话语里没有那么多的情绪起伏，这让我轻松了不少。但我也感到意外，自己的话竟然能让她接受食用非环保海鲜。

　　每个人都看着菲尔，等了几秒，他却仍然不发一言。

　　乔治开始播放影片，接着死国王的四位成员，包括王子在内，也来到了乔治的公寓。乔治三世给每人倒了啤酒。就在电影即将播放的时候，埃斯勒夫妻按响了门铃，没多久英奇又出现在门口。是吉恩和罗茜分别给他们打了电话。莉迪娅和朱迪·埃斯勒一起去了阳台，在那儿待了好长一段时间。

　　似乎我应该把所有本地的朋友都请过来才是妥当的做法。我给院长和贝琳达——B3——打了电话，一小时后，整个B族三人还有博伦斯坦一家都来到了乔治的公寓。乔治拿了更多啤酒过来。这也是头一遭，他的公寓真的变成了一家英国小酒馆。他作为主人，看起来高兴极了。罗茜也一直牵着我的手。

詹姆斯·斯图尔特扮演的角色历经挣扎，甚至走到了自杀的边缘。他的故事很有趣，也很能调动情绪。我第一次因为一部电影流下了眼泪，但我发现，其他人也给出了同样的回应。同时我也经历了情绪过载，因为罗茜就在我的身边，我生命中最重要的人们给了我积极的评价，而我行将就木的婚姻也在给我带来巨大的痛苦。罗茜的离去势必会在我的生命中留下难以弥补的可怕空洞。

她一定要在影片结束的时候告诉我，她改变主意了。

第三十九章
罗茜二世

　　罗茜和我度过了有生以来最棒的圣诞节。我们的班机从洛杉矶飞往墨尔本，跨越了国际日期变更线，从实际意义上抹去了给我带来无比大压力的一天。我们再一次被升到了头等舱，大概只坐了一半的旅客。空乘人员令人难以置信地友好。我和罗茜回忆着过去的圣诞节，那曾经是令她倍感痛苦的节日，因为没有母亲陪在身边。菲尔的家人还有罗茜的亲戚都是极为友善的人，只是有的时候，有点过度热情，总喜欢问东问西。这一点我也深有体会。

　　我们还讨论了未来的计划。罗茜已经决定接受我的理论，认同三组关系的存在，也愿意试一试我提出的责任分配办法。我在女同性恋母亲项目上与孩子的互动给了她信心，相信我可以与嫩芽儿产生情感上的联系。但我还是对她发出了提前预警，这种联系可能还要花上一段时间才能完全建立。

　　"这没关系，"她说，"我只是担心你会在不知不觉间毁了我和孩子的关系，不管他是男孩还是女孩。"

"你应该直接告诉我你的担忧。我的强项就是遵循指令、解决问题。我会尽己所能，维护我们的关系。"这就是我主动选择承担的责任，它符合我的天性，就好像罗茜遵循她的天性，把孩子放在第一位一样。

罗茜同时还决定继续观察几个月，再决定是否留在哥伦比亚完成医学课程。这才是明智的决定。

菲尔留在纽约过圣诞，和吉恩还有卡尔、尤金一起住在我们的公寓里。卡尔和尤金整个1月都会和吉恩待在一起。菲尔看起来高兴极了——罗茜一切都好，嫩芽儿健康成长，我和罗茜重归于好——但他也知道我们希望能在他墨尔本的家里单独待上几天，倒倒时差，重新适应夏天的炎热天气。

没人知道我们回到了墨尔本，所以我们度过了无人打扰的八天。一切都太完美了！我差点失去了罗茜，如今能重新和她走到一起，这种欣喜之感更是被扩大了无数倍。

菲尔的房子在墨尔本郊区，有宽带网络供应，因此我可以与英奇和B族们畅快交流，继续撰写两个项目的报告。

1月10日，菲尔回到了墨尔本。所有的亲戚都希望我们能再多留几天，让孩子诞生在墨尔本，戴维·博伦斯坦也支持这一决定。罗茜在决定离开我之后，便取消了在美国医院的预约，重新预订了一家在墨尔本的医院。所以我们的新计划几乎没有什么地方需要调整。

我们也回到谢珀顿，和我的家人住了三天。我和父亲详细讨论了隔音婴儿床项目，这也减轻了我与家人交往的压力。我们都没有喝酒，头脑清醒地讨论了好几个小时，甚至错过了最佳睡眠时间。我的父亲已经顺利解决了很多在材料使用方面的实际问题，还正在与韩国团队就材料改进权利问题进行谈判，对方希望我的父亲能持续参与这一项目。父亲虽然不太可能因此一夜暴富，但他还是得把接力棒传下去，把五金店的经营工作转交给我的弟弟特雷弗。我的弟弟非常满意这样的安排。我不免想到，是否在未来的某一天，我也要把生命中的一部分转交给嫩芽儿。

我还有另外一个意外之喜，罗茜和妈妈相处得非常好，两人似乎还有不少相同之处。这可是和吉恩的预言完全相反。

我们的孩子顺利出生了（罗茜也并没有像我在书里看到的那样，经历了漫长的产期不适，尽管我已经为此做好了万全准备）。孩子的出生时间为2月14日半夜2点04分，就在我们第二个约会纪念日，距离外套事件和阳台晚餐整整过了两年。每个人都记得两年前的那个情人节，因为我曾向每个人讲述了我在那一天，想在高级餐厅订上一个位子有多困难。

生产过程很有意思，但我还是遵循了吉恩的建议，一直站在罗茜"头部的一侧"，在情感上支持她，而不是像个科学家一样冷静地观察。孩子呱呱坠地，罗茜高兴极了，而我也惊讶地发现，自己也立刻给出了情感上的回应，尽管其强烈程度不如罗茜决定复合的时候，我在情感上的波动。

孩子的性别为男，因此我们给他起了一个传统的男性名字。在此之前，可是经过了一番激烈的讨论。

"我们不能就叫他'嫩芽儿'，那是个小名，还是个具有美国特色的小名。"

"美国文化无孔不入。但巴德·汀格威尔是个澳大利亚人。"

"谁是巴德·汀格威尔？"罗茜问道。

"来自澳大利亚的著名演员。主演过《马尔科姆》和《最后一瓶》。"

"想一个叫作巴德的科学家出来。"

"咱们的儿子可能不会成为科学家。喜剧团体阿博特与科斯特洛的阿博特，名字就叫巴德。巴德·鲍威尔也是爵士乐发展史上最重要的钢琴家之一。还有巴德·哈勒尔森，他可是全明星游击手。"

"洋基队的？"

"大都会的。"

"你想要给我们的儿子起一个跟大都会球员一样的名字？"

"电影《哈洛与慕德》里演哈洛的演员，名字就叫作巴德·科特。还有巴德·弗里曼，另外一位极具影响力的爵士乐手，萨克斯吹得棒极了。还有好多有名的巴德兄弟。"

"你提前查过，对吧？你根本对爵士乐一无所知。"

"当然。我得给你充分的理由，才能把这个名字留下。只是因为生命中的一件小事就把名字换掉，似乎有点古怪。我们结婚的时候，你也没有改名字啊。"

"孩子的出生怎么能算小事。而且巴德分明是'发育中的孩子'的缩写。第一，他不再是一个发育中的孩子了，他已经成了一个初到人世的小婴儿；第二，他不可能永远是个孩子。"

"只可惜赫德不是个名字。"

"赫德？"罗茜没太明白。

"发育中的人类。①"

"那是一位先知的名字，伊斯兰的先知。你不是唯一有知识储备的人。"

"这不行。随意给孩子起一个与宗教相关的名字是非常不妥当的。"

"也许可以看作赫德森②的缩写。"

我想了想罗茜的提议。

"完美的解决方案。他既是个'发育中的人类'，还是我的'儿子'。这个名字还代表了纽约城，他受孕的地方，那条河还有背后的探索

---

① 原文为 Hud（Human Under Development），发育中的人类。

② 赫德森（Hudson）一名被唐分解成 Hud 和 Son 两部分，具体注解见上。

精神。还能联系到我们的祖国，让我们纪念那次恐怖分子事件，就是拯救了我们婚姻的那次事件。"

"什么？"

"赫德森·菲什是澳大利亚航空的创办人。多看看机舱杂志就能得到这种常识性的信息。"

"还有彼得·赫德森，足球运动员，菲尔的偶像。只有一个小问题，还记得这名字的全称吧。发育中的。他现在可是个发育完全的人了。实际上，这名字更像是在说他是一个正在'发育中的人类'的'儿子'。"

"没错。人类本就该经历永恒的发育。"

罗茜笑了起来："特别是赫德森的老爸。"

"既然你只提出了一个问题，且该问题也得到了解决，因此我就正式宣布他的名字为赫德森。"

"我没办法挑战你的逻辑，反正一直是这样。"

另外一项共同任务顺利完成。我把赫德森抱还给罗茜，让她喂奶。我还要让菲尔帮我们看一会儿孩子，因为我和罗茜还有探戈课程要去完成。

# 致谢

　　《罗茜计划》从概念到成书，整整用了五年。所以我在书的结尾列了长长的致谢列表，但可能仍不足以涵盖所有需要感谢的人。在这五年里，我一直在学习如何更好地写作，我得到了许多人的帮助。他们一直鼓励着我，为我的手稿提出了很多宝贵的意见，甚至还有很多细节上的意见和建议。

　　有了他们的帮助，让我在开始《罗茜效应》的写作时，头脑中有了更清晰的概念。在完成初稿的过程中，我得到了两位朋友的重大帮助。一位就是我的妻子，安妮·比伊斯特，这本书就是送给她的。她不仅帮助我通过作者的角度理解整个故事，还以精神病学教授的视角，给出了很多专业性的建议（通常还有一瓶打开的红酒）。吉恩书中关于依恋理论的观点与安妮无关。另外一位令我受益的挚友就是罗德。他和他的妻子勒奈特正是我《罗茜计划》的灵感来源，我也希望通过那本书向他们致以最诚挚的谢意。我和罗德在墨尔本雅拉河边慢跑时的对话，启发我写出了隔音婴儿床、蓝鳍金枪鱼事件和产前课程骚动的情节。

我也很幸运能在编辑环节得到了更多朋友的帮助，包括泰克斯特出版社的迈克尔·海沃德和丽贝卡·斯塔福德。还有我的国际出版商，为我提供了很多细节上的修改建议，他们分别是：费舍尔出版社的科迪莉亚·博哈特、迈克尔·约瑟夫出版社的玛克辛·希区柯克、哈珀·柯林斯出版社加拿大分社的珍妮弗·兰伯特、西蒙与舒斯特出版社的玛丽苏·鲁奇，还有朗格内西出版社的朱塞佩·斯特拉泽里。

我也要感谢我的第一批读者，谢谢你们的宝贵建议，他们是：琼与格雷格·比伊斯特、塔妮娅·钱德勒、克里内·杨索尼欧斯、彼得·麦克米伦、罗德·米勒、海伦·奥康内尔、多米蒂克与丹尼尔·辛浦生、休·沃德尔、格里·沃尔什及海迪·温嫩。同时，我还要感谢沙里·鲁斯金、阿普丽尔·里夫和梅格·斯皮内利帮我更好地了解纽约城及美国医学教育信息。还有克里斯·沃德尔，感谢你为我提供架子鼓方面的建议。感谢钟永合为本书的澳大利亚版设计封面。

书中有关心理学及孕期健康的研究内容可能略有偏颇，但这都是为了体现书中角色的偏见，还请读者不要全盘接受。特别是唐对于《孕期完全指导》的解读，罗茜为了支持她的饮食选择而引用的若干论文，当然还有在女同性恋母亲项目中对于费尔德曼等人著作的简单引用，绝非代表文献作者的观点。

《罗茜计划》的成功要得益于出版社、书商和来自全球各地的读者，感谢你们继续为《罗茜效应》加油打气。我还要特别感谢澳大利亚泰克斯特出版社的安妮·贝尔比、简·诺瓦克、克里斯蒂·威尔逊及其团队，感谢你们的创意投入，才能让此书与更多读者见面。

**图书在版编目（CIP）数据**

罗茜效应 /（澳）格雷姆·辛浦生（Graeme Simsion）著；郑玲译 . —长沙：湖南文艺出版社，2018.1

书名原文：The Rosie Effect

ISBN 978-7-5404-8162-9

Ⅰ.①罗… Ⅱ.①格…②郑… Ⅲ.①长篇小说—澳大利亚—现代 Ⅳ.①I611.45

中国版本图书馆 CIP 数据核字（2017）第 147518 号

著作权合同登记号：图字 18-2017-054

THE ROSIE EFFECT

by Graeme Simsion

Copyright © 2014 by Graeme Simsion

Simplified Chinese translation copyright ©（2018）

by China South Booky Culture Media Co., Ltd.

Published by arrangement with The Text Publishing Company Pty Ltd.

through Bardon-Chinese Media Agency

ALL RIGHTS RESERVED

**上架建议：外国文学·爱情小说**

LUOXI XIAOYING

罗茜效应

作　　者：［澳］格雷姆·辛浦生
译　　者：郑　玲
出 版 人：曾赛丰
责任编辑：薛　健　刘诗哲
监　　制：毛闽峰　赵　萌　李　娜
策划编辑：李　颖　赵中嫒
文案编辑：王苏苏
版权支持：张　婧　辛　艳
营销编辑：好　红　雷清清　刘　珣
封面设计：潘雪琴
版式设计：李　洁
封面摄影：@邹瑜鹏 –J 神
出版发行：湖南文艺出版社
　　　　　（长沙市雨花区东二环一段 508 号　邮编：410014）
网　　址：www.hnwy.net
印　　刷：北京嘉业印刷厂
经　　销：新华书店
开　　本：880mm × 1230mm　1/32
字　　数：293 千字
印　　张：11
版　　次：2018 年 1 月第 1 版
印　　次：2018 年 1 月第 1 次印刷
书　　号：ISBN 978-7-5404-8162-9
定　　价：38.00 元

若有质量问题，请致电质量监督电话：010-59096394
团购电话：010-59320018